Diogenes Taschenbuch 24094

AF204920

LUKAS HARTMANN, geboren 1944 in Bern, studierte Germanistik und Psychologie. Er war Lehrer, Journalist und Medienberater. Heute lebt er als freier Schriftsteller in Spiegel bei Bern und schreibt Bücher für Erwachsene und für Kinder. Er ist einer der bekanntesten Autoren der Schweiz und steht mit seinen Romanen regelmäßig auf der Bestsellerliste.

Lukas Hartmann

Finsteres Glück

ROMAN

Diogenes

Die Erstausgabe erschien 2010 im Diogenes Verlag
Covermotiv: Gemälde von Ben McLaughlin
Copyright © Ben McLaughlin / Private Collection /
Wilson Stephens Fine Art, London
Foto: Copyright © Bridgeman Images

Veröffentlicht als Diogenes Taschenbuch, 2011
Alle Rechte vorbehalten
Copyright © 2010
Diogenes Verlag AG Zürich
info@diogenes.ch · www.diogenes.ch
In Fragen zur Produktsicherheit (GPSR):
truepages UG (haftungsbeschränkt)
Westermühlstraße 29, 80469 München
info@truepages.de
ASR / 24 / 852 / 8
ISBN 978 3 257 24094 8

Hoffnung übt eine Anziehungskraft aus, strahlt als Punkt, dem man nahe sein will, von dem aus man messen will. Zweifel hat keinen Mittelpunkt und ist allgegenwärtig. Daher die Stärke und die Zerbrechlichkeit von Grünewalds Licht.

John Berger
über den Isenheimer Altar

I

Der Anruf kam nachts um halb elf. Millionen von Menschen hatten sich mittags geschwärzte Gläser vor die Augen gehalten. Sie wollten die Sonnenfinsternis sehen, die bei uns partiell war, im Elsass und in Süddeutschland aber total. Hunderttausende hatten, des wolkenverhangenen Himmels wegen, die schwarze Scheibe mit der flackernden Korona verpasst, nur das Dunkelwerden miterlebt, nächtliche Fahlheit zur Unzeit, das Verstummen der Vögel. Ich hatte mich in meinem Sprechzimmer nicht darum gekümmert, mittags einfach Licht gemacht und mich auf einen schwierigen Fall konzentriert: junge Frau mit Panikattacken, Missbrauchsverdacht, sie hatte helle Augen von milchiger Sanftheit, wie Aquamarin, aber da drang nichts mehr hinein, *emotional blindness*. Abends, in der Dämmerung, fuhr ich mit dem Fahrrad nach Hause, es regnete kaum spürbar, fadenfein, ich wich den nassen Tramschienen aus, die mich in der Vorwoche zu Fall gebracht hatten. Im türkischen Laden kaufte ich Tomaten, Auberginen, ein paar weiße Pfirsiche.

Alice war nicht zu Hause, sie flüchtete abends vor mir, kämpfte um jede Viertelstunde im Jugendtreff, als ginge es um Leben und Tod. Mit Sechzehnjährigen hat man's schwer, auch nach einem Vollstudium in Psychologie. Ein Zettel lag da: *Um zehn bin ich zurück, garantiert!* Helene hingegen, die ältere Schwester, Jurastudentin im dritten Semester, hatte sich bestimmt wieder in ihrer Mansarde vergraben. Sie verkörpert Vernunft und Disziplin auf manchmal unerträgliche Weise, fühlt sich angezogen von Gesetzesparagraphen. Über meine Töchter weiß ich fast nichts, ich habe mein ursprüngliches Wissen verloren. Dass sie von verschiedenen Vätern stammen, kann niemand verleugnen, der sie genauer ansieht. Die Halbschwestern scheint es nicht zu stören, die Gluckengefühle haben sie mir ohnehin ausgetrieben.

Unsere Küche ist eine Höhle, dunkel selbst an hellsten Sommertagen, denn dicht vor dem Fenster, beinahe mit Händen zu greifen, steht eine alte Rosskastanie, durch deren Laub nur wenig Licht sickert. Trotzdem halten wir uns, seit wir dieses alte Haus bewohnen, am liebsten hier auf, wegen der Gerüche vielleicht, wegen der Herdplattenwärme. Ich hackte eine halbe Zwiebel auf dem Holzbrett, zerkleinerte Auberginen und Tomaten, gab alles der Reihe nach, mit einem Löffel Olivenöl und einer Knoblauchzehe, in die Gusseisenpfanne, ich rührte darin zum Rauschen des Dampfabzugs, goss ein wenig Rotwein dazu, würzte mit Salz und Rosmarinnadeln, ich setzte den Topf mit Wasser auf für die Penne rigate. Solche Dinge brauche ich nach einem Tag mit Verzagten und Verzweifelten.

Der Essensgeruch lockte die Ältere aus ihrem Mansardenversteck hervor. Sie saß schräg neben mir, über den Teller gebeugt, der Vorhang ihrer schulterlangen Haare halb zugezogen: *Don't touch me!* Dass bei dieser Haltung bisweilen Haare in die Sauce gerieten, kümmerte sie nicht.

Ob sie etwas von der Sonnenfinsternis mitbekommen habe, fragte ich. Sozusagen nichts, sagte sie, man habe sie sowieso kaum gesehen, und das Medienspektakel, das man um dieses zweiminütige Ereignis veranstaltet habe, finde sie abstrus. Alle meine Methoden versagten bei ihr. Sie stritt nicht, entzog sich bloß, wehrte mich ab durch Wortkargheit, nichtssagende Floskeln: *Ja, alles in Ordnung, Ma. Kein Kopfweh. Alles wie immer.* Der Stimmklang meldete: *Und jetzt lass mich bitte in Ruhe, Ma.*

Wir aßen die Schüssel aus, hatten uns stillschweigend darauf geeinigt, für Alice, die irgendwann hungrig auftauchen würde, nichts übrigzulassen. Dann würde sie wieder den Kühlschrank plündern, die Milch austrinken, Essiggurken dazu essen und vielleicht einen Rest Kuchenteig. Dass wir, evolutionär gesehen, Allesfresser sind, bewies meine jüngere Tochter jeweils nach zehn Uhr nachts. Helene half, wie immer, beim Abräumen und Saubermachen, sie zeigte sich kooperativ im Tausch gegen meinen Verzicht auf fürsorgliche Fragen. Danach verschwand sie wortlos. Von oben erreichten mich, durch zwei geschlossene Türen, die Vibrationen einer isländischen Band, die Helene sich damals, beim Studium des Aktienrechts, Abend für Abend anhörte. Ich versuchte, den Bass von mir abzuhalten durch die Goldbergvariationen in Glenn Goulds frühster Version. Ich las die Zeitung dazu, halb liegend auf dem alten Ledersofa, das bei jeder Bewegung quietscht wie ein wehleidiges Wesen. Ich las höchst Überflüssiges, nie lasse ich die Meldungen aus, in denen Hollywoodstars oder die englischen Royals vorkommen. Dabei hatte ich mir gerade erst einen neuen Kunstband gekauft, der auf eingehende

Betrachtung wartete, und überhaupt wäre es dringend nötig gewesen, meine Patientenblätter nachzuführen.

Kurz vor zehn – ich hatte nichts anderes erwartet – rief mich Alice an und feilschte, beinahe unverständlich mitten im Musikgetöse, mit mir darum, eine halbe Stunde länger wegzubleiben; ein Freund – das sagte sie immer: »ein Freund« – werde sie mit dem Roller um halb elf vor unserer Haustür abliefern, Ehrenwort! Ich bestand auf Viertel nach zehn, verlangte, dass sie sich nicht ohne Helm auf den Roller setze, drohte zudem, genau zu überprüfen, ob sie ihre Hausaufgaben gemacht habe. Das habe sie, raunzte sie in ihr Handy, ich solle nicht so pingelig sein. »Viertel nach zehn und sonst Ausgangssperre!«, schrie ich sie an. Schon als ich auflegte, beschämte mich mein blinder Zorn. Ich beruhigte mich, schaute von nun an im Minutentakt auf den vorrückenden Zeiger der alten Pendule, die mich auf allen meinen Umzügen begleitet hatte. Sie war mir das liebste Stück aus Großmutters Erbe; manchmal dachte ich mit Rührung an ihren Körper auf dem Totenbett, an ihre fleckigen Kinderhände, die noch einmal nach meiner gegriffen hatten, als rängen wir darum, einander ins eine oder andere Reich zu ziehen.

Zwanzig nach zehn war Alice nicht da, fünfundzwanzig nach immer noch nicht, und ich – welche Mutter kann sich daran hindern? – stellte mir vor, dass sie auf dem Hintersitz des Rollers, ihre Arme um den Oberkörper des Fahrers geschlungen, einen Unfall gehabt hatte und nun schwer verletzt auf dem Asphalt lag. Ich schalt mich selbst für solche Schreckensbilder, griff aber in Panik nach dem Hörer, als das Telefon zum zweiten Mal läutete. Ich war schon nahe daran, in Tränen auszubrechen oder erneut loszuschreien, dann aber wurde mir klar, dass es nicht Alice war, die anrief, sondern der diensttuende Notfallarzt des Zentralspitals, der mich zu einem Termin aufbot. Schwerer Autounfall in einem Tunnel, verstand ich, ein Junge, dessen ganze Familie umgekommen sei, habe wie durch ein Wunder mit leichten Verletzungen überlebt, er brauche dringend psychologische Betreuung, ja, jetzt noch, man schicke ein Taxi an meine Adresse. Ich bin Spezialistin für Psychotraumatologie mit eigener Praxis, habe eine Dissertation über »Bindung und Trauma« geschrieben; ich war damals vom städtischen Krankenhaus in Teilzeit angestellt und daran gewöhnt, bei Notfällen mitten in der Nacht weggehen zu müssen. Die Betreuung traumatisierter Kinder überließ man gerne mir, zuletzt nach einem Eifersuchtsdelikt, da hatte sich ein fünfjähriges Mädchen unter dem Bett verkrochen und zugehört, wie der Vater die Mutter und sich selbst erschoss. Man müsste, meine ich, in solchen Fällen von Mord sprechen und nicht von erweitertem Suizid. Mit diesem Begriff wird die Tat verharmlost, er klingt so, als ob Selbstmord dazu berechtige, Angehörige zum leibeigenen Besitz zu machen und mit in den Tod zu nehmen.

Da ich nicht wusste, ob ich die Nacht im Krankenhaus verbringen würde, packte ich das Nötigste in meine Reisetasche, ein Sommerpyjama, Toilettenartikel, ein paar Brettspiele. Ich rief nach oben, dass ich noch wegmüsse, bekam keine Antwort, ging schließlich die Treppe hinauf ins Dachgeschoss, klopfte an Helenes Tür und vernahm nur Streicherklänge und Björks wimmernden Gesang aus

Homogenic. In dieser kalten, seltsam flirrenden Musik schien Helene seit Tagen versunken zu sein; man hörte aus ihrem Zimmer nichts anderes mehr. Die Tür war verschlossen, Helene öffnete erst, als ich an der Klinke rüttelte. Sie hatte rot verweinte Augen, zerzauste Haare, sie roch intensiv nach Jod (es frage mich keiner, warum). Ich sagte, wohin ich ging, ich bat sie, Alice zu informieren, wenn sie endlich heimkäme, und sie gleich ins Bett zu schicken. Freudlos versprach es Helene.

Draußen wartete das Taxi im Nieselregen. Gerade als wir abfuhren, sah ich den Roller herbeikurven, darauf saß ein Doppelwesen. Der eine Kopf, der unbehelmte mit wehendem Haar, gehörte unbestreitbar zu Alice, die aber mein Winken nicht bemerkte. »Da kommt meine Tochter«, sagte ich zum iranischen Taxifahrer mit einem Anflug von Stolz. Er bremste erst und gab dann wieder Gas, er wusste ja, wohin ich wollte. Die Stadt schlief schon halb bei diesem launischen Wetter. Über der Kehrichtverbrennungsanlage hingen, noch im Lichtbereich eines Sportplatzes, mehrere Knäuel dichten Rauchs. Unversehens tauchte das Bettenhochhaus, ein tausendäugiger Kubus, vor mir auf. Die vielen Bäume davor, schwarz in der Nacht, erweckten einen parkähnlichen und dennoch düsteren Eindruck. Dahinter ein Wirrwarr kleinerer Gebäude, überall die Tafeln mit Großbuchstaben, die die verschiedenen Trakte bezeichnen.

Ich wurde bei der Notfallpforte abgesetzt. Eben landete ein Helikopter der Rettungsflugwacht, dessen Rattern die Nacht zerriss, auf dem Hochhausdach. Organtransport oder Ankunft eines Schwerverletzten, dachte ich. Der Junge sei schon in der Kinderabteilung, sagte mir die Rezeptionistin. Sie sei übrigens im Bilde, fügte sie hinzu und machte ein sorgenvolles Gesicht: Entsetzlich dies alles. Mindestens ein halbes Dutzend Journalisten, die sich wie Geier auf das Unglück stürzten, habe sie schon abgewimmelt.

Ich fuhr mit dem Lift nach oben in den sechsten Stock, betrat die Halle, von der aus man zu den Krankenzimmern und zu den Diensträumen gelangt. In einem von ihnen war eine Nachtsitzung des Notfallteams im Gang, die dem verunfallten Jungen galt. Anwesend: Doktor Wieland, der Oberarzt, den man alarmiert hatte wie mich, die Abteilungsärztin, eine Pflegefachfrau, die ich erst flüchtig kannte, und der Polizeipsychologe, der von der Rettungssanität zum Unfallort gerufen worden war, obwohl er sich, wie er sagte, für Kinder nicht zuständig fühle und darum froh sei, den Fall nun einer Fachkraft zu überlassen.

Der Junge, erfuhr ich, war, im Gegensatz zu seinen beiden Geschwistern, bei der Kollision nicht aus dem Auto geschleudert worden. Er hatte sich offenbar hinter den Sitz geduckt und erstaunlicherweise der Fliehkraft widerstanden. Die Eltern auf den Vordersitzen waren, trotz korrekt getragener Gurten, infolge der Aufprallwucht und der stark verformten Frontpartie sogleich tot, die Schwester war noch am Unfallort gestorben, der Bruder lag in hoffnungslosem Zustand auf der Intensivstation.

Wie es zum Unfall gekommen sei, fragte ich.

Der Kollege von der Polizei zeigte anhand einer Skizze, dass der Wagen, ein alter Toyota Kombi – natürlich ohne Airbag –, die Tunnelwand geschrammt habe, mit mindestens hundert, schätze man, dann sei er zurückgeprallt, habe sich überschlagen, sei nach zirka hundertzwanzig Metern zum Stillstand gekommen, man könne von Glück reden, dass es im Belchentunnel keinen Gegenverkehr gebe und die nachfolgenden Fahrzeuge rechtzeitig gebremst hätten. Der Unfallwagen hingegen habe keine Bremsspur hinterlassen, ein halbes Wunder sei es, dass der Wagen nicht in Brand geraten sei. Der Kollege von der Polizei schlug mit der Faust auf die offene Hand: Der Vater müsse das Steuer herumgerissen haben und in einem Winkel von vielleicht sechzig Grad in die Wand gerast sein, anders sei der Unfallhergang nicht zu erklären.

Was dahinterstecke, fragte ich. Ein Sekundenschlaf? Betrunkenheit? Absicht?

Das werde sorgfältig abgeklärt, sagte der Mann von der Polizei, und vielleicht könnten ja meine Fachkenntnisse die Ermittlungen voranbringen.

»Ich bin nicht Ermittlerin«, sagte ich schroff, »ich kümmere mich lediglich um verletzte Psychen.«

Nun ja, entgegnete der Kollege, beinahe verlegen. Man könne in einem solchen Fall ohnehin niemanden mehr belangen. Obwohl es natürlich wünschenswert wäre, den genauen Hergang zu klären.

»Wie geht es dem Jungen?«, fragte ich.

Er habe bloß, sagte Doktor Wieland, ein paar Rippenprellungen davongetragen, eine leichte Gehirnerschütterung, vermutlich ein Schleudertrauma. Keine inneren Verletzungen, wenn man den Röntgenbildern trauen dürfe. Das sei, gemessen an den Kräften, die auf den Körper eingewirkt hätten, weder physikalisch noch physiologisch erklärbar. Gegen die Schmerzen bekomme er Medikamente, man habe ihn mit einer Halskrause stabilisiert.

Er stehe aber nicht unter Schock, nahm die Abteilungsärztin den Faden auf, er sei im Gegenteil sehr redselig, richtig aufgedreht, und das wirke auf sie irgendwie unheimlich. Er erzähle dauernd von der Sonnenfinsternis, die er heute mit der Familie im Elsass gesehen habe, sie seien deswegen extra hingefahren wie viele andere, sechs Stunden hin und acht Stunden zurück. Das lasse eigentlich auf Übermüdung des Vaters schließen.

Diese Redseligkeit, widersprach ich, sei sehr wohl Symptom eines Schocks, sie werde bald abklingen, und was darauf folge, sei nicht vorauszusehen.

»Meinen Sie?«, sagte die Abteilungsärztin irritiert. Sie habe jedenfalls dem Jungen, fuhr sie fort, zu den Schmerzmitteln ein leichtes Schlafmittel gegeben. Das habe nichts genützt, sie frage sich, ob man die Dosis erhöhen müsse, der Körper des Jungen brauche unbedingt Erholung. Was man seinem Geist zumuten könne, wisse sie nicht, für die brutale Wahrheit sei es wohl zu früh.

»Lassen Sie Frau Hess erst mit ihm reden«, sagte Doktor Wieland, wie immer mit grämlicher Miene. »Danach sehen wir weiter.«

Ob inzwischen schon Angehörige benachrichtigt worden seien, erkundigte ich mich, die Großeltern beispielsweise.

»Wir sind daran, die Adressen ausfindig zu machen«, sagte der Polizeipsychologe. »Der Unfall ist erst vor drei Stunden passiert. Wir wollten den Jungen nicht mit solchen Fragen zusätzlich belasten.«

»Wie viel hat er wohl vom Unfall mitbekommen?«

»Schwer zu sagen«, erwiderte der Mann von der Polizei. »Er hat, wie es scheint, das Bewusstsein nie verloren, er lag ein paar Minuten im eingedrückten Wagen, bevor ihn Helfer heraushoben. Dass es sehr schlimm war, muss er realisiert haben. Aber es ist ja bekannt, dass in solchen Fällen das Kurzzeitgedächtnis oft nicht mehr funktioniert, bei Kindern noch häufiger, nehme ich an.« Sein belehrender Ton brachte mich gegen ihn auf; beinahe fiel ich ihm ins Wort. Ob man die Medien informieren werde, fragte ich am Ende der Sitzung. Vermutlich schon, antwortete Dr. Wieland, der Wortlaut müsse mit der Polizei abgesprochen werden.

»Und mit mir, sofern es um den Jungen geht«, ergänzte ich halblaut. Solche Sätze, die den Ablauf der Dinge erschwerten, pflegte Dr. Wieland zu überhören.

2

Vielleicht wird Yves diese Seiten später einmal lesen, dann soll er wissen, wie es war, als ich ihn kennenlernte. Man hatte für ihn ein Viererzimmer leer geräumt. Er saß aufrecht im Bett, an ein paar Kissen gelehnt, er schaute mir in einer Mischung aus Misstrauen und Neugier entgegen, stark zwinkernd, in großer Unruhe. Etwa achtjährig, notierte ich innerlich, fragiler Körperbau, mediterraner Gesichtstypus mit dunklem Teint, markante Augenbrauen, schwarze Locken. Was mir gleich auffiel: die Farbe seiner Augen, sie waren, selbst unter dem nüchternen Licht der Deckenlampe, von intensivem Dunkelbraun, in dem rötliche Reflexe spielten. An Kastanien dachte ich, an Moorwasser, in dem sich der Herbstwald spiegelt. Mit seiner grünen Halskrause glich er einem englischen Edelknaben auf einem Bild van Dycks. Nur das Weiß des Nachthemds passte nicht dazu, es hätte schillernder Samt sein müssen, meergrün, mit violettem Futter. Er wollte gar nicht wissen, wer ich war, begrüßte mich gleich mit der Frage: »Weißt du, was ein Saroszyklus ist?«

Ich schob den Stuhl beim Bett näher zu ihm hin und setzte mich. »Nein, das weiß ich nicht, weißt du es denn?«

Er versuchte zu nicken, verzog das Gesicht zu einer Grimasse, als es nicht ging. »Ein Saroszyklus dauert genau tausendzweihundertsiebzig Jahre«, sagte er mit leicht nuschelnder Stimme, die Endsilben verschluckend. »Das hat mir Maurice erklärt, mein Bruder, der versteht viel von Astronomie. Und nach tausendzweihundertsiebzig Jahren ist der Mond zwischen Sonne und Erde wieder am gleichen Ort.« Yves zeichnete mit beiden Zeigefingern krumme Linien auf die Bettdecke, die sich über seine angezogenen Knie wölbte; die Finger entfernten sich voneinander, trafen sich wieder. »Und alle achtzehn Jahre und elf Tage, hat Maurice gesagt, gibt es wieder eine Sonnenfinsternis, aber sie verschiebt sich auf der Erdkugel immer um ein paar hundert Kilometer. Das ist kompliziert, nicht wahr? Maurice hat mir eine Zeichnung gemacht, da hab ich's begriffen.«

»Hast du die Sonnenfinsternis wirklich gesehen?«, fragte ich.

Wieder versuchte Yves zu nicken, griff dann irritiert an die Halskrause, die ihn daran hinderte. »Wir sind auf einen Hügel gefahren«, sagte er. »Im Elsass, in der Nähe einer Stadt, die heißt Wissenburg oder so. Mein Papa hat sie uns auf der Karte gezeigt, sie war genau auf dem Falz. Unterwegs haben wir in einem Bistro Rast gemacht und etwas getrunken. Aber ich hab bloß einen Tee bekommen, weil mir ein bisschen schlecht war vom Autofahren, und dann hat Madlen, das ist meine Mutter, plötzlich gesagt, sie hält es nicht mehr aus in dieser öden Kolonne, da waren wir schon in Wissenburg, und Papa ist auf einen Hügel gefahren, wo es lauter Reben gab, die Trauben waren noch sauer, ich hab sie probiert, und Lisa, das ist meine Schwester, war wütend auf Mama, ich weiß nicht, warum, und wollte erst nicht aussteigen und dann doch, da war das Wolkenloch genau über unseren Köpfen.«

Yves hatte sich beinahe in Atemnot geredet, und mir schien eine Zeitlang, er dulde nicht die geringste Lücke zwischen den Wörtern. Doch nun schnappte er nach Luft, presste zugleich die Hand auf die Brust und sagte: »Das tut weh da drin, es sticht.«

»Die Rippen tun dir weh«, sagte ich. »Du hattest einen Unfall.« Es war der erste Hinweis auf das reale Geschehen, ich wollte einer vollständigen Verleugnung vorbeugen.

Yves zwinkerte. »Tut es morgen schon weniger weh?«

»Bestimmt. Und sonst bekommst du ein stärkeres Schmerzmittel.«

Er schniefte ein wenig, er hatte sich mit seiner bekümmerten Miene für Sekunden in ein Kleinkind verwandelt. Ich legte meine Hand auf sein Knie, aber er zuckte zusammen, als hätte ich ihn geschlagen, und streckte unter der Decke die Beine aus, obwohl diese Lage für ihn unbequemer sein musste.

»Und was habt ihr gesehen im Wolkenloch?«, fragte ich.

»Zuerst noch eine Sichel, ganz schmal, und drum herum Flammen, die haben richtig gezüngelt. Dann war bloß noch eine schwarze Scheibe da mit einem Strahlenkranz. Weißt du, wie der heißt? Das ist die Korona.« Es freute ihn, sich an dieses Wort erinnert zu haben, er zog den Mund in die Breite wie ein Clown, aber es war eher eine Lachgrimasse, die mich erschreckte.

»Unheimlich ist es gewesen, so dunkel, dass wir nicht mal die Schutzbrillen brauchten, die Maurice für uns besorgt hatte. Und kühl war es, ganz plötzlich, ohne Wind.

Die Leute haben alle geklatscht, der Hügel war voll von Leuten. Wie ein schwarzes Auge ist die Sonne gewesen, hat Papa nachher gesagt. Aber dann war das Wolkenloch schon zu, man hat nicht mehr gesehen, wie die Sonne wieder hervorkam. Es ist ja der Schatten vom Mond, der die Finsternis macht, weißt du das?«

Ich nickte und schaute auf meine Armbanduhr: knapp vor Mitternacht, zwölf Stunden war es jetzt her seit der totalen Finsternis, die höchstens zwei Minuten gedauert hatte, und Yves zeigte keine Spur von Müdigkeit.

»Und dann? Seid ihr gleich zurückgefahren?«

»Nein.« Er machte mit der Hand eine Bewegung, als fange er eine Fliege. »Später schon. Aber zuerst haben wir uns ins Auto gesetzt für unser Picknick. Dort drin war es schön trocken. Draußen im Gras hab ich sowieso schon nasse Füße gekriegt. Es gab Sandwiches, die hat Mama am Morgen früh gemacht, Sirup gab es auch und nachher einen Apfel.« Er verzog abschätzig das Gesicht, und ich sagte: »Du hättest lieber einen Hotdog gehabt und Eistee dazu. Stimmt's?« Er versuchte wieder zu nicken und ging auf mein Spiel ein, indem er mit dem Finger verschwörerisch auf die Lippen tippte. »Oder wenigstens Salami im Sandwich und nicht bloß Schmelzkäse. Und zum Dessert einen Schokoriegel. Aber Mama muss sparen, weil Papa nicht so viel verdient. Für drei wär's genug, sagt Mama, für fünf wird es knapp.«

»Und jetzt?«, fragte ich. »Hast du wieder Hunger? Ich kann sicher irgendwo noch etwas auftreiben für dich.«

Er wedelte abwehrend mit der Hand, über die sich – das sah ich erst jetzt – eine mit Jod überpinselte Schürfung zog.

»Ich mag nichts essen. Und getrunken habe ich schon. Sie haben mir ein großes Glas Cola gegeben, und zwei Tabletten hab ich geschluckt.«

Braver Bub, hätte ich am liebsten gesagt und ihm die verschwitzten Haare aus seiner Stirn gestrichen, er war ja so bedürftig nach Bestätigung, nach der Wiederherstellung seines Koordinatennetzes. Dass es zerrissen war, zerfetzt, das wusste er zuinnerst, und ich verwünschte mich dafür, dass mir die Aufgabe zufiel, ihm dies begreiflich zu machen.

»Im Auto drin, beim Picknick«, sagte ich, »da stelle ich mir's gemütlich vor.«

Er hauchte an seine Hand. »Die Scheiben haben sich beschlagen. Man sah gar nicht mehr hinaus. Mama hat sich geärgert wegen der Krümel auf dem Polster. Es bleibt sowieso alles wieder an ihr hängen, hat sie gesagt. Dabei hat Maurice die Verantwortung fürs Polstersaugen und ich für den Meerschweinchenstall. Wir vergessen viel zu oft unsere Pflichten, sagt Mama. Das ist Maurice egal. Aber als wir im Auto picknickten, hat er gesagt, mit dem Wissen von heute wäre er früher reich geworden. Alle hätten doch bei der Finsternis geglaubt, die Sonne bleibe verschwunden. Er hätte einfach behauptet, er sei ein mächtiger Magier, er hätte ein paar Sprüche gemurmelt, und schon wäre die Sonne wieder hervorgekommen. Das Volk hätte gejubelt, der König hätte ihn belohnt, und wenn er genug Geld hätte, hat Maurice gesagt, würde er es unter uns verteilen, und für sich würde er ein Teleskop kaufen, wegen der Jupitermonde.«

»Und du?«, fragte ich. »Was würdest du dir kaufen mit so viel Geld?«

»Alle Panini-Bildchen«, sagte er, ohne zu zögern. »Mir fehlen noch ein paar vom letzten Jahr. Und ein Trikot von Ronaldo möchte ich. Den Ball vom WM-Endspiel mit allen Autogrammen. Der ist praktisch unbezahlbar.«

»Bist du ein so großer Fußballfan?«

Seine Augen leuchteten auf. »Klar. Ich bin der beste Dribbler in meiner Klasse, ich werde mal Fußballprofi, und dann verdiene ich viel Geld, und damit kann ich den besten Doktor und die besten Medikamente bezahlen. Es kostet nämlich viel Geld, eine Migräne richtig zu behandeln, das haben wir nicht, darum muss Mama so viel liegen, auch tagsüber, und dann müssen die Vorhänge im Schlafzimmer zugezogen bleiben, ganz dicht.«

Bis um Viertel nach eins blieb ich bei Yves. Er redete und redete, der kleinste Anstoß von meiner Seite brachte dieses Reden wieder in Gang, als verlöre die Spannung, die ihn antrieb, gar nichts von ihrer Energie. Es würde, dachte ich, noch lange dauern, Tage und Wochen, bis ihm die Tränen kämen, aber ich selbst war nahe am Weinen, wenn ich daran dachte, was ihm bevorstand, und zugleich ermahnte ich mich zu einer professionellen Haltung. Es nützt unseren Klienten nichts, wenn wir vor Mitleid zerfließen.

Yves erzählte noch mehr, schubweise und sprunghaft. Er erzählte, auf der Rückfahrt habe sich die Mutter hinten halb hingelegt, wegen der Migräne, und er habe ihren Nacken massiert, das könne er gut, auch Fußballer würden massiert, wenn sie Muskelverhärtungen hätten, nur den Hals habe er nicht berühren dürfen – als Yves das sagte, stockte er – , der Hals habe ihr weh getan, sie habe sich an einer

Türkante gestoßen, und das habe blaue Flecken gegeben, darum habe sie an diesem Tag den indischen Seidenschal gar nie abgelegt und ihn sogar getragen wie ein Kopftuch, einen langen blauen Seidenschal mit goldenem Muster, Blau sei Madlens Lieblingsfarbe, seine sei Gelb, wie die Trikots der brasilianischen Nationalmannschaft. Madlen habe einen blauen Morgenmantel und er ein gelbes Pyjama, und wenn es ihr zu stickig werde im Schlafzimmer oder wenn Rico, sein Vater, zu arg schnarche, dann komme sie zu ihm, zu Yves, sie lege sich auf die Luftmatratze neben seinem Bett, und am Morgen, beim Erwachen, würden sie sich manchmal eine Kitzelschlacht liefern, nein, keine Kissenschlacht, eine Kitzelschlacht, und die gehe so, dass sie einander an den Fußsohlen oder unter den Achseln kitzelten, und wer zuerst aufhören wolle, habe verloren. Das finde Maurice kindisch, und auch mit dem Vater hätten sie deswegen schon Streit gehabt. Es sei aber nicht gut, dass es so viel Streit bei ihnen gebe, das sage auch Frau Schneider, zu der sie manchmal am Mittwochnachmittag gehen müssten, um Probleme zu besprechen. Probleme hätten alle, sage Frau Schneider, es komme bloß darauf an, ihnen ins Auge zu blicken. Die sei nett, die Frau Schneider, ein bisschen wie ich. Nur der Papa wolle nicht mit zu ihr, das sei Zeitverschwendung, sage er, aber Madlen beklage sich, wenn der Papa nicht mitwolle, und dann gebe es trotzdem wieder Streit.

So redete Yves – ungefähr so –, reihte Einzelheiten aneinander, die allmählich das Bild einer schwierigen Familie ergaben. Er blieb dabei hauptsächlich in der nahen Vergangenheit, nur hin und wieder streifte er die Gegenwart. Alles aber, was die nächste Zukunft anging, hielt er von sich fern. Als ich selbst immer müder wurde, unterbrach ich ihn und fragte, wohin er am liebsten gehen möchte, wenn er unter Umständen nicht nach Hause zurückkönne.

Er zwinkerte und schnüffelte kurz, faltete die Hände, knetete sie, als wolle er die Frage zerquetschen, und schwenkte, ohne eine Antwort zu geben, zurück zur Fahrt ins Elsass und zur Ansicht von Maurice, dass die lange Strecke zwischen Bern und Wissembourg (so heißt das Städtchen korrekt, heute weiß ich es), verglichen mit den Distanzen im Weltall, bloß eine Winzigkeit sei, ein Millionstelmillimeter. Es könne sein, fügte er hinzu, dass sein Bruder einmal Astronom werde oder sogar Astronaut, der wisse so viel über diese Dinge.

Yves begann nun doch zu gähnen, klagte über Schmerzen in der Brust und über Kopfweh. Ich löschte das Deckenlicht, ließ nur noch die Bettlampe brennen, so dass sein Gesicht sich in Schatten und Licht teilte. Ich klingelte nach der Schwester, und als sie nicht gleich kam, erkundigte ich mich vorsichtig nach Yves' Großeltern; die würden ihn vielleicht morgen oder übermorgen besuchen, wenn er das wolle. Die Nonna schon, sagte er, oder die Tante Julia, aber die Großmutter, die Mutter von Madlen, sei vor zwei Jahren gestorben.

Endlich kam die Nachtschwester herein, ein junges Ding mit einer dieser modischen Stachelfrisuren. Sie wirkte schuldbewusst; vermutlich hatte sie mit ihrem Freund telefoniert. Wie routiniert sie schon sind in diesem Alter! Sie lächelte knapp an mir vorbei, gab Yves die Tabletten, die der Arzt für diesen Fall vorgesehen hatte. Er beruhigte sich rasch, sank ein wenig zurück in seinen Kissenberg, die Schwester rückte die Halskrause zurecht.

»Ich gehe jetzt«, sagte ich, »morgen komme ich wieder.« Yves winkte mich zu sich, nah an seinen Mund, und während erneut ein Helikopter herandröhnte, flüsterte er mir ins Ohr: »Du musst unbedingt meine Meerschweinchen füttern, jetzt noch, die verhungern sonst.«

»Jetzt noch?«, fragte ich. »Um diese Zeit? Das ist bestimmt nicht nötig. Du brauchst keine Angst zu haben, die überleben länger, als du denkst.«

Er versuchte den Kopf zu schütteln und versteifte sich. »Ich hab's schon am Morgen vergessen. Jetzt ist es höchste Zeit. Mama hat gesagt, sie nimmt mir die Verantwortung nicht mehr ab, und von den andern hat sie auch keiner gefüttert, weil der Käfig ja in meinem Zimmer steht. Du kannst nebenan bei Vera klingeln. Sie hat einen Schlüssel von uns.«

Ich zeigte auf meine Armbanduhr. »Siehst du hier? Ein Uhr nachts. Da kann man doch nicht einfach Leute aus dem Bett holen. Vielleicht hat Vera die Meerschweinchen schon von sich aus gefüttert.«

»Nein, das macht sie nur, wenn wir sie darum gebeten haben. Bitte,« sagte er in immer dringlicherem Ton. »Sie heißen Nougat und Speedy, es sind zwei Männchen, mit einem Pärchen hätten wir dauernd Junge. Bitte, bitte, geh noch hin.« Er nannte zweimal die Adresse.

Ich nickte, nur weil ich es nicht ein drittes Mal hören wollte, denn Straße und Hausnummer zu nennen bedeutete ja das Einverständnis zwischen uns, dass bei ihm zu Hause niemand war außer den verlassenen Tieren.

»Also gut«, willigte ich ein. »Dir zuliebe.«

Er dankte. Der Helikopter, der inzwischen gelandet war, flog wieder weg. Im sprossenlosen Fenster funkelte eine Handvoll Sterne, darunter lag die Stadt, von einzelnen Lichtpunkten durchstochen. Yves wollte noch etwas sagen, dann aber fielen ihm die Augen zu, er atmete langsamer und flacher.

»Armes Kerlchen«, sagte die Nachtschwester, die sich auf den Bettrand gesetzt hatte und nach Zigaretten roch. »Was wird wohl aus ihm? Ich werde eine Zeitlang bei ihm wachen.«

»Tun Sie das«, sagte ich.

In einem großen Krankenhaus ist es auch mitten in der Nacht nie wirklich ruhig. Patienten geisterten auf den Gängen herum. Der Lift glitt summend durch die Stockwerke. Aus der Cafeteria hörte ich Klirren, halblaute Stimmen. Und im Operationssaal, das sagten die roten Lampen, die den Zutritt verboten, ging es um Leben und Tod. Irgendwo lag Maurice, Yves' Bruder, angeschlossen an Apparate, die ihn am Leben erhielten, vielleicht war er es, der eben operiert wurde, vielleicht war er schon tot.

Ich fand den Weg ins Freie, ging eine Weile zu Fuß, am Parkplatz vorbei, auf dem nur ein paar Autos standen, versteinerte Amphibien. Von den Pappeln her, die den Platz säumten, roch es eigentümlich streng. Ich zögerte eine Weile, beschloss dann aber, mein Meerschweinchen-Versprechen nicht zu halten. Es würde, sagte ich mir, niemandem nützen, jetzt noch die Nachbarn von Yves zu erschrecken. Morgen früh, bevor ich zu ihm zurückkehrte, würde ich die Tiere füttern. Mit dem Handy, das ich mir von Helene ausgeliehen hatte, bestellte ich ein Taxi, wartete, umgeben vom Rauschen der Stadt, auf einer Parkbank, bis es eintraf.

Die Töchter schienen in ihren Zimmern zu schlafen, sie hatten vergessen, den Fernseher abzustellen, ein blaues Flimmern im Wohnzimmer wie unruhiger Mondschein. Alice – wer sonst? – hatte nach der späten Heimkehr den Kühlschrank geplündert. Halb zerknülltes Käsepapier lag auf dem Küchentisch, Brotkrümel sprenkelten ihn; immerhin hatte Alice dieses Mal die Kühlschranktür nicht offen gelassen. Ich nagte an einem Stückchen Käserinde, das übriggeblieben war, dachte an die Brote, die Yves' Mutter noch heute Morgen – nein, gestern – gestrichen hatte. Überhaupt gelang es mir nicht, den Jungen mit der Halskrause aus meinen Gedanken zu vertreiben.

Da stand plötzlich Alice vor mir, meine knochige, viel zu schnell gewachsene Tochter im Pyjama. Verschlafen – oder eher übernächtigt – schaute sie mich an, murmelte, sie habe Durst, füllte sich am Hahn ein Glas mit Wasser, trank es in einem Zug wie zu der Zeit, als sie mir bis zu den Knien reichte.

»Du bist zu spät heimgekommen«, sagte ich, weil mir nichts anderes einfiel.

»Und warum musstest du noch weg?«, fragte sie träge.

»Ein Unfall auf der Autobahn. Der hat, so wie's aussieht, einer ganzen Familie das Leben gekostet. Überlebt hat vermutlich nur der achtjährige Junge, zu dem man mich gerufen hat.«

»Ach das.« Alices Ton war beinahe wegwerfend. »Das

haben sie in den Nachrichten gemeldet. Weiß er es schon? Der Junge, meine ich.«

»Was heißt Wissen in diesem Zusammenhang? Er ahnt es, denke ich. Und wie lange er sich weigern wird zu wissen, weiß ich nicht.«

Alice wiegte ironisch den Kopf. »Ich habe eine kluge Mutter, dafür sollte ich dankbar sein, nicht wahr?«

»Provoziere mich jetzt nicht«, sagte ich. »Ich bin viel zu müde zum Streiten. Hast du deine Hausaufgaben gemacht?«

Alice bewegte sich nicht vom Fleck, zupfte bloß an ihrem Pyjama herum. »Tu doch nicht so, als ob es nichts Wichtigeres gäbe, Ma. Du weißt ja selbst, dass das Leben ganz anders ist.«

»Es kann durchaus sein«, sagte ich, »dass du unterschätzt, wie wichtig Hausaufgaben sind. Oder dass du die Härte deines Schädels überschätzt. Sonst würdest du nämlich beim Rollerfahren einen Helm tragen.«

Sie zog eine verächtliche Grimasse, die ich von früh auf an ihr kenne, eine Art Schnute mit linksseitig vorgeschobener Unterlippe, sie starrte mich an, als hätte ich etwas Schlimmes gesagt, und plötzlich liefen Tränen über ihre Wangen. Sie weinte beinahe lautlos, mit hilfesuchendem Ausdruck, ihre Lippen zitterten.

»Um Gottes willen, was hast du denn?« Ich trat auf sie zu und wollte sie, was ich lange nicht mehr getan hatte, in die Arme schließen. Doch sie streckte eine Hand aus, um mich vom Leib zu halten, sie schüttelte den Kopf, schüttelte ihn immer heftiger, stieß plötzlich hervor: »Männer sind schrecklich! Schrecklich!« Dann drängte sie sich an mir vorbei, stampfte auf nackten Sohlen hinauf in ihr Zimmer, ich hörte, dass sie die Tür abschloss. Eine unglückliche Liebe also. Ging es um den Typen auf dem Roller, um den sie die Arme geschlungen hatte? Vielleicht würde ich es später erfahren, und dann eher von Helene als von Alice. Denn immerhin vertrauten sich die Schwestern in der Not einander an, und indirekte Nutznießerin solcher Geschwisterlichkeit war dann manchmal auch ich, sofern die eine weiterschwatzte, was sie von der anderen wusste. Zum Thema Männer hätte ich einiges beitragen können. Wer vom einen Mann verlassen worden ist, den anderen durch plötzlichen Herztod verloren hat, darf sich als Spezialistin in solchen Fragen bezeichnen. Aus eigener Trauerarbeit, so habe ich's gelernt, schöpfe man die Kraft, fremdes Leid wahrzunehmen, aber man dürfe sich nicht davon überschwemmen lassen. Einfühlung und Abgrenzung, das A und O meiner Berufsarbeit. Nun ja, theoretisch mag das stimmen. Doch an der eigenen Brut versagt das psychotherapeutische Handwerk glorios.

Ich überlegte kurz, ob ich Adrian anrufen sollte, den Vater von Alice. Manchmal – in letzter Zeit wieder häufiger – trieb es mich dazu, meine Sorgen vor ihm auszubreiten. Er hörte mir meistens zu, Alice, die ihn kaum noch treffen wollte, machte ihm ebenso zu schaffen wie mir. Das ergab jeweils, gerade um Mitternacht, genügend Gesprächsstoff. Aber dieses Mal ließ ich es bleiben. Ungetröstet ging auch ich zu Bett und war erleichtert, als mir nach längerer Schlaflosigkeit die beiden Meerschweinchennamen wieder einfielen: Speedy und Nougat.

3

Ein grauer Morgen. Knuspermüsli. Abweisende Gesichter. (Das stimmt nicht ganz: Als ich Helene die Zuckerdose reichte, lächelte sie mich flüchtig an.) Der Zeitungstitel zur gestrigen Finsternis: Naturspektakel des Jahres. In Stuttgart hatten sich eine halbe Million Schaulustige zusammengefunden, die aber verregnet wurden und beinahe nichts zu sehen bekamen. Die beste Sicht, so las ich, hatte man in einem schmalen Gürtel zwischen Saarbrücken und Metz. Wo Wissembourg lag, hatte ich auf meiner Michelinkarte schon nachgeschaut, nicht weit von Colmar. Dort, im Museum Unterlinden, hatte mich vor vielen Jahren der Isenheimer Altar beinahe dazu gebracht, Kunstgeschichte zu studieren. Sogar jetzt dachte ich einen Augenblick lang an meine damalige Erschütterung. Unter Vermischtem, auf der letzten Seite, gab es zwei Spalten über den Unfall mit einem verschwommenen Bild vom zusammengedrückten Toyota. Es war ein wirrer Haufen Blech. Dass darin jemand überlebt hatte, grenzte in der Tat an ein Wunder. Ich überflog den Artikel, der sich offenbar auf ein behördliches Communiqué stützte. Eine Untersuchung zur Unfallursache, stand im letzten Abschnitt, sei im Gang; man gehe davon aus, dass der Familienvater am Steuer, ein Dokumentalist im Bundesdienst, übermüdet gewesen sei. Von einer Tragödie war die Rede. Die Familie, nahezu ausgelöscht nun, sei in ihrem Wohnquartier äußerst beliebt gewesen. Noch gestern Nacht musste die Journaille ausgeschwärmt sein, um Material zusammenzutragen. Wer hatte ihnen Yves' Namen verraten? Es entspricht meiner Erfahrung, dass bei der Polizei und beim Krankenhauspersonal regelmäßig jemand plaudert.

Während ich las, repetierte Alice, mit dem Englischbuch neben der Teetasse, murmelnd die Vokabeln, die heute abgefragt wurden, und ich konnte mir die Bemerkung nicht verkneifen, dass man genau auf solche Weise das Gymnasium verpatze, womit die Stimmung am Tisch auf null Grad sank. Vielleicht war meine Laune auch nur deshalb so schlecht, weil mir klargeworden war, dass Dr. Wieland mich neuerlich übergangen hatte. Das Communiqué hätte mir vorgelegt werden sollen, es gehörte zu meinen Pflichten, darüber zu urteilen, ob die Veröffentlichung bestimmter Fakten die von mir betreuten Personen psychisch belasten könnte, und hierbei zog ich besonders bei Kindern die Grenzen sehr eng. Man hatte es also im Koordinationsteam von Polizei und Sanität wieder einmal zustande gebracht, die lästige Psychotante auszuschalten. Yves' Namen hätte ich auf jeden Fall anonymisiert; es würde weiß Gott sonst noch genug auf ihn zukommen.

Trotz der kühlen Temperatur trug Alice nur ein enganliegendes dunkelviolettes T-Shirt mit aufgedrucktem, von Rosen umgebenem Totenkopf. Mein Zureden hatte nichts genützt; sie bestand darauf, dieses T-Shirt auch in der Schule zu tragen. »Stress mich nicht«, sagte sie, und als sie gegangen war, fragte Helene, ob ich die dunklen Ringe unter Alices Augen gesehen habe, das komme vom fehlenden Schlaf.

»Eher vom Liebeskummer«, erwiderte ich, und Helene errötete zu meiner Verblüffung.

Ich hatte versprochen, die Meerschweinchen zu füttern. Doch vorher rief ich im Krankenhaus an und fragte, wie der Junge die Nacht verbracht habe. Er habe kaum geschlafen, meldete mir Melanie, die burschikose Assistenzärztin aus dem Wallis, die den Dienst um sieben Uhr früh angetreten hatte (ich kannte und mochte sie), er habe, laut Nachtschwesternrapport, immer wieder über Schmerzen geklagt. Um drei Uhr morgens habe sich die Großmutter bei der Notfallaufnahme gemeldet, offenbar seien doch nahe Verwandte in der Nacht von der Polizei benachrichtigt worden. Die Frau habe unter Schock gestanden und selbst Hilfe benötigt. Man habe sie nur mit Mühe davon abhalten können, zu Yves vorzudringen und ihn, so sarkastisch drückt Melanie sich manchmal aus, mit Tränen zu überschwemmen. Man habe für sie ein Notbett bereitgestellt.

»Wie geht es dem Bruder?«, fragte ich.

»Er liegt im Sterben«, sagte Melanie. »Eine Sache von Stunden.«

»Dann wird der Kleine der einzige Überlebende sein. Lasst keine Verwandten zu ihm, bis ich da bin.«

»Wir tun unser Möglichstes«, sagte sie.

Wohin ich zuerst noch gehen würde, verschwieg ich ihr. Versprochen ist versprochen.

Das Reiheneinfamilienhaus lag am Hang. Dreißiger Jahre, Typus Genossenschaftssiedlung, die Vorgärten für Selbstversorger sind heute größtenteils in Rasen mit Blumenrabatten verwandelt. Ich war auf dem Rad ins Schwitzen geraten, absteigen wollte ich nicht. Es ging gegen halb neun, Sommermorgengerüche, die Blätter des Rhododendrons noch nass, Pfützen auf dem Gartenweg. Die Fassade machte einen heruntergekommenen Eindruck, die Fenster waren alt, bestimmt undicht. Ganz anders der Hausteil nebenan, in dem nach Yves' Beschreibung die Nachbarin mit dem Schlüssel wohnen musste. Dort war der Anstrich frisch, es gab einen Wintergarten mit spiegelndem Glas und Aluminiumstreben.

Auf mein Klingeln wurde augenblicklich geöffnet, als hätte man mir aufgelauert. Die Nachbarin Vera wirkte androgyn mit ihren kurzen grauen Haaren, der hageren Figur, dem schlottrigen Pullover.

»Ich gebe keine Auskunft«, sagte sie und wollte die Tür gleich wieder schließen. Sie ließ sie offen, als ich Namen und Funktion genannt hatte. »Entschuldigung. Vorhin waren die vom Fernsehen da. Und am Morgen früh hat, weiß Gott warum, die Polizei das Haus durchsucht.« Sie musterte mich unsicher. »Dürfen die das?«

»Vermutlich schon«, antwortete ich und gab mir Mühe, meinen Ärger herunterzuschlucken. »Die Koordination der beteiligten Teams lässt leider häufig zu wünschen übrig.«

Sie ließ die Türklinke los, die sie bis dahin umklammert hatte, und ihr Arm fiel hinunter wie ein nutzloser Gegenstand. »Es ist schrecklich.« Ihre Stimme klang plötzlich weinerlich. »Einfach schrecklich. Wer hätte das gestern gedacht? Sie waren so fröhlich, als sie wegfuhren.«

Weiter drüben schaute jemand zum Fenster heraus. Schreckensnachrichten verbreiten sich rasch, man weiß manchmal gar nicht, wie. Ich sagte, weshalb ich hier sei und in wessen Auftrag, und kam mir selbst dabei lächerlich vor.

Die Frau – Schärer stand auf dem Türschild – starrte mich entgeistert an. Die Meerschweinchen, ach so? An die habe sie in der Aufregung auch nicht gedacht. Warum ich nicht einfach angerufen hätte? Das wusste ich auch nicht. Aber jetzt war ich hier, ich hatte eine Aufgabe zu erfüllen, und das Haus war, wie sich zeigte, von den Behörden noch nicht versiegelt worden.

Vera – ich nannte sie innerlich so – holte den Schlüssel, öffnete die Tür nebenan. Man konnte über den niedrigen Zaun steigen, statt einen Umweg zu machen. Es roch modrig im Haus, nach fauligem Grünabfall und ungelüfteten Betten. Die Kleiderhaken im Vorraum waren vollgehängt mit Jacken und Mänteln, einzelne waren zu Boden gefallen, bildeten Haufen, zwischen denen Schuhe standen. Schuhe füllten auch zwei Gestelle an der Wand, unendlich viele Schuhe, so schien mir, darunter dreckige Stöckelschuhe, abgelaufene Pumps, Schuhe ohne Bändel, Schuhe mit zerrissenen Nähten, Schuhe mit hineingedrückter Zunge, sogar Babyfinken lagen irgendwo. Man musste die Füße heben, um nicht darüber zu stolpern.

»So sieht… so sah es hier leider immer aus«, sagte Vera. »Madlen hat dauernd gegen das Chaos gekämpft. Aber Rico hat sie zu wenig unterstützt.«

Vera folgte mir unaufgefordert, und ich war so konsterniert, dass ich es zuließ. »Haben Sie übrigens einen Ausweis?«, fragte sie plötzlich. »Sie könnten sich ja tarnen, um exklusiv zu Bildern zu kommen.«

Ich zeigte ihr meinen Spitalausweis mit Foto und Titel, das schien ihr glaubwürdig genug.

Am Fuß der Treppe, die in den ersten Stock führte, lag ein Berg Wäsche, darauf ein verbogener Kartonflügel, goldfarben besprayt, mit Glimmer verziert. Wir taten so, als gäbe es ihn nicht. Auch in Yves' Zimmer herrschte ein Durcheinander, das unter anderen Umständen fröhlich gewirkt hätte. Hier roch es nach Tier. Die Kiste, in der es heftig raschelte, stand neben dem ungemachten Bett. Verstreute Grashalme auf dem Spannteppich, Stofftiere – ein Dutzend oder mehr – auf und neben dem Kopfkissen. Eine aufgepumpte, leuchtend rote Luftmatratze war nachlässig an die Wand gestellt, ihr gegenüber hing ein Poster: die brasilianische Fußball-Nationalmannschaft in kanariengelben Trikots. Den glatt geschorenen Ronaldo erkannte sogar ich. Speedy und Nougat beschnupperten die Hand, die ich zu ihnen hineinstreckte.

»Achtung«, sagte Vera hinter mir, »sie können beißen.«

Ich gab ihnen Heu aus dem halbvollen Sack neben der Kiste, legte eine Knabberstange dazu.

Vera hatte die Wasserschale gefüllt. »Da müsste wieder mal gründlich gemistet werden. Und eigentlich gehören die Tiere um diese Jahreszeit ins Freie. Ich hole dann noch Löwenzahnblätter und etwas Fenchel, den mögen sie.«

Wir sahen den fressenden Tieren zu, und ich stellte mir vor, wie Yves sie gefüttert und gestreichelt hatte.

»Was geschieht jetzt mit ihnen?«, fragte Vera. »Wer nimmt sie zu sich?«

»Sie vielleicht?«, schlug ich vor.

Sie schüttelte den Kopf. »Das will mein Mann auf keinen Fall, er hasst den Geruch.«

»Aber ich darf doch Yves sagen, dass Sie vorläufig für die zwei sorgen, nicht wahr?«

Sie nickte. »Der arme Junge. Wie geht es ihm? Ist es überhaupt möglich, so was zu verarbeiten?«

»Es kommt auf die Umstände an«, sagte ich und ärgerte mich über diesen banalen Satz.

»Ist er wirklich der Einzige, der überlebt hat?« In ihren Augen war ein Ausdruck zwischen Neugier und Schrecken.

»Es ist noch nicht ganz sicher«, antwortete ich wider besseres Wissen. »Der Bruder liegt auf der Intensivstation.«

»Ach ja? Da kann man also hoffen?«

»Ich glaube kaum«, sagte ich, hatte aber den merkwürdigen Drang, sie und mich zu trösten, und deshalb fügte ich an: »Medizinische Wunder sind selten, aber es gibt sie.«

Wir schwiegen eine Weile und vermieden es, einander anzusehen.

»Sie hatten es ja sonst schon schwer genug«, sagte Vera plötzlich und ließ das letzte Wort in der Schwebe, als warte sie darauf, dass ich hier einhake. »Ich meine, die Probleme haben sich ja wirklich summiert.«

Damit brachte sie mich tatsächlich dazu, mich nach der Art dieser Probleme zu erkundigen. Das löste ihre Zunge endgültig. Der Mann, Rico, habe zu wenig verdient, das sei ein Dauervorwurf Madlens gewesen. Er sei im Dokumentationsdienst des Bundesparlaments steckengeblieben, in einer der unteren Lohnklassen, und habe sich einer Karriere verweigert. Er leiste – sie fiel unwillkürlich ins Präsens – aus Madlens Sicht überhaupt zu wenig für die Familie, kümmere sich zu wenig um die Renovation des Hauses. Sie vermute, sagte Vera und senkte dabei die Stimme, die Familie beziehe schon lange Sozialhilfe und versuche, dies zu verheimlichen. Wobei ja Madlen seit ein paar Monaten mitverdient habe. Zwei Halbtage wöchentlich in einer Drogerie, als Verkäuferin. Kein angemessener Job für eine, die mal Tierärztin werden wollte und dann immerhin eine Verwaltungslehre machte. Madlen und Rico jedenfalls hätten sich häufig gestritten, auch vor den Kindern und sogar im Garten, da bekämen die Nachbarn einiges mit. Sich beklagt und geschimpft habe vor allem Madlen, ihr Mann sei einfach dagestanden wie ein Holzklotz und habe die Vorwürfe stumm über sich ergehen lassen. Die Kinder hätten versucht zu intervenieren, die Mutter mit allerlei Tricks abzulenken, meist vergeblich, man sei ja in solchen Verhältnissen unrettbar ineinander verzahnt.

Veras Vulgärpsychologie begann mich zu ärgern. Ich unterbrach sie: »Ist er nie explodiert?«

Sie blinzelte mich an, schürzte ihre dünnen Lippen. »Doch, ich bin sicher, er hat sie geschlagen.« Sie stockte. »Es ist ja schon komisch, von ihnen in der Vergangenheitsform zu erzählen. Aber es war wirklich so. Manchmal drang nachts Geschrei zu uns herüber, Gepolter, Möbelrücken. Und nachher war's gespenstisch still. Letzte Woche, als Madlen sich nach einem solchen Zwischenfall wieder draußen zeigte, hatte sie ein Kopftuch umgebunden, andere Male trug sie einen Schal, eine Sonnenbrille, und ich dachte immer, sie habe darunter etwas zu verbergen.«

»Wollte sie nie weg von ihm?«

»O doch«, sagte Vera mit einem kleinen Lachen. »Sie hat es mindestens fünfmal angekündigt, sogar mit Umzugstermin. Aber dann schaffte sie es trotzdem nicht. Ich denke, es waren auch die Kinder, die unbedingt in diesem Haus bleiben wollten. An sie und an Maurice kam man kaum heran. Mit Yves war es anders, aber bei ihm weiß man nie, was wahr ist und was erflunkert.«

Das Haus bedrückte mich. Es herrschte darin eine Atmosphäre fortgeschrittener Verwahrlosung. Und es schien unbegreiflich, dass die Menschen, die sie verursacht hatten, nicht hierher zurückkehren würden. Ich wollte weg, an die frische Luft. Vera folgte mir, weiter schwatzend. Irgendwo stand eine Vase mit welkendem Rittersporn. Ein Plastikkorb quoll über von ungebügelter Wäsche. Rasch warf ich einen Blick in die Küche. Schmutziges Geschirr türmte sich im Spülbecken. Ein angeschnittenes Brot lag auf dem Holzbrett, ringsum Krümel, Butterspuren, Käserinde. Dort hatte Madlen wohl Brote gestrichen für die Finsternisfahrt.

»Sie war einfach überfordert«, sagte Vera, »sie hatte dauernd Migräne. Nun ja, sie nannte es so. Es waren Depressionen, vermute ich.«

An der Kühlschranktür klebten Notizen: »Bin um drei wieder zurück«, »Lisa, mach Spaghetti heute Abend«, »Putzt endlich eure Schuhe!« Es waren Nachrichten von Toten. Eine Tabelle hing an der Wand mit Rubriken wie WC-Putzen, Abwaschen, Pflanzengießen, darin eingetragen, samt Wochendaten: die Namen der Kinder, ein Plan also zur gerechteren Aufteilung von Haushaltspflichten. Das letzte Datum lag ein halbes Jahr zurück, und einige Namen – vor allem der von Maurice, abgekürzt Mau – waren immer wieder durchgestrichen. Im Gang dann ein vergrößertes Familienfoto unter schmutzigem Glas, aufgenommen irgendwo im Süden, mit Pinien im Hintergrund. Alle fünf lachend, in Shorts. Yves war etwa vier Jahre jünger als jetzt, ein keck blickender Knirps, den die Mutter an sich gezogen hatte, so dass sein Kopf an ihrer Hüfte ruhte. Sie war auf diesem Foto eine attraktive Frau, gut proportioniert, mit weicher Frisur, hinter dem Lachen eine anziehende Melancholie. Sie glich, dachte ich, ein wenig Meryl Streep in *Bridges of Madison County*. Auch die zwei anderen Kinder wirkten gut geraten, aufgeweckt, und der Vater, Rico, war trotz des deutlichen Bauchansatzes ein Beau mit mediterranen Zügen, dem sogar ein zerknittertes Polohemd gut stand. Es war eine Ferienprospektfamilie, eine von denen, die ich – mir fehlen Mann und Sohn – normalerweise beneide, obwohl ich das Inszenierte überhaupt nicht mag.

»Sehen Sie«, sagte Vera neben mir, auch sie nicht ohne Missgunst, »die zwei galten als das schönste Paar im Quartier. Aber ich kann Ihnen sagen, in den letzten Jahren ist Madlen enorm gealtert, und er legt dauernd an Gewicht zu…« Sie merkte, dass sie wieder in die Präsensfalle getappt war, und seufzte theatralisch. »Man kann es einfach nicht fassen.« Und nach einer Pause: »Wohin kommt er jetzt, der Kleine? Wissen Sie es?«

»Keine Ahnung«, erwiderte ich. Da waren wir schon draußen, die Sonne schien mir ins Gesicht. »Das wird die Vormundschaftsbehörde bestimmen.«

»Seine Tante, Madlens Schwester, wird ihn zu sich nehmen wollen, das sage ich Ihnen voraus. Oder dann die Nonna, Ricos Mutter, die hat sich oft um die Kinder gekümmert. Aber Madlen ließ sie in letzter Zeit nicht mehr ins Haus, man ahnt, warum, nicht wahr?«

Sie lud mich zu einem Espresso ein, echt italienisch, ihr Mann arbeite in einer Kaffeerösterei. Ich lehnte ab, schloss mein Rad auf, das am Zaun lehnte. In Madlens Garten wucherten Kerbel und Hahnenfuß. Die Klematis an der Fassade war größtenteils verdorrt. Ich stellte mir Yves vor, wie er barfuß durchs Gras lief.

Vera kam mir bedrängend nahe, als ich schon auf dem Sattel saß. »Sagen Sie, was hat eigentlich die Polizei hier gesucht? Es war doch ein Unfall, oder nicht?«

Ich wich ihrem Blick aus, sah, dass sie zu den schwarzen Jeans Hausschuhe aus Filz trug, an denen ein paar Blütenblätter klebten. »Ich nehme an, die Polizei muss nach einem solchen Ereignis alle Möglichkeiten abklären.« Welche Möglichkeiten?, dachte ich und fragte mich selbst, wonach man gesucht haben könnte. Nach einem Abschiedsbrief? Nach Dokumenten, die eine ausweglose Situation belegten?

»Das ist doch sinnlos«, sagte Vera. »Was sie auch herausfinden, es nützt niemandem mehr.«

»Danke für Ihre Hilfe«, sagte ich und warf mir vor, viel zu lange geblieben zu sein.

»Ich sehe Sie doch beim Begräbnis«, rief Vera mir hinterher.

Der Fahrtwind kühlte mein Gesicht, die Hosenbeine flatterten, ich hatte vergessen, sie mit Klammern festzustecken. Meine Töchter mögen es nicht, wenn ich diese weiten

Hosen trage. Das sei ein Türkenschnitt, sagt Alice, unmodischer gehe es kaum. Obwohl sie momentan gegen alles rebelliert, erträgt sie es nicht, dass auch ihre Mutter in manchem eine Rebellin ist.

Eine viertelstündige Fahrt bis zum Krankenhaus. Was tun gegen unerwünschte Assoziationen? In meiner Vorstellung saß Yves, kleiner noch als auf dem Foto, hinter mir auf dem Kindersitz, ich glaubte, die Wärme seiner Wange zu spüren, die er an meinen Rücken schmiegte. Ja, es war Yves, nicht die kleine Alice, an die ich mich fast nicht mehr erinnerte, so gründlich hatte die große Alice sie verdrängt.

Ich kam zu spät zur Morgensitzung, ertrug schweigend die tadelnden Blicke. Ich erwog, mich darüber zu beschweren, dass man mir schon wieder ein Communiqué nicht vorgelegt hatte, und ließ es bleiben; ich hätte ohnehin nur Ausflüchte und verklausulierte Schuldzuweisungen zu hören bekommen. Viel Unruhe um Yves, wurde mir berichtet. Auch der Familienname war inzwischen durchgesickert. Dauernd würden Medienleute anrufen, aber auch wildfremde Menschen, die ihre Hilfe anböten. Die Polizei habe sich erkundigt, ob der Junge vernehmungsfähig sei. Man schirme ihn im Moment auch noch gegen die nächsten Verwandten ab, die drüben im Aufenthaltsraum warten würden. Das sei doch ganz in meinem Sinn. Der Chef erwäge, Yves ins Nebengebäude zu verlegen, wo die Kinderpsychiatrie untergebracht war, er wolle dringend meine Meinung dazu hören.

Man rief Dr. Wieland mit dem Piepser herbei, auch er war also schon wieder im Dienst. Bei starker Müdigkeit gleicht seine Haut brüchigem Pergament, und die Hermann-Hesse-Nase wirkt wie aufgeklebt. Ich hatte geahnt, was er sagen würde: Man habe den Hirntod festgestellt beim älteren Bruder. Also war Yves jetzt endgültig ohne Geschwister. Einen Spenderausweis hatte Maurice nicht, er war ohnehin minderjährig. Über Organfreigabe könnten Blutsverwandte in auf- oder absteigender Linie bestimmen, erläuterte Dr. Wieland, aber die Großmutter sei gegenwärtig nicht ansprechbar. Seine Vorliebe für Transplantationen habe ich nie geteilt.

Dann wandte er sich an mich: »Sie entscheiden, was für Informationen dem Jungen zumutbar sind. Wir behalten ihn hier, so lange Sie wollen. Medizinisch gesehen, könnte er schon diese Woche…« Er stutzte, er unterdrückte das Wort, das er hatte sagen wollen (*heimgehen*, nehme ich an), ersetzte es durch »die Klinik verlassen« und stolperte prompt darüber.

Es sei zu früh für Entscheidungen, gab ich zu bedenken. Man solle Yves jetzt nicht verlegen, er brauche eine stabile Umgebung. Beinahe wäre mir entschlüpft, dass ich Yves' Meerschweinchen gefüttert hatte. Dann wäre der Ausdruck auf Dr. Wielands Gesicht wohl noch unnahbarer geworden.

4

Melanie, deren hennafarbene Locken schon auf den ersten Blick ins Auge stachen, saß bei Yves am Bett. Sie setzten ein Puzzle zusammen, irgendwelche Micky-mäuse, eigentlich für kleinere Kinder bestimmt. Yves sah müde aus wie alle um ihn herum. Seine Halskrause hatte einen Kakaofleck. Die Tagesschwester stand beim Wasch-becken und tat so, als sei sie beschäftigt. Yves lächelte mir zu, mit erschrockenem Ausdruck, als hätte ich ihn bei etwas Verbotenem ertappt. Seine Augen blieben dunkel. Man hätte ihn kämmen müssen.

»Du erinnerst dich doch an mich«, sagte ich.

»Eliane«, sagte er. »Du bist Eliane.«

Ich wusste gar nicht mehr, dass ich den Namen erwähnt hatte.

»Mit den Schmerzen geht's besser, nicht wahr?«, sagte Melanie in ihrem melodiösen Walliser Dialekt und tätschel-te seinen Unterarm.

»Ich habe nämlich wieder Tabletten geschluckt«, erklär-te Yves.

Ich nahm einen Stuhl und setzte mich zu ihnen. Eine Weile schaute ich zu, wie sie aus den Puzzleteilen, die auf der Bettdecke lagen, passende heraussuchten und sie ins unvollständige Bild einfügten.

»Yves«, sagte ich, »es ist Besuch für dich da. Deine Großmutter und deine Tante. Möchtest du sie sehen?«

Er stutzte, veränderte seine Lage im Bett, so dass ein paar Puzzleteile vom Knie hinunterrutschten. »Die Nonna?«

Ich nickte. Er schien nachzudenken, bewegte leicht die Lippen dazu, als ob er die Argumente dafür und dagegen innerlich aufzähle. Melanie strich ihm aufmunternd übers Haar. Er erschauerte, wandte den Kopf von ihr ab. »Gut, sie kann kommen. Aber nur, wenn ich nicht zu ihr muss.«

Mir blieb beinahe die Sprache weg; irgendetwas in ihm wusste Bescheid.

»Du musst nirgends hin, wohin du nicht willst«, sagte ich mit trockenem Mund. »Und die Tante, darf sie auch mit herein?«

Nicken konnte er nicht, dafür hob er die Hand zu einer bejahenden Geste. »Sie heißt Julia, es ist die Schwester von Madlen.«

»Ich glaube, sie werden weinen, wenn sie dich sehen. Erträgst du das?«

Er schnüffelte. »Vielleicht muss ich auch weinen.«

»Das macht nichts. Weinen tut manchmal gut.«

Er runzelte die Stirn und wirkte plötzlich um drei Jahre älter. »Kommt man wirklich in den Himmel, wenn man tot ist?«, fragte er mit einer dünnen Stimme, die aber fast beiläufig klang.

»Ich denke schon«, antwortete ich und sah, dass Melanie sich verstohlen in den Daumenballen biss.

»Vielleicht fliegt man auch im Weltraum herum«, sagte Yves, »aber da braucht man einen Astronautenanzug, oder nicht?« Er wirkte einen Moment lang beinahe belustigt.

»Ich würde nahe an der Sonne vorbeifliegen bei der nächsten Finsternis.« Erschrocken verstummte er mit halboffenem Mund, verbesserte sich gleich. »Nein, nicht zu nahe. Sonst verbrennt man doch. Es ist ja nur der Mond, der die Sonne verdeckt.« Seine Hände bewegten sich über die Decke, er nahm drei Puzzleteile und legte sie in eine Reihe. »Hier ist die Erde, hier die Sonne, dazwischen der Mond, siehst du? Und dann ist der Mond genauso groß wie die Scheibe von der Sonne. Das hat Maurice mir erklärt.«

Ich nickte, und Yves ließ, indem er unvermittelt das Bein anzog, die drei Teile – und andere mit ihnen – wie Dominosteine übereinanderfallen.

»Ich geh die Frauen jetzt holen«, sagte ich.

Melanie hob die Augenbrauen, aber mir war klar, dass man die Verwandten nicht länger vertrösten konnte. Sie warteten im Aufenthaltsraum, wo bunte Stühle zwischen den Ledersesseln Fröhlichkeit simulierten. Sie, die alte und die jüngere Frau, saßen so weit auseinander, dass ihre gegenseitige Abneigung unübersehbar war. Die Großmutter, eine drahtige Person mit kantigem Gesicht und Silberhaar, schoss sogleich hoch, als ich eintrat. Hatte sie wirklich die Nacht im Krankenhaus verbracht? Sie stellte sich flüchtig mit »Zanini« vor, fragte, ob ich die Psychologin sei, beschwerte sich, es sei eine Frechheit, sie vom Bett ihres Enkels fernzuhalten, von einem Kind, das jetzt Trost und Zuwendung benötige wie noch nie. Dann brach ein schreckliches Schluchzen aus ihr hervor, sie klammerte sich an mir fest, drohte umzusinken. Ich führte sie zu einem Sessel, ich reichte ihr das Glas Wasser, das irgendwo stand, und sie trank, als wäre sie am Verdursten. Die andere, Yves' Tante, war in vorgebeugter Haltung sitzen geblieben und hatte mit beiden Händen ihre Knie umfasst; lange aschblonde Fransen fielen ihr über die Stirn, so dass ich ihr Gesicht gar nicht richtig sah.

Ich wandte mich an beide und sagte die übliche Formel auf: dass wir in extremen Situationen verpflichtet seien, dem Wohl des Kindes Priorität einzuräumen, und genau abwägen müssten, was ihm schade und was ihm nütze.

»Dann halten Sie also eine Großmutter für schädlich«, sagte Frau Zanini, nun wieder aggressiv und mit einer Spur von Sarkasmus. »Es gibt doch gar kein Gesetz, das Ihnen erlaubt, den Kontakt mit meinem Enkel zu verbieten. Lassen Sie mich jetzt zu ihm. Er soll wissen, dass er noch jemanden hat.« Hier brach ihre Stimme wieder, sie erhob sich wie eine Angetrunkene, wollte mich – ich stand vor ihr – zur Seite schieben. Vor dem überhellen Fenster sah sie aus wie ausgeschnitten, dunkel, hart konturiert; manchmal vergisst man, wie viel Himmel es im sechsten Stock gibt.

»Ach, hör doch auf«, sagte da schneidend die andere im Raum, Julia Brunner, und warf mit einem Ruck ihre Haare zurück. »Du willst ihn jetzt einfach für dich haben.« Ihr Gesicht war erschreckend blass, der Lidstrich verschmiert. Sie glich Madlen auf dem Foto nur wenig, hatte spitzere Züge.

»Hören Sie nicht auf sie«, sagte Frau Zanini, schwer atmend.

Die Jüngere stieß ein kurzes Lachen aus, sie schlug die Hände vors Gesicht, ihre Blässe schien durch die Finger zu dringen.

Ich tat, als hätte ich nichts gehört, und erläuterte den zwei Frauen, ich würde sie jetzt zu Yves führen, sie könnten ihn, wenn er das dulde, in die Arme schließen, streicheln und halten. Wenn er nicht von sich aus auf den Tod der Angehörigen zu sprechen komme, dann sollten sie es auch nicht tun. Er brauche sein eigenes Tempo, bis er fähig sei zu begreifen, was geschehen sei; vielleicht daure es noch Tage und Wochen. Und ich dachte: tot, tot, tot, tot, vierfacher Tod, das muss er lernen.

»Klugschwätzerin«, sagte Julia halblaut, es war auf mich gemünzt.

Ich hörte darüber hinweg. Sie folgten mir beide, als ich hinausging. Frau Zanini hatte ihr Handtäschchen gepackt wie eine Waffe, an ihrer senfgelben kurzärmligen Bluse, die zu jugendlich geschnitten war, zeigten sich unter den Achseln dunkle Monde. Der Flur war lang. Unsere Sohlen quietschten manchmal auf dem Linoleum. Ich nickte dem Personal zu, das unseren Weg kreuzte, Weißkittel und Grünkittel. Plötzlich kam mir Julia bedrängend nahe, so dicht war sie hinter mir, dass ich ihren Atem im Nacken spürte. »Hören Sie«, zischte sie, »er hat sie umgebracht und es als Unfall getarnt, ich habe es kommen sehen.« Sie ging nun neben mir, rang um Atem nach diesen Sätzen. »Der Junge weiß es auch, ich bin sicher, Sie müssen ihm helfen, darüber hinwegzukommen.«

Am liebsten wäre ich losgerannt, denn nun hörte ich auch Frau Zanini aus ein paar Metern Abstand, von der andern Seite her: »Glauben Sie ihr nicht, sie war immer gegen meinen Sohn.« Zugleich ließ sich Julia zurückfallen. Ihr geflüstertes »Seit langem habe ich es kommen sehen« vermischte sich mit der anderen Stimme. Manchmal würde man in meinem Beruf Ohrenpfropfen brauchen.

Yves blickte den Besucherinnen fragend entgegen, er verzog die Lippen, als wolle er lächeln, und tat es doch nicht. Melanie und ich blieben an der Wand stehen, während die Großmutter mit steifen Schritten auf das Bett zuging und die Tante auf halber Strecke zwischen Tür und Yves innehielt oder, genauer gesagt, erstarrte.

»Ach, Yves.« Die Großmutter zitterte am ganzen Körper, als sie Yves vorsichtig auf die Wangen küsste.

»Nonna«, sagte Yves halblaut, »wir haben die totale Sonnenfinsternis gesehen, das ist wahr.«

Er sog heftig Luft durch die Nase ein, und ich kam zum Schluss, dass es ein Fehler gewesen war, beide Frauen gleichzeitig zu ihm zu lassen.

Die Nonna saß inzwischen auf dem Bettrand und streichelte hektisch Yves' Haar. Sie zog eine Tafel Schokolade aus dem Handtäschchen und legte sie aufs Kissen. »Du wirst schon bald wieder gesund sein«, sagte sie und versuchte die Tränen, die ihr über die Wangen liefen, zu ignorieren, genau wie Yves.

Die Tante hatte ihre Lähmung überwunden, sich einen Stuhl genommen und auf die andere Seite des Betts gesetzt. »Hallo, Yves«, sagte sie heiser. Sie hatte einen kleinen Stoffhasen bei sich, den streckte sie ihm hin und ließ ihn, als Yves nicht reagierte, aufs Bett fallen.

»Hallo, Julia«, sagte Yves. »Das war toll, dass wir die Korona gesehen haben, wir waren nämlich unter einem Wolkenloch.«

»Und bei uns war der Himmel bedeckt«, sagte Julia. »Bei uns hat man gar nichts gesehen.«

Yves misslang ein Nicken, er verkrampfte sich, weil ihn die Halskrause beengte, oder vielleicht war es ihm unangenehm, von der Großmutter gestreichelt zu werden.

»Du wirst mich bald besuchen, Yves, ja?«

»Oder mich«, schloss sich die Tante an.

Yves' Blicke wanderten zwischen Großmutter und Tante hin und her, beinahe missbilligend, wie mir schien. Durch meine Jacke hindurch spürte ich, an der Wand lehnend, die körnige Rauheit des Anstrichs.

»Du sollst wissen«, sagte Frau Zanini zu Yves, »dass ich für dich da bin. Das weißt du doch, ja?« Ihre Stimme pfiff nun beinahe vor Anspannung, und sie tätschelte fahrig Yves' Hände, während Julia sich vorbeugte, nach einem Zipfel der Bettdecke griff und ihn sinnlos zusammenknüllte. Eine aggressive Energie war im Raum, die das Atmen erschwerte. Wäre ich Richterin gewesen, hätte ich die zwei Frauen aufgefordert, sich im Kampf um das Kind zu messen und es am Arm auf ihre Seite zu ziehen; gewonnen hätte, wie bei Brecht, die Einsichtige, die Mitleidende, die den Arm früher losließ.

»Das ist Eliane«, sagte Yves plötzlich und zeigte auf mich. »Eliane hat versprochen, die Meerschweinchen zu füttern. Hast du es getan?«

Ich spürte, dass ich errötete, und meine Antwort kam, bevor ich an die Folgen dachte: »Ja, ich habe sie gefüttert, es geht ihnen gut.«

Frau Zanini straffte sich, ihre Hände ließen von Yves ab und flochten sich ineinander.

»Sie waren im Haus?«, fragte sie inquisitorisch.

»Yves hat mich darum gebeten«, antwortete ich und schämte mich über die Hitze in meinem Gesicht.

»Wer hat Ihnen die Erlaubnis gegeben? Sie dürfen doch ohne polizeiliche Bewilligung nicht in eine fremde Wohnung.«

Ich versuchte mich herauszureden: »Die Nachbarin, die den Schlüssel hat, war dabei…«

Nun wandte sich auch Julia an mich, und beide schienen Yves vergessen zu haben: »In solchen Fällen wird doch ein Haus versiegelt, bis alles geregelt ist.«

Melanie an meiner Seite bedeutete mir mit einem Ellbogenstoß zu schweigen. »Sind Sie Juristin?«, fragte sie die Tante mit hörbarer Ironie.

Ich hatte Yves nicht aus den Augen gelassen. In diesem Moment verzerrte sich sein Gesicht zu einer hässlichen Grimasse, er sog die Luft ein wie vorher schon, hörte aber nicht auf damit, er rang um Atem, es rasselte in seiner Kehle. »Um Gottes willen«, entfuhr es der Nonna, sie hielt Yves, der sich hin und her zu werfen begann, an den Schultern fest.

»Hinaus mit Ihnen!«, befahl Melanie und war mit wenigen Schritten beim Bett, wo sie auf den Alarmknopf drückte, die Nonna wegwies und danach Yves zu beruhigen versuchte. Schon kam eine Schwester herein und verschwand gleich wieder, um Inhalationsspray zu holen. Nur mit Mühe ließen sich die zwei Frauen dazu bewegen, das Zimmer zu verlassen.

»Asthma hat er früher nie gehabt«, sagte die Nonna draußen im Gang. »Oder ist es etwas anderes als Asthma?«

»Es war zu viel für ihn«, sagte ich.

Julia schwieg, sie war kleinlaut geworden, überfordert wie wir alle. Ich bat sie beide, vorn in der Halle zu warten.

Als ich ins Krankenzimmer zurückkehrte, lag Yves still da, mit geschlossenen Augen, entspannt nun wieder, der Spray und wohl auch Melanies warme Hände hatten ihre Wirkung getan. Drei medizinische Fachkräfte kümmerten sich inzwischen um ihn, auch Dr. Wieland werde noch kommen, hieß es. Ich warf mir vor, zu früh emotional belastende Besuche erlaubt zu haben. Wir hätten erwägen müssen, dass bei Yves jederzeit überraschende körperliche Symptome auftreten konnten. Das sagte ich Melanie, und sie nickte: Der Anfall sei asthmaähnlich gewesen, aber nicht lebensbedrohlich, möglicherweise zeige sich diese Symptomatik gar nicht wieder.

»Man wird ihn nicht ewig vor der Realität schützen können«, wandte die ältere Pflegefachfrau ein, die vorher beinahe in mich hineingerannt war.

»Er braucht Zeit«, erwiderte ich und dachte wieder: vierfacher Tod, was für eine Ungeheuerlichkeit.

Eine Zeitlang noch widmete ich mich – es war Berufspflicht – den zwei Besucherinnen, deren Erregungspegel inzwischen gesunken war. Sie sahen beide ein, dass Yves stärker geschont werden musste, als ich zuerst geglaubt hatte. Am dringendsten wollten sie wissen, wie es nun weitergehe mit ihm, aufgrund welcher Kriterien man den Pflegeplatz auswählen werde. Möglicherweise gebe es eine Übergangszeit, sagte ich vage, in ein paar Tagen werde man mehr wissen. Ich hätte auf jeden Fall zur Kenntnis genommen, dass sie beide, als nahe Verwandte, bereit wären, Yves bei sich aufzunehmen, und das würden wir im Entscheidungsprozess berücksichtigen. Sie habe, sagte Julia mit Nachdruck, eine intakte Familie zu bieten, samt Mann und eigenem Kind, Lucienne sei neun, also in Yves' Alter, ich solle das bitte nicht vergessen. Und sie, fuhr Frau Zanini dazwischen, sie verfüge immerhin über wesentlich mehr Zeit als eine berufstätige Mutter. Ich fragte nach und erfuhr, dass Julia als Praxishilfe bei einem Zahnarzt arbeitete und ihre Tochter an zwei Wochentagen in den Schulhort ging. Beinahe wäre der Streit zwischen Großmutter und Tante wieder aufgeflammt. Das werde alles überprüft, wiegelte ich ab, die Behörden würden sich bemühen, von den Bedürfnissen des Kindes auszugehen. Zunächst aber, sagte Frau Zanini übergangslos und wieder mit einem trockenen Aufschluchzen, stehe das Begräbnis bevor, nie hätte sie gedacht, dass sie ihren Sohn überleben würde.

Der Abschied war kühl, beide wünschten im Moment keine weitere Betreuung, auch mit allfälligen Anfragen der Medien kämen sie allein zurecht, sagten sie. Im Abstand einer halben Minute verließen sie die Halle.

Danach eine Sitzung mit Dr. Wieland, der seine zunehmende Nervosität nur schlecht verbarg. Bei ihm droht die Unsicherheit in Besserwisserei umzuschlagen, für die er sich hinterher jeweils entschuldigt; gerade deshalb mag ich ihn mehr, als er wohl annimmt. Es ging um die Frage, was mit den Briefen und Geschenken geschehen solle, die für Yves abgegeben wurden. Wieland ließ eine Boulevardzeitung zirkulieren. Sie hatte Yves' Aufenthaltsort verraten, von irgendwo war ein Familienfoto aufgetaucht und halbseitig abgedruckt, Yves, einen Kopf kleiner als heute, war darauf rot eingekreist: WAS GESCHIEHT JETZT MIT IHM? Noch gab es keine Interviews mit Verwandten, nur die Nachbarin Vera war zitiert: EINE MUSTERFAMILIE – ODER DOCH NICHT? Und nun also Trost- und Aufmunterungsbriefe, Micky-Maus-Karten, Stofftiere, Schokoriegel, Blumen, Betreuungsangebote; mehrere Anrufer wollten für Yves beten. Melanie – wie resolut sie sein kann! – schlug vor, die Geschenke zu verteilen. Wir beschlossen, damit noch zuzuwarten. Brauchte Yves besseren Schutz vor Zudringlichkeiten? In Absprache mit dem Klinikdirektor sagte Dr. Wieland zu, vor der Tür zum Krankenzimmer einen Securitaswächter zu postieren, Tag und Nacht. Dazu ein absolutes Fotografierverbot im sechsten Stock. Die Geschichte wuchs uns über den Kopf. Was konnten wir sonst noch tun?

Um halb elf dann die Nachricht, Frau Zanini sei auf dem Rückweg im Bus zusammengebrochen, Kreislaufkollaps, sie liege momentan auf der Intensivstation, fünf Stockwerke weiter unten: Nonna und Enkel nun im selben Krankenhaus, es gehörte irgendwie zur Logik der Ereignisse. Kurz vor Mittag ein weiterer Gesprächsversuch mit Yves. Er hatte sich erholt, war redselig wie am Vortag, die Aussagen drehten sich im Kreis: Sonnenfinsternis, Fahrt ins Elsass, Meerschweinchen, Ronaldo der Fußballheld. Der Unfall blieb ausgeblendet. Yves war bei Bewusstsein gewesen, als man ihn aus dem zusammengestauchten Auto geborgen hatte, vermutlich hatte er die toten Eltern gesehen. Ihn zu diesem Bild zu führen war ein langer Weg; vielleicht hatte es sich eingebrannt, vielleicht war es ausgelöscht worden.

Man durfte nichts forcieren. Aber immer wieder halb-offene Hinweise auf das belastete Familienleben: dass der Vater zu viel getrunken, dass die Mutter mehrfach ange-deutet hatte, sie wolle mit den Kindern bald weggehen. Wohin? Nach Brasilien, hätte sich Yves gewünscht, in Bra-silien, sagte er, wäre es leichter, Profifußballer zu werden. Von der Familie sprach er durchwegs im Perfekt, die Zu-kunft erwähnte er in Form von Wunschträumen.

Es fiel mir schwer, Yves in der Obhut Melanies und der Schwester zurückzulassen. Ich hatte zwar für die nächsten Tage alle Termine zu seinen Gunsten abgesagt, dennoch hielt ich es für unangebracht, die ganze Zeit an seinem Bett zu bleiben. Die Nachtärztin kannte ich schlechter als Me-lanie, aber sie galt als liebevoll und geduldig im Umgang mit schwierigen Patienten.

Als ich nach Hause radelte, fuhr Yves in meinem Kopf mit. Die Halskrause und dieses Kindergesicht aus einer anderen Epoche, ein schwarzlockiger Cherub. Moorwas-seraugen, über denen eine Lasur lag, die den Ausdruck verschleierte, die Deutung erschwerte. Häuserfassaden im Abendlicht, venezianisch geradezu, der Himmel darüber mit grandiosen Wolkengebilden, violette Fluktuation, strah-lende Ränder. Nichts da von Finsternis, aber man ahnte den Herbst. Ein Hupen ließ mich zusammenfahren, schon wieder war ich auf die Mitte der Fahrbahn geschwenkt. Einen Unfall konnte ich mir nicht leisten, ich wurde ge-braucht.

Die Töchter kamen erst nach sechs. Alice verschmähte meinen Spinatkuchen, schimpfte, wie üblich, über schikanöse Hausaufgaben. Weggehen durfte sie, mitten in der Woche, keinesfalls, da blieb ich hart. Das Türeschmettern war ihre Reaktion darauf. »Lauf ihr ja nicht nach«, warnte mich Helene, die sich immerhin nach dem elternlosen Jungen erkundigt hatte.

Sinnloser Fernsehkonsum. Der Kunstband über die großen Flamen musste warten. Ich allein auf dem Ledersofa, mit einem Glas Glenfiddich, zwei Finger hoch gefüllt, honigfarben der Whisky, doch mit Aromen von Teer und Salz. Wie die durchgezappte Welt ins Wimmeln gerät, vierzig Programme, denen sich ein gebeuteltes Individuum aussetzt. Die Arztserien mied ich, verweilte länger bei den Kommissaren, die am Ende, im Gegensatz zu psychologischen Fachkräften, jedes Rätsel lösen. Von oben bisweilen das Wimmern Björks. Warum mochte Helene nicht etwas von Bach? Ich stellte den Fernseher lauter, überhörte beinahe das Läuten des Telefons. Es war, zu meinem Verdruss, Julia, Yves' Tante. Nun ja, mein Name stand im Telefonbuch. Ihre Stimme klang noch gepresster als vor ein paar Stunden, die Wörter hatten schartige Ränder.

»Sie können sich nicht vorstellen, was meine Schwester durchgemacht hat. Ich will einfach, dass Sie das in Ihre Therapie – oder wie nennen Sie das? – einbeziehen. Yves war der Jüngste, er hat am stärksten mitgelitten.«

Ich unterbrach sie, bat um Kürze, verwies auf meine Müdigkeit. Es nützte nichts, sie spulte ihre Anklage hinunter, als wäre sie eingeübt: Rico sei ein Versager gewesen, trotz Ökonomiestudium. Die Familie verschuldet wegen des Hauses und unnötiger Kleinkredite. Der Sozialdienst der Gemeinde habe einspringen müssen, das Auto wäre eigentlich gar nicht mehr drin gelegen. Zwischen Madlen und Rico sei schon lange Eiszeit gewesen, Yves, der Nachzügler, keineswegs ein Wunschkind. Madlens berechtigte Vorwürfe habe Rico in sich hineingefressen, dann, plötzlich, die Explosion des gekränkten Machos: Faustschläge, Fußtritte, über den Boden habe er Madlen geschleift, sie gewürgt, die Kellertreppe hinuntergestoßen. Mehrfach seien die Kinder Zeugen solcher Gewaltszenen gewesen, die Größeren hätten sogar eingegriffen, den Vater von der Mutter getrennt. Erst später jeweils habe Madlen ihr, der Schwester, anvertraut, was geschehen sei, oder dann, wenn die Sonnenbrille oder der Schal zu viele Fragen provoziert habe. Besonders schlimm sei's in letzter Zeit gewesen, als für Madlen immer deutlicher geworden sei, dass sie diesen Mann verlassen musste. Rico habe sie verdächtigt, eine Affäre zu verschweigen. Seine Eifersucht habe immer krankhaftere Züge angenommen, die Familientherapie, die sie angefangen hätten, sei nutzlos gewesen, Rico habe die Sitzungen dauernd geschwänzt. Vor einer Woche sei Madlen mit der Tochter am Cityfest gewesen, nun ja, warum nicht, auch Mütter würden gerne mal abtanzen, und so habe sie wenigstens die schwer pubertierende Lisa unter Aufsicht gehabt. Danach – bei der Heimkehr, nehme sie an – sei irgendwas Schlimmes passiert, so schlimm, dass Madlen gar nicht fähig gewesen sei, darüber zu reden.

Ob denn, gelang es mir dazwischenzufragen, Madlen nicht die Polizei eingeschaltet, ob sie nicht ans Haus für geschlagene Frauen gedacht habe?

»Sie plante wegzugehen«, antwortete Julia. »Aber auf eine Anzeige verzichtete sie, die Kinder hätten sonst als

Zeugen aussagen müssen, und das wollte sie um keinen Preis. Außerdem hatte Rico gedroht, eher werde er die ganze Familie auslöschen, als zu dulden, dass Madlen sich von ihm trenne. Das nahm sie ernst, zwangsläufig.«

»Auch Sie, als Schwester, hätten ja, bei solch gravierenden Umständen, die Polizei avisieren können«, sagte ich.

Sie gab einen zornigen Laut von sich. »Ich wollte mich nicht einmischen ohne Madlens Einverständnis. Und wissen Sie eigentlich, wie viel es braucht, bis die Behörden eingreifen?« Nach einer Atempause wechselte sie sprunghaft das Thema. »Ich sage Ihnen noch etwas: Die Fahrt ins Elsass war aus Madlens Sicht eine Versöhnungsgeste, sie hat immer wieder das Menschenmögliche versucht, um das Familienleben zu retten.«

»Sie wollte doch weggehen«, wandte ich ein. »Wie reimt sich das zusammen mit einem Familienausflug?«

»Ach! Sie haben keine Ahnung! Die Situation war für Madlen so schlimm, so unlösbar, dass sie dauernd hin- und herschwankte.«

Ich versuchte zu widersprechen. Sie hörte nicht auf mich und fuhr fort, Rico anzuschuldigen. Ihre Intuition sage ihr, dass er geplant habe, auf dieser Fahrt sich und die Familie umzubringen. Oder möglicherweise sei es eine Augenblicksentscheidung gewesen. Jedenfalls müsse man sich fragen, wie jemand ohne Absicht in eine Tunnelwand rasen könne.

Was es Yves nütze, wenn man das wisse?, fragte ich meinerseits, mit wachsender Verärgerung, immer auf der Kippe, den Hörer einfach aufzulegen.

Das werde, überfuhr sie mich, auf jeden Fall eine Rolle

bei der Auswahl des Pflegeplatzes spielen. Sie würde sich wundern, wenn Yves ausgerechnet zur Mutter des Mörders käme.

»Wissen Sie schon«, unterbrach ich sie, »dass Frau Zanini heute, kurz nach ihrem Besuch bei Yves, zusammengebrochen ist?«

Schweigen am andern Ende, ein Summen nur, wohl von einem Kühlschrank.

»Das habe ich nicht gewusst«, sagte Julia mit Überwindung, »es tut mir leid. Ich hoffe, sie erholt sich bald. Das Ganze ist eine unglaubliche Belastung für alle Beteiligten.« Danach hängte sie auf.

Julias Anklagen hatten mich verstört und in ihrer Parteilichkeit zugleich verärgert. In mir war der detektivische Spürsinn erwacht; ich denke, von da an hatte ich immer wieder den Impuls herauszufinden, was wirklich geschehen war. Aber meine Gedanken sanken wie Steine durch trübes Wasser auf den Seegrund.

Bevor ich einzuschlafen versuchte, rief ich noch einmal auf der Abteilung an. Yves habe lange geredet und von tausend Dingen erzählt, sagte die Nachtärztin, unzusammenhängend meist; wegen der Meerschweinchen mache er sich Sorgen. Er sei dann plötzlich verstummt, nun wirke er abwesend, der Schlaf wolle nicht kommen, sie werde ihm ein Schlafmittel geben.

Das Telefon, dein Freund und Helfer. Ich hätte auch noch Adrian anrufen sollen und tat es nicht. Irgendwann musste ich ihm sagen, dass Alice sich ein weiteres Mal weigerte, das Wochenende bei ihm zu verbringen. Erstaunlich, wie wenig mich das plötzlich kümmerte.

5

Ich kürze meine Geschichte ab, vor allem das Hin und Her zwischen den Instanzen, die sich von Gesetzes wegen um den Fall zu kümmern hatten, den Telefonverkehr, der meine Arbeitszeit auffraß, den Verlauf der Sitzungen im Krankenhaus. Von der örtlichen Vormundschaftskommission bekam ich den Auftrag, über Yves' Zustand möglichst rasch eine Expertise zu verfassen, in der, den künftigen Pflegeplatz betreffend, alle fachlichen Erwägungen umfassend dargestellt seien. Umfassend! Was für ein floskelhafter Anspruch in einem solchen Fall! Aber ich tat, was ich konnte. Und dazu gehörte natürlich, dass ich Frau Dr. Schneider, die Familientherapeutin der Zaninis, kontaktierte. Ich kannte sie, das war mir inzwischen wieder eingefallen, von einem Kongress her, wir hatten uns bei einem Pausenkaffee kurz unterhalten, sie war eine Anhängerin der kognitiv-behavioralen Therapie, zu der auch ich mich im Großen und Ganzen bekenne. Eigentlich hätte es möglich sein sollen, uns auf fachlicher Ebene zu verständigen, auch wenn ich dazu neige, bei Kindern die Methoden der Spieltherapie mit einzubeziehen. Frau Schneider aber reagierte hochempfindlich auf meine Erkundigung, sie beschwerte sich darüber, dass nicht sie mit der Abfassung der Expertise betraut worden sei, sie warf mir vor, mir ein

Urteil anzumaßen, ohne die Psychodynamik in Yves' Umfeld wirklich zu kennen. Ich entgegnete pikiert, dass es hier um die Folgen eines Traumas gehe und ich hierfür als Spezialistin gelten dürfe. Nach wenigen Sätzen schon stritten wir uns in höflich-kühlem Ton, der die beidseitige Aggressivität nur schlecht kaschierte. Frau Schneider weigerte sich jedenfalls, mir ihre Sitzungsnotizen zugänglich zu machen; sie würde das nur tun, wenn man sie dazu nötige, sagte sie, und sie werde dafür sorgen, dass ihre Meinung bei allen Entscheidungen, die Yves beträfen, genügend Gehör finde.

Allein dieser unnötige Streit machte mich halb krank. Er raubte mir jede Lust, mich nochmals an die Kollegin zu wenden, wobei ich schon damals ahnte, dass es mir nicht erspart bleiben würde, ihr persönlich zu begegnen.

Dann wollte auch noch die Polizei den Hergang des Unfalls näher abklären, da in der Tat, gewissen Indizien zufolge, ein Verdacht auf erweiterten Suizid bestand. Der Untersuchungsrichter, der nun ebenfalls involviert war, bestand darauf, Yves in meinem Beisein zu befragen. Ich sah nicht ein, weshalb. Doch es gab, was schon Julia angedeutet hatte, juristische Gründe dafür. Wenn ein erweiterter Suizid eindeutig bewiesen sei, werde dies, so verstand ich die Sachlage, bei einem allfälligen Erbstreit und bei der Zuteilung der Vormundschaft ins Gewicht fallen. Das alles war schon schwierig genug. Belastend waren außerdem die immer neuen Tricks der Medien, die unbedingt ein aktuelles Bild des bedauernswerten Jungen wollten. Ein Reporter hatte einer Spitalputzfrau aus Mazedonien zweitausend Franken für ein simples Foto angeboten, sie war nicht darauf eingegangen.

Eine Woche noch sollte Yves, auf meinen Rat hin, im Viererzimmer bleiben. Möglichst viel Ruhe für ihn hatte ich angeordnet; keine neuen Bezugspersonen, Verwandtenbesuche nur mit ausdrücklicher Bewilligung. Und dann kam es doch zur Einvernahme am späten Dienstagnachmittag, sechs Tage nach dem Unfall. Man hatte Druck auf mich ausgeübt, ich hätte mich stärker wehren müssen.

Der Untersuchungsrichter, Koller mit Namen, hielt sich im Hintergrund, er war erstaunlich jung, er hatte einen kahlgeschorenen Schädel und einen Ring im Ohr. Es gehe darum, beschwichtigte er mich, eventuell ein paar Verdachtsgründe zu finden, die das verschwommene Gesamtbild schärfer konturieren könnten. Der Tod der Familienmitglieder sei kein Thema, nur der mögliche Tathergang. Er argumentierte in seinem Juristendeutsch, als ob das eine vom anderen zu trennen wäre, und ich gebe ungern zu, dass meine eigene Neugier stärker war als die Bedenken. Voyeurismus ist die dunkle Seite der Empathie, das lernt man während der eigenen Analyse.

Koller hatte eine schwergewichtige und blond gefärbte Polizeiassistentin mitgebracht, die professionelle Freundlichkeit ausschwitzte. Wir machten das Spitalzimmer zum Spielgelände. Aus meiner Arbeitstasche holte ich ein paar Modellautos hervor, mittelgroß, mit Gummipneus und Aufziehmechanismus. Ein gelber Toyota war darunter, dazu gehörten Legofigürchen, kleinere und größere. Lauter Dinge, die ich aus der Spielzeugkiste in meiner Praxis geholt hatte.

Was nun? Ich gebe zu, ich hatte gar keine Strategie. Was ich tat, war dilettantisch, es war am ehesten wohl ein Versuch, Kollers Plan zu durchkreuzen. Aber gleichzeitig machte ich ihm weis, dass die Psychologin genauen verhaltens- und spieltherapeutischen Vorgaben folge.

»Wir wollen ein bisschen spielen, was meinst du?«, sagte ich zu Yves, der befremdet auf der Bettkante saß.

Ohne Halskrause sah er noch zerbrechlicher aus. Er war angezogen, trug ein gelbes T-Shirt mit schwarzen Ärmeln, auf der Brust eine aufgedruckte Comicfigur, die einen Fußball in die Wolken kickte.

»Wohin wollen wir reisen?«, fragte ich und kniete nieder, um das eine oder andere Auto ein wenig hin und her zustoßen. Mein Rock rutschte zurück, ich zog ihn verstohlen übers Knie und kam mir albern vor. »Nehmen wir den Toyota?«

Yves schüttelte den Kopf. »Der fährt doch gar nicht«, sagte er.

»Ach so. Und der blaue Opel hier?«

»Von mir aus. Aber ich möchte lieber einen Ferrari Testarossa.«

»So einen haben wir nicht. Also den Opel. Wer darf mitfahren?«

»Ist mir egal.« Yves rutschte nun doch vom Bett auf den Boden, bewegte sich sitzend zu mir hin. Offenbar hatte er bei dieser Fortbewegungsweise keine Schmerzen.

Ich schob durch die Vordertür des Opels zwei Figürchen, durch die Hintertür drei. »Ich schlage vor, fünf fahren mit. Einverstanden?«

»Die Eltern vorne, die Kinder hinten, klar«, sagte Yves mit seltsam verschmitzter und zugleich misstrauischer Miene. »Das ist doch so bei Familien.«

Ich schloss die Autotüren. »Und jetzt? Wohin wollen wir fahren?« Mir wurde heiß unter meiner Sommerbluse, ich spürte den Schweißfilm im Ausschnitt.

»Ums Bett herum«, sagte Yves, und ich war nicht sicher, ob er mich verspottete.

»Ich meine, wenn du so weit fahren könntest, wie du möchtest.«

Die Antwort kam rasch: »Nach Brasilien.«

»Warum?«

»Weil ich dort Fußballprofi werden will.« In seinem Gesicht regte sich plötzlich nichts mehr. »Aber nach Brasilien fahr ich nur, wenn Mama mitkommt.«

»Da brauchst du ein Schiff, zwischen Europa und Brasilien liegt der Atlantik.«

»Weiß ich doch. Wir können ja ein Amphibienfahrzeug nehmen.«

Von Koller und seiner Assistentin hörte ich keinen Laut. Ich beschloss an dieser Stelle, auf den kürzesten Weg einzubiegen: »Hör mal, wir könnten doch auch nach Frankreich fahren, ins Elsass, das ist viel näher.« Yves zuckte mit den Achseln, sein Blick war so leer, dass es mich ängstigte. Ich hatte den Drang, mich überall, wo bloße Haut war, mit einem Taschentuch abzutupfen, ließ es aber, unter Kollers Augen, bleiben. Die Polizeiassistentin seufzte diskret, von ihr her kam ab und zu der Hauch eines viel zu üppigen Parfüms. Yves hingegen roch nach medizinischen Salben.

»Fahr doch mal zur Grenze«, schlug ich vor.

Zögernd stieß er den Opel voran, ruckte auf dem Hintern weiter. Es ging Richtung Lavabo, und er tat so, als achte er nicht auf die zwei Beobachter am Fenster. Ich folgte ihm, halb im Kauergang, und deutete aufs Auto. »Hörst du, worüber die da drin sich unterhalten?«

Yves stutzte, schien zu lauschen, dann sagte er mit einem schrägen Lächeln, das zu einer abschätzigen Grimasse wurde: »Die streiten sich dauernd.«

»Worüber denn? Ich kann sie nicht hören.«

Yves blies die Wangen auf und prustete, als wolle er mich aufheitern. »Sie schreien einander an. Wegen dem Geld. Weil der Mann nämlich zu wenig verdient. Und dann sagt er, die Autobahn kann zum Massengrab werden, wenn das Hochwasser kommt. Oder wenn hundert Autos aufeinanderfahren. Und weißt du, was die Frau tut? Sie läuft davon, sie läuft einfach davon.« Yves öffnete die rechte Vordertür, klaubte die Legofigur heraus und versteckte sie in seiner Faust. Massengrab: Er hatte es so beiläufig gesagt, dass es mich doppelt entsetzte. Plötzlich stand er auf, ging, beide Arme ausgebreitet und leicht hinkend, vom Lavabo zum einen Bett, dann zum andern und wieder zurück zum Opel, er imitierte Motorengeräusche und sagte: »Jetzt greifen die Außerirdischen an. Sie kommen mit Raumschiffen.« Er begann zu zischen. »Sie schießen von hoch oben mit Laserkanonen.« Er versetzte dem Auto einen Tritt, es kippte um und rutschte unter Yves' Bett.

»Lass das«, wollte ich sagen, aber die Worte blieben mir im Hals stecken.

Er streckte mir die Faust entgegen, öffnete sie halb, zog sie gleich wieder zurück. »Vielleicht retten sie die Frau, weil sie eine neue Rasse züchten wollen. Und in ihrem Bauch wächst eine Spinne mit Menschenhirn, das hab ich schon mal gesehen, solche Spinnen haben Zähne wie Haie.

Und das ist dann vielleicht mein neuer Bruder.« Er hatte sich in Eifer geredet, er glühte vor Eifer. Inzwischen war ich aufgestanden, glättete den Rock, ich schämte mich, dass ich ihn so weit getrieben hatte, und wollte doch nicht lockerlassen.

»Die Kinder«, sagte ich und deutete auf die Stelle, wo das Auto unter dem Bett verschwunden war, »die Kinder im Auto, was machen die jetzt?«

Wieder sein Stutzen, die Lider flatterten, die Nasenflügel blähten sich, er hatte in solchen Momenten etwas von einem Nagetier. »Die Kinder? Die muss man retten!« Ohne Vorwarnung stieß er einen Sirenenton aus, er ließ sich, schneller, als ich ihm zugetraut hatte, auf alle viere nieder und kroch unter das Bett. Irgendwo stieß er sich an einer schmerzenden Stelle, denn das Sirenengeheul brach ab, stattdessen ertönte ein Jammerlaut, dann blieb es still. Ich bückte mich und schaute unter das Bett. Er lag auf der Seite, im Halbdämmer, er hatte die Knie angezogen, das Auto an die Brust gedrückt.

»Komm wieder hervor, bitte«, lockte ich mit meiner mütterlichsten Stimme.

Er schwieg, er rührte sich nicht. Ich überlegte, ob ich die Matratze oder die Kopfstütze per Knopfdruck hochhieven sollte, da kauerte die Polizeiassistentin an meiner Seite, sprach ins Halbdunkle hinein: »Was macht denn jetzt der Mann im Auto? Macht er den Kindern Angst?«

Mit einem Zischen brachte ich sie zum Schweigen. Koller räusperte sich, sagte aber nichts.

»Die Kinder«, setzte ich neu an, »du wolltest doch die Kinder retten.«

Keine Antwort, Yves schien nicht einmal mehr zu atmen. Und dann eine unvermutete Bewegung, gerade als die Sonne hinter dem dichten Gewölk hervorkam, den Linoleumboden mit leuchtenden Zebrastreifen musterte und auch unter dem Bett eine staubkorndurchtanzte Helligkeit schuf. Yves zog mit heftigen Rucken, bei denen die Pneus über den Boden rauschten, die Antriebsfeder des Autos auf. Völlig unerwartet ließ er es los und in meine Richtung schießen, der Opel fuhr gegen meine Schuhe (meine alten Ziegenleder-Pumps, seinerzeit in Florenz gekauft), prallte, sich überschlagend, zurück und stand still, auf dem Dach; die Räder drehten sich mit unangenehmem Surren. Eine Tür war aufgesprungen, die hineingequetschten Figuren aber waren noch drin, außer die eine, die Frau, die Yves nach wie vor umklammert hielt.

Symbolische Handlungen sind immer vieldeutig, auch wenn das nicht ins Konzept eines Untersuchungsrichters passt. Ich biss mir auf die Lippen, um nichts Falsches zu sagen, rieb mir die Stelle am Knöchel, die vom Auto getroffen worden war. Sekunden vergingen, die sich dehnten wie das Elastikband, mit dem ich am Morgen widerwillig ein paar Fitnessübungen absolviere.

Dann hörte ich Yves' Stimme wie aus einer Gruft. »Wohin kommt man, wenn man tot ist?«, fragte er. Es klang, als erkundige er sich nach irgendwas Alltäglichem, aber seine Zunge schien bei jedem Wort leicht anzustoßen.

»Mein Gott«, flüsterte die Polizeiassistentin.

Die verstörende Gewissheit wieder: Er wusste es, und jetzt dachte er darüber nach. Ob sein Vater ein Mörder war, berührte ihn nicht, so sah ich es damals, der Vater war weg wie die anderen, die Mutter behielt er bei sich, zumindest die Legofigur in seiner Hand.

»Es geht ihnen sicher gut, dort, wo sie sind«, brachte ich nach einer unerträglich langen Pause über die Lippen.

»Das Paradies gibt es nicht«, erwiderte Yves, ohne sich zu rühren. »Maurice hat gesagt, das sei Mumpitz, im Universum gibt es keinen Platz fürs Paradies.« Etwas wie ein trockenes Schluchzen, das er gleich wieder abwürgte, war einen Moment lang in seiner Stimme. »Aber wohin man kommt, das möchte ich gern wissen«, fuhr er fort und ließ den Satz in der Schwebe.

»Ich weiß es nicht«, überwand ich mich zu sagen und wäre am liebsten zu ihm hingekrochen, in seinen Schlupfwinkel. »Aber ihnen geht es gut, da bin ich sicher.« Noch immer fiel mir kein anderer Trost ein.

»Wenn man richtig tot ist, kommt man nicht zurück«, sagte Yves so leise, dass ich's fast nicht verstand. »Noch keiner ist zurückgekommen. Außer Jesus vielleicht. Das weiß ich von Maurice.«

»Ich glaube, wir gehen jetzt«, hörte ich Koller in meinem Rücken sagen.

Ich stand auf und drehte mich um. Er fühlte sich unwohl, sein glattrasierter Schädel glänzte.

Ich nickte ihm zu: »Mehr ist im Augenblick nicht zu wollen.« Etwas Devotes ist manchmal in mir, das mich ärgert.

»Sie kommen zurecht mit der Situation?«, fragte mich die Polizeiassistentin.

Im Zimmer war es dunkler geworden, das Gewölk hatte sich wieder verdichtet. Beim Abschiedshändedruck mit

Koller meldete sich erneut die Rebellin in mir: »Meine Meinung hat sich nicht verändert. Was nützt es, den Unfallhergang wahrheitsgemäß rekonstruieren zu wollen? Das Ganze bleibt ohnehin unbeweisbar.«

Koller kniff die Augen zusammen und berührte rasch mit dem Zeigefinger seinen Ohrring. »Wahrheit als Begriff, Frau Doktor, habe ich aus meinem Wortschatz eliminiert, ich rede von Aussagen, Faktenlagen, technischen Untersuchungsergebnissen und wäge das eine gegen das andere ab.«

Ich hätte ihn am liebsten an der Krawatte mit dem Schlangenmuster gepackt und ein bisschen gewürgt, zwang mich aber zu einem unverbindlichen Lächeln. Sie gingen. Ich war mit Yves allein, setzte mich auf einen Besucherstuhl, sagte lange einfach nichts. Er wird von selbst unter dem Bett hervorkommen, dachte ich, sammelte die Autos ein, packte sie in die Tasche. Der Verkehrslärm von draußen wurde lauter, Stoßzeit. Einmal schaute Melanie mit besorgter Miene herein, ich deutete, da sie Yves nicht sah, aufs Bett und darunter, sie verstand, schloss die Tür hinter sich.

Ob ich Licht machen solle, fragte ich nach langer Zeit, die mich in träumerischen Gedanken merkwürdigerweise zu meinen verflossenen Männern geführt hatte. Zu Adrian, zu Norbert. Es mochte halb sieben sein oder später; auf die Uhr zu schauen widerstrebte mir.

Yves antwortete nicht. Ob er nicht Durst habe, Hunger?, fragte ich.

Da kroch er endlich hervor, bleich und ungelenk. Ich füllte ein Glas Wasser für ihn am Lavabo, er trank es in einem Zug aus, stieg von selbst ins Bett, und ich legte mich halb zu ihm, mit einem Fuß noch am Boden, zog die

Decke über uns beide. Eine verbotene Handlung für diplomierte Psychotherapeuten, ich weiß, aber Fälle wie dieser sind in Fachbüchern nicht vorgesehen. Sehr leise fing er, den Rücken mir zugedreht, zu wimmern an, wie eine junge Katze. Ich streichelte seine Schultern, begann sie mit sanftem Fingerdruck zu massieren. Wie sperrig sich die Knochen unter dem T-Shirt anfühlten, wie filigran zugleich, ganz anders als bei meinen Töchtern. Er ließ die Berührung zu. Ein wenig stärker wurden die Laute, die von ihm kamen, es war kein Ausbruch, es war kein wirkliches Weinen, aber etwas in ihm hatte sich aufgeweicht.

»Du bist nicht allein, du hast viele, die sich um dich sorgen«, sagte ich ihm ins Ohr, hinter dem es säuerlich roch, nach Kleinkind. Er wimmerte immer noch, die Schultern bebten, aber er zog sich unter meinen Fingern nicht zurück. Sollte ich diese Nacht bei ihm bleiben? Sollte ich, trotz allem, die Tante herbitten?

Als er eingeschlafen war, besprach ich mich mit Melanie. Sie ist jünger als ich, aber ich schätze ihr Urteilsvermögen; außerdem hatte Dr. Wieland sie, neben einem Psychiater, ins interdisziplinäre Team aufgenommen, das bei schwierigen Fällen wie jenem von Yves gebildet wurde. Das ging auf eine von oben verordnete neue Strategie der Klinik zurück; man strebe, so hatte die Leitung verlautbart, eine produktive Zusammenarbeit an, quer durch alle Hierarchiestufen und über die Abteilungsgrenzen hinweg. Ein schöner Vorsatz. Immerhin waren Freundschaften dauerhafter als Organigramme.

Wir saßen nebeneinander an Yves' Bett. Hinter der Fensterfront ein aufgewühlter, grauschwarzer Wolkenhimmel wie auf einem Bild von Lovis Corinth. Rot verdüstert und etwas heller war er über den Hochhäusern im Westen. Wenn die untergehende Sonne für Momente hervorbrach, überfiel uns ein grelles Leuchten. Der Brand, der Melanies hennarote Locken zu verzehren drohte, erlosch gleich wieder.

»Wächst dir die Geschichte nicht einfach über den Kopf?«, fragte sie mich geradeheraus, nachdem ich erzählt hatte, was geschehen war.

»Wem nicht?«, fragte ich zurück. »Da kann ich mich zehnfach rückversichern, es nützt nicht viel. So etwas wirft einen aus der Bahn. Da bist du involviert von Anfang an. Alle alten Verlust- und Verlassenheitsängste kommen an die Oberfläche.«

Sie legte rasch ihre Hand auf meine. »Identifizier dich nicht zu sehr mit ihm.«

»Wer hier professionelle Distanz predigt, ist ein Unmensch. Er braucht unbedingt jemanden in der Nähe, dem er vertraut. Vielleicht gerät er diese Nacht in eine Krise.«

»Aber du allein mit ihm?«

»Die anderen vom Nachtdienst sind auch noch da.«

»Biete doch die Tante auf, dann seid ihr zu zweit.«

Ich schüttelte den Kopf. »Die ist mir zu hitzköpfig. Und die Nonna fällt im Moment außer Betracht.«

»Die Nachbarin, von der du gesprochen hast?«

Ich schüttelte den Kopf. »Diese Vera? Keine gute Idee.« (Warum eigentlich nicht?, dachte ich flüchtig.)

Melanie selbst wollte nicht bleiben, sie opfere, sagte sie mit der Bockigkeit, die zu ihr gehört, ihr Privatleben nicht dem Beruf, und beinahe schien es mir im Dunkel, in das die Autoscheinwerfer weit unten jetzt Runen ritzten, dass sie errötete. Also ein Rendezvous, na gut. Wir kamen überein, dass ich auf dem Nebenbett campieren würde. Die nötigen Sachen für die Nacht steckten in meiner Tasche, das war Routine. Ich informierte vorsichtshalber Dr. Wieland, der schon zu Hause war. Dumpfe Fernsehstimmen im Hintergrund, Hundegebell. Ich wusste gar nicht, ob er verheiratet oder geschieden war; irgendwann hatte er nach einer Sitzung angedeutet, dass sein halbwüchsiger Sohn ihm Sorgen mache. Was ich sagte, schien Wieland nicht sonderlich zu interessieren, er fragte kaum nach, und das betrachtete ich als offizielle Absegnung meiner Entscheidung. Nach einem Blick auf die Leuchtziffern ihrer Uhr stürmte Melanie davon. Im Rekordtempo würde sie sich verwandeln: in einen paarungsbereiten Vamp mit blühenden zinnoberroten Lippen und schwarzem Minirock, so hatte ich sie am Klinikfest gesehen. Ich rief zu Hause an, erklärte Helene, ich würde die Nacht im Spital verbringen, des Jungen wegen, sie müssten sich selber ums Essen kümmern. Helene hatte erstaunlicherweise Verständnis dafür, fragte sogar, ob sie das eine oder andere noch vorbeibringen solle. Es war nicht nötig. Alice würde selbstverständlich meine Abwesenheit dazu nutzen, ihren Rollerfreund auf dem Rücksitz noch länger und fester an sich zu drücken. Oder war es doch schon zu Ende zwischen ihnen? Durchschnittlich dauerte eine Liebe bei ihr sechzig Tage, Tendenz steigend. Und ich wusste nicht mal, ob sie noch Jungfrau war. Meine vorsichtigen Erkundigungen brachten sie zur Weißglut: »Willst du mich etwa gynäkologisch untersuchen? Dann tu's doch!«

Yves wachte gegen Mitternacht auf, ich las noch in einem

Roman von Antunes, dem portugiesischen Arzt, dessen mäandernder Sprache ich schubweise verfallen kann. Er überwältigte mich mit dem Alptraum des Kriegs in Angola, eigentlich hatte ich ja mit den Alltagskämpfen in meinem kleinen Lebenskreis genug zu tun. Aber als ich Yves' schwache Stimme hörte, fiel augenblicklich alles von mir ab, was in Antunes' Welt gehörte. Ich beugte mich über ihn, strich ihm die schweißnassen Haare aus der Stirn, er lächelte und zeigte sich nicht erstaunt, dass ich da war. Er hatte Hunger. Ich hatte vorgesorgt, auf dem rotlackierten Tablett aus der Kantine lag ein Teller mit Aufschnitt, Gruyère, Brot. Er aß alles, obwohl er sonst, wie er mit vollem Mund erzählte, außer Edamer keinen Käse mochte, danach trank er einen halben Liter Eistee. Hatte er vergessen, was am Nachmittag vorgefallen war? Erst da fiel mir auf, dass er alles nur mit der rechten Hand erledigte. Den linken Arm hielt er, aufrecht im Bett sitzend, seltsam steif an sich gepresst, die Hand war zur Faust geballt, die Fingerknöchel weiß vor Anspannung, auf dem Handrücken indessen eine Rötung, die schon beinahe ins Bläuliche ging.

»Willst du die Hand nicht öffnen?«, fragte ich beklommen.

Seine Miene verschloss sich.

»Das tut dir doch weh…«

Schweigen. Sein Blick unter dem viel zu hellen Deckenlicht ging durch mich hindurch.

»Es gibt einen Blutstau, weißt du. Und dort, wo die Finger nicht durchblutet sind, können sie absterben, wie bei einer Erfrierung.« Ich krümmte behutsam einen Finger nach dem anderen zurück, er wehrte sich nicht. Dann fiel die Legofigur heraus auf die Decke. Er achtete gar nicht mehr auf sie, schaute bloß seine Handfläche an, wo die Kanten der Figur dunkelblau verfärbte Einkerbungen hinterlassen hatten.

»Muss man das verbinden?«, fragte er kleinlaut.

»Wir streichen eine Wundsalbe darauf, dann wird es wieder gut.«

Er zwinkerte. »Das hat Mama auch immer getan.«

Aus dem Schrank holte ich die Salbe, strich sie über die Mutterspuren. Ohne dass ein Ton von ihm kam, tropften Tränen aus seinen Augen. Träne nach Träne, eine Tränenprozession. Ich stellte die Figur auf den Nachttisch, neben eine angebrochene Tafel Schokolade.

»Sie ist tot, ich weiß es«, sagte Yves, wieder in einem Nuscheln, dessen Wortsinn man erraten musste.

»Das ist traurig, furchtbar traurig«, sagte ich.

»Alle sind tot«, fuhr er mich unvermittelt an und strampelte mit den Füßen die Decke von sich weg. Es folgte ein anschwellender Jammerton, aufrecht saß er da, mit zugekniffenen Augen, beide Fäuste von sich weghaltend. Ich war ihm näher gerückt, er schien es zu spüren, machte eine Bewegung auf mich zu, er fiel mir entgegen, und plötzlich umklammerte er mich, so ungestüm, dass ich fast vom Stuhl fiel. Er schrie auf, wohl weil ihm die Rippen weh taten. Aber er ließ mich nicht los, und ich hielt ihn fest, hielt uns beide im Gleichgewicht. Was gab es da für einen Trost? Keinen, außer ein wenig Körperwärme. Sein Kopf mit dem verwuschelten Haar an meiner Schulter, der Druck des mageren, immer wieder erbebenden Jungenkörpers an Brust und Bauch. Ich hatte mir lange einen Sohn gewünscht (ja, so ist es), und mir war sonnenklar: Irgendwann musste ich wieder von ihm wegrücken, aber jetzt noch nicht. Das Jammern kam wieder, verhaltener. Ich wiegte ihn ein wenig, summte das Schlaflied, das ich meinen Töchtern jahrelang vorgesungen hatte, bis zum Tag, da sie nicht mehr mitsingen wollten. Die Nachtschwester, alarmiert durch den Schrei, zeigte sich, ich erlaubte ihr, ein leichtes Beruhigungsmittel bereitzustellen, bat sie, das Deckenlicht aus-, das Nachtlicht beim Nachbarbett einzuschalten, und schickte sie wieder hinaus. Es gehe schon, sagte ich. Meine Bluse wurde nass. Irgendwann, als ich Yves' Erschöpfung spürte, bettete ich ihn wieder hin. Er wollte nun doch das Pyjama anziehen. Es lag unter dem Kissen, ein kindliches Unding mit Schmetterlingen (wer hatte das gebracht?). Er brauchte meine Hilfe nur bei den verknäuelten Ärmeln, die ich sorgfältig lang zog. Dann verschwand er auf der Toilette, blieb lange dort, so lange, bis ich besorgt an die Tür klopfte.

Eine Weile noch saß ich an seinem Bett und glaubte schon, er sei wieder eingeschlafen, da fragte er: »Wohin komme ich jetzt?«

Wieder hatte er mich durch seine Abruptheit erschreckt, daran kann man sich nicht gewöhnen. »Das wissen wir noch nicht«, sagte ich. »Das hängt auch von dir ab.«

»Zu Tante Julia will ich nicht«, sagte er matt und doch fast überdeutlich.

»Warum nicht?«

»Weil ich nicht will.« Er schwieg eine Weile. »Weil sie gesagt hat, es wäre besser, wenn Rico nicht mehr da wäre.«

»Hat sie das zu dir gesagt?«

»Nein, sie hat es Mama geschrieben, und Mama hat es

Papa vorgelesen, und Maurice und ich haben von oben zu-gehört.«

»Und Lucienne, deine Cousine? Die magst du doch, oder?«

Er pustete auf seine Hand. »Die? Eine dumme Kuh, die tut so eingebildet.«

Er machte eine längere Pause, gähnte nochmals: »Muss ich ins Heim, wenn ich nicht zu Julia will und nicht zur Nonna? Die hat nämlich mit Mama geschimpft, und Mama hat deswegen geweint.«

»Nein, ins Heim musst du bestimmt nicht.«

Seine Antwort, an der Flüstergrenze: »Dann will ich zu dir.«

Ich fasste mich mit Mühe. »Ich glaube nicht, dass das geht, Yves. Aber wir werden uns regelmäßig sehen.«

Als hätte er mich nicht verstanden, fuhr er schläfrig fort: »Speedy und Nougat, die müssen mitkommen.«

»Denen geht es gut«, wich ich aus und half ihm, eine be-quemere Lage zu finden.

Als er wieder schlief, aß ich auf, was von der Schokola-dentafel übrig war. Mein innerer Aufruhr war groß in die-ser Nacht. Ihre Geräusche – von allen Seiten drangen sie auf mich ein – hielten mich wach. Lange bewegte Yves sich nicht, plötzlich dann ein Seufzen, ein halbes Schluchzen, er warf sich herum, beruhigte sich wieder. Hin und wieder der helle Schein vom Flur her, wenn die Nachtschwester routinemäßig hereinschaute.

Ich hatte keine Ahnung, wie es weitergehen sollte. Kein Wunder, dass ich auf diffuse Weise von der Sonnenfinster-nis träumte. Yves selbst kam im Traum nicht vor. Ich hatte mich in den Kleidern hingelegt, irgendwann gegen Morgen tastete ich nach meiner Bluse. Sie war immer noch nass. Oder waren es nun eigene Tränen?

Es war lange her, dass ich Norbert verloren hatte, den Vater von Helene. Er war Oberarzt gewesen, nicht auf diesem Stockwerk, aber im selben Gebäude. Aortariss, Herzstillstand auf einer Wanderung, niemand hatte damit gerechnet. Ich war nicht dabei, dafür seine Geliebte, von der ich nichts gewusst hatte. Helene war dreijährig damals. Eine scheußliche Zeit. Ich hatte doch gemeint, sie sei durchgearbeitet und abgelegt.

Ich verbrachte noch eine zweite Nacht im Krankenhaus. Alice murrte zwar, weil sie ungern selbst kochte. Aber Helene sah die Dringlichkeit meiner Überzeit ein. Das Team wollte bis zu weiteren Entscheidungen die Trauerfeier abwarten, die Behörden ihrerseits warteten auf die Empfehlungen des Teams. Yves sprach nun beinahe nicht mehr, auch zu mir nicht. Er verweigerte das Essen. Zeitweise verfiel er in eine Art innere Lähmung. Es konnte sein, dass er – es gab solche Fälle in der Literatur – ganz verstummen würde.

Julia Brunner ließ durch einen Anwalt ausrichten, es stehe uns nicht zu, das Kind so lange von seinen Verwandten abzuschotten, sie drohte mir wegen Amtsmissbrauchs eine richterliche Klage an. Ich beriet mich mit Ärzten aus der Kinderpsychiatrie, die meine Haltung unterstützten, und schlug vor, die Meerschweinchen zu Yves zu bringen. Das war, ich hätte es wissen sollen, aus hygienischen Gründen nicht möglich.

Beim nächsten Besuch fragte ich Yves nach mehreren Anläufen und mit großer Vorsicht, ob er zur Beerdigung mitkommen wolle. Die einen Kollegen waren dafür, andere strikt dagegen, ich selbst schwankte, wie so oft in dieser Geschichte. Ich sagte, die Trauerfeier finde am Freitag in der Quartierkirche statt, es würden viele Leute kommen, seine Schulkameraden, auch der Onkel aus Amerika, die Nachbarin Vera und ihr Mann. Yves, der mittlerweile einen Teil der Zeit mit einem Gameboy und dem Durchblättern von Comics herumbrachte, reagierte zuerst gar nicht, verzog nur das Gesicht, als hätte ich ihm einen Zitronenschnitz auf die Zunge gelegt. Dann schüttelte er den Kopf. »Ich will nicht«, flüsterte er, es waren immerhin drei Wörter, die ersten seit Stunden. Ich fühlte seine Erstarrung und versuchte gar nicht weiter, ihn umzustimmen.

6

Der Trauergottesdienst begann um drei Uhr nachmittags. Die protestantische Kirche war ein Kubus mit abgeschrägter Seite, innen holzgetäfelt, nicht unfreundlich, in den Sechziger Jahren war das wohl ein kühner Bau gewesen. Ein paar Polizisten, die unerwünschte Fernsehleute abhalten sollten, hatten sich in der Nähe des Eingangs postiert. Zwei Agenturfotografen waren, mit Einwilligung der Verwandten, zugelassen. Wäre Yves dabei gewesen, hätte ich dagegen mein Veto eingelegt.

Ich hatte Helene gefragt, ob sie mich begleiten wolle, sie hatte nach kurzem Zögern eingewilligt. Vielleicht war es eher eine Bitte als eine Frage gewesen, ich hatte das Bedürfnis, jemand Vertrauten neben mir zu haben. Helene trug ihren schwarzen Fransenrock vom Flohmarkt, das fand sie angemessen, mein dunkelblaues Kostüm hingegen ganz und gar nicht: »So was von bieder, Mama!« Sie hatte die Haare zu einem Pferdeschwanz gebunden, in ihrer Nähe roch es weiterhin nach Jod. Möglicherweise hatte sie sich an unsichtbarer Stelle die Haut zerkratzt, das war schon mehrfach geschehen.

Wir fanden, zum dröhnenden Geläut, einen Platz in einer der hinteren Reihen, ganz am Rand. Viele Kinder und Jugendliche, dicht aneinandergedrängt auf den Holzbänken, zuvorderst natürlich die Verwandten. Einmal drehte sich Julia um, ich duckte mich, sah aber, dass sie eine Sonnenbrille trug. Die Nonna, rekonvaleszent noch, hatte ihre Teilnahme durchgesetzt, sie saß, sehr sichtbar, in einem Rollstuhl im Mittelgang. Um den Altar herum ein Blumenmeer, in dem die vier Särge beinahe versunken schienen, weiter vorn ein paar Notenständer. Es war heiß in der Kirche, die grellbunten Glasfenster zeigten einen stilisierten Christophorus, der den kleinen Jesus trug. Es roch nach welkenden Rosen und mit Schweiß vermischtem Parfüm. Eine unbegabte Organistin stolperte durch ein Präludium von Bach. Rund dreihundert Trauergäste lauschten. Der Pfarrer, mit schlohweißem, widerspenstig abstehendem Haarkranz, hatte eine Stentorstimme und diesen Pfarrherrentick, nach jedem zweiten oder dritten Wort eine winzige Pause zu machen, was die Sätze mit unerträglichem Pathos auflud: *Wir sind hier, um. Gib uns die Kraft zu. Hinweggerissen aus unserer Mitte. Der Herr gibt, der Herr nimmt. Denn alles Fleisch, es ist wie Gras und alle Herrlichkeit des Menschen wie des Grases Blumen.* Die alte Leier (nur in Brahms' Requiem klingt sie verstörend). Dann der Kummergesang der Gemeinde, irgendein Choral, nach dessen erster Strophe immer mehr Stimmen wegstarben. Das Knarren der Bänke beim Aufstehen fürs Gebet. Die Totenrede eines Nachbarn. Schwungvoll rühmte er die Verdienste der Zaninis im Familienklub. Ausflugserinnerungen. Ich sah in den Bänken ringsum einige weinen, geräuschvoll wurden Tempotücher aus der Plastikumhüllung gefingert. Abschiedsgruß für Rico Zanini von einem Arbeitskollegen: *Die Lücke, die der Verblichene hinterlassen wird. Seine stete Bescheidenheit.*

Seine Zurückhaltung. Von den Verwandten ergriff keiner das Wort. Es folgte ein phraseologisches Gesamtkunstwerk des Gemeindepräsidenten, eines stetig lächelnden Dynamikers, der auf herzliche Traurigkeit machte. Hätte er nur eine Minute länger gesprochen, wäre ich aufgestanden und hätte dafür plädiert, ein Dia des zusammengestauchten Autos zu zeigen, verbunden mit der Frage, warum da einer mit 100 km/h gegen eine Tunnelwand donnern musste. Dann der Auftritt der Klassenkameraden von Lisa und Maurice, sie hatten alle einen Satz über die Toten vorbereitet, lasen ihn vor dem Mikrophon, hölzern, stockend: *Ich werde dich nie vergessen, Lisa, du bist immer so hilfsbereit gewesen. Du hattest den Durchblick, Maurice, warum konnten wir nicht Freunde sein?* Ein Mädchen brach in Tränen aus, ein verlegen kichernder Junge wurde vom Lehrer, einem hageren Typ mit grauem Kinnbart, zurechtgewiesen. Dann waren die Kleinen aus Yves' Klasse an der Reihe, es war fast so, als wäre er auch tot. Aber sie wollten zeigen – das sagte die Lehrerin vorneweg –, wie sehr sie Yves in der Schule vermissten und wie leid ihnen tue, was geschehen sei. Ein paar hatten Blockflöten dabei, die anderen sangen, laut der Lehrerin, Yves' Lieblingslied: *Lueget vo Bärgen und Tal,* ein melancholischer Piepsgesang, kaum auszuhalten und doch das Ergreifendste an der ganzen Zeremonie. Auf den Kindergesichtern spiegelte sich echte Anteilnahme, ich dachte an die Engelschöre auf mittelalterlichen Tafelbildern, der verstörend schöne Engelschor des Isenheimer Altars fiel mir plötzlich ein. Zuletzt noch einmal die pfarrherrliche Emphase: *Unser Mitgefühl gehört Yves, dem Überlebenden. Lasst uns beten für die Toten und für ihn.*

Schwerfällig schob sich die Menge zum Ausgang. Kollekte zugunsten des verwaisten Jungen, genauer: für seine Ausbildung. Ich schwitzte und fühlte mich gerädert, auch Helene drängte ins Freie. Es ist ungerecht, dass mich solche Trauerfeiern fast zur Weißglut bringen, wer kann uns den Drang zur Beschönigung verargen?

Draußen, unter dem Vordach, warteten die nahen Verwandten, um die Kondolationen entgegenzunehmen. Hinter dem Rollstuhl der Nonna stand ein Mann mit schwarzem Hut, vermutlich Ricos Bruder aus Amerika, er wirkte steif und unberührbar. Julia auszuweichen ging nicht, eingekesselt von vielen, trieb es mich auf sie zu, Helene einen Schritt hinter mir. Julia hatte die Sonnenbrille abgenommen, ihre Augen waren schwarz gerändert, die Wangen feucht von den vielen Beileidsküssen, die sie schon empfangen hatte. Ihr Mann, den Arm halb um sie gelegt, wirkte unscheinbar, die Tochter hingegen, etwas älter als Yves, ziemlich aufgeputzt. Afrozöpfchen bei einer Neunjährigen, da wird mir übel.

Julia löste sich von Mann und Tochter, von denen, die sie umringten, und trat auf mich zu. Eine scharfe Frage: »Und? Ist punkto Yves endlich ein vernünftiger Entscheid gefallen?«

Ich schüttelte, bockiger, als es meine Absicht war, den Kopf.

»Ich verstehe in keiner Weise, warum er nicht zu uns kommen kann. Zu Verwandten, die er kennt. Ihre Abklärungen halte ich für reine Schikane.« Sie nickte zu ihren Worten, so wie ein aggressiver Vogel mit dem Kopf ruckt.

»Hören Sie«, ich zwang mich zu einem begütigenden

Tonfall, »Yves will ganz einfach nicht zu Ihnen. Und wir wollen ihn in dieser Situation zu nichts nötigen, was ihn noch stärker aufwühlt. Das sollten Sie eigentlich verstehen, oder nicht?«

Julias Gesicht schien einen Augenblick lang zu zerfallen. »Man kann einem Kind auch suggerieren, was es will oder nicht will. Wenn Yves mir nicht zugesprochen wird, dann beantragt mein Anwalt ein Gegengutachten.«

Endlich waren wir aus dem Gedränge heraus, die Beisetzung auf dem Friedhof sollte nach der Kremierung im engsten Familienkreis stattfinden. Die Sonne stach. Helene wollte zu Fuß nach Hause, ich möglichst rasch in meine Praxis. Eine Strecke gingen wir gemeinsam, schon lange war ich nicht mehr länger als fünf Minuten neben meiner älteren Tochter hergegangen. Arm in Arm stiegen wir die lange Treppe hinunter, die von der Kirche zum tiefer gelegenen Quartier führte. Die Treppe war von Kastanien gesäumt. Beinahe kam es mir vor, als glitten wir von Schatteninsel zu Schatteninsel, nur wenig Lichtsprenkel dazwischen, das Gefühl einer kühlen Berührung auf Wange und Stirn.

»Warum ist dieser Tante so daran gelegen, den Jungen zu sich zu nehmen?«, fragte Helene plötzlich.

Ich hatte keine Antwort.

»Hat sie aus irgendeinem Grund ein schlechtes Gewissen?«

»Weswegen denn?«, fragte ich zurück.

Helene verstärkte den Griff um meinen Arm. »Da gibt es diverse Möglichkeiten, Mama. Denk doch mal nach. Vielleicht hatte sie eine Affäre mit Yves' Vater. Vielleicht hat sie ihm den Tod gewünscht und bereut es jetzt. Oder vielleicht war es umgekehrt, und ihr Mann ist in Wirklichkeit Yves' Vater. Sie hat ihm verziehen und will nun ihre Familie unbedingt vervollständigen.«

»Hör auf!«, unterbrach ich Helene mit einem halben Lachen. »Du liest zu viele Krimis.«

Über Helenes kriminelle Phantasie staunte ich schon lange. Als kleines Kind hatte sie sich tausend Gefahren ausgedacht, die in Schränken und hinter den Wänden lauern mochten. Sie bei Dunkelheit allein zu lassen war unmöglich gewesen.

»Ich kombiniere eben gerne«, sagte Helene und stimmte in mein Lachen ein.

Es klang so unecht wie meines; was die Trauerfeier hinterlassen hatte, klebte an uns wie aufgeweichte Lakritze.

Wir waren schon fast am Ende der Treppe. Die Bäume standen weiter auseinander, Lichtbahnen brachen von vorn über uns herein, es war mir plötzlich viel zu hell. Eine Frau kam uns entgegen, die mühsam einen Kinderwagen über das Betonband stieß, das aus den Stufen einen steilen Radweg machte. Sie atmete schwer, sie war so alt wie ich, Großmutter vermutlich, wir grüßten uns mit merkwürdiger Vertraulichkeit. Unvermittelt – mein Herzschlag geriet ins Stottern – sagte ich zu Helene, Yves wolle zu mir, zu uns, das sei sein Wunsch.

Helene übersprang die untersten Stufen und stand still, mit halbgeöffnetem Mund, noch baumelte der Pferdeschwanz ein wenig. »Das ist bestimmt gegen irgendwelche Paragraphen im Zivilgesetzbuch«, sagte sie leichthin, ohne sich mir zuzuwenden.

»Ich bin nicht sicher«, entgegnete ich, nun auf ihrer

Höhe. »Es wäre ja bloß eine vorübergehende Maßnahme. Bis zur endgültigen Klärung.«

»Bis zur endgültigen Klärung«, wiederholte Helene, es klang nicht spöttisch, sondern bedeutungsschwer, als stecke die künftige Juristin unseren Handlungsrahmen ab.

»Du hättest nichts dagegen?«

Helene zuckte mit den Achseln. »Das Problem wäre wohl eher Alice.«

Wir hatten die Haltestelle an der Straße erreicht, wo ich den Bus nehmen wollte. Ein Helikopter der Rettungsflugwacht ratterte über uns hinweg und übertönte sekundenlang unser Gespräch. Ich dachte an die Nacht, als ich zu Yves gerufen wurde. Wie lange war das her?

Helene und ich verabschiedeten uns mit Wangenküssen, von ihrer Seite war darin eine unübliche Wärme. Beziehungen zu den Kindern mögen noch so brüchig wirken, in unvorhersehbaren Situationen sind sie plötzlich strapazierfähig wie ein altes Wäscheseil aus Hanf. So eins lag, in Achterbahnen aufgerollt, bei uns im Keller; meine Großmutter hatte es benutzt, meine Mutter. Ich hatte an seiner Stelle eine grüne Plastikschnur aufgespannt, die sich um die Mauerhaken winden ließ, aber das Hanfseil wollte ich behalten.

Nachts kamen die Geister, die ich während der Trauerfeier von mir ferngehalten hatte. Sie waren erbarmungslos. Ich musste zurück in eine andere Kirche, sie war dem Heiligen Geist gewidmet, wir hatten dort, neunzehn Jahre war es her, von Norbert Abschied genommen. Bevor die Trauerfeier begann, hatte ich in der Menge die Frau erspäht, die, wie ich nun wusste, Norberts Geliebte gewesen war. Ich trat auf sie zu, bat sie mit angespannter Höflichkeit, die Kirche zu verlassen. Sie habe ein Recht darauf, zu trauern, wie ich, sagte sie, jung und schön, wie sie mir damals erschien, wenn auch verweint. Sie glich in meiner Erinnerung Julia, des Glanzes wegen, der ihre Haarfülle so kostbar machte. »Das haben Sie nicht!«, schrie ich sie an. »Verschwinden Sie!« Es wurde gespenstisch still in der Kirche. Die Frau ging hinaus, ich schaute ihr nach, ich erinnere mich an ihren langsamen Gang. Danach empfand ich keine Genugtuung, sondern nur eine große Leere.

Sie schrieb mir einen Brief: Was zwischen ihr und Norbert gewesen sei, bereue sie nicht. Der Schmerz bringe sie beinahe um. Aber was ich durchmachen müsse, sei ebenso schlimm, das wisse sie. Norbert habe die Affäre mehrmals abbrechen wollen und sie mir nur verschwiegen, um mich zu schonen. Vielleicht sollten wir uns einmal treffen, um uns auszusprechen. Ich antwortete nie auf diesen Brief, der mich damals gleichermaßen empörte wie erniedrigte. Er war in fliegender Schrift geschrieben, flüchtig scheinbar und doch mit unübersehbarem ästhetischen Anspruch, was mich noch stärker gegen die Schreiberin aufbrachte. Sie war, das hatte ich in Erfahrung gebracht, Kunsthistorikerin, sie war ausgerechnet das, was ich, mit zwanzig, gerne geworden wäre. Auch jetzt noch sehnte ich mich manchmal nach der Ruhe eines Museums, nach der langsam fortschreitenden Katalogisierung des Werks eines flämischen Kleinmeisters oder der anonymen Bildtafeln aus dem Umkreis von Grünewald. Für die Trauerfeier hatte sich Norberts Geliebte auf edel gestylt: klassisches Deux-Pièces, schwarz und streng auf den Körper geschnitten, Perlenkette. Ein Gegenentwurf zu mir, einer kurzbeinigen Frau, die, was Kleider betrifft, größte Mühe hat mit Begriffen wie Eleganz und Gediegenheit. Ein paar Sekunden in der Kirche hatten genügt, dies zu erkennen und die Messer, die sich in mich schnitten, nochmals zu schärfen. Nein, ich war ganz und gar nicht fähig, auf diesen Brief zu antworten, ich zerriss ihn aber auch nicht, ich ließ ihn in irgendeiner Schublade verschwinden, wo er heute noch steckt, begraben unter wahllos übereinandergestapelten Fotos der Töchter.

Von Norbert ein Kind zu haben, war der Triumph gewesen, den ich der Geliebten voraushatte. Helene war damals drei, ich hatte mich entschieden, sie von der Trauerfeier fernzuhalten, und darum hatte sie mein Geschrei in der Kirche nicht gehört. Aber später erriet sie vieles. Es war merkwürdig mit ihr, sie fragte, nachdem alles vorbei war, nie mehr aus eigenem Antrieb nach ihrem Vater; meinen ungeschickten Versuchen, die Erinnerung an ihn wachzuhalten, wich sie mit leerem Ausdruck aus. In ihr ganzes Wesen schlich sich, in den Monaten und Jahren nach Norberts Tod, ein altkluger Ernst, der mir zu schaffen machte, etwas trocken Abwehrendes, das ich nie mehr wirklich durchbrechen konnte. Sie wollte als Kosetier unbedingt einen Luchs aus Plüsch. Sie trug ihn dauernd mit sich herum, sie küsste und biss ihn, manchmal war er nass von ihrem Speichel. Und sie sprach mit ihm in einer Geheimsprache, von der sie mich ausschloss.

Vielleicht suchte ich auch deswegen so rasch Zuflucht bei Adrian, der nicht Arzt war, sondern Bauphysiker, und sich mit Handgreiflichem beschäftigte, mit Statik, Wärmedämmung, Schallschutz. Das zweite Kind war mir willkommen. Nicht als Ersatz, nicht als Ablenkung (oder beides nur in geringem Maß), aber als Zeichen dafür, dass sich das, was Leben heißt, stärken und erneuern lässt. Ein magischer Akt, so mag man's nennen, gerichtet gegen die Zumutung des Todes. Alice wurde, was wir uns wünschten: ein Strahlekind. Aber es war jedes Mal eine Tragödie, wenn sie Helenes Luchs erwischte und ihn auf ihre Weise kniff und koste. Beide Töchter schrien wie am Spieß, die eine, weil der Luchs doch ihr gehörte, die andere, weil er ihr entrissen wurde, denn Helene war natürlich die Stärkere. Dann aber kam der Tag, als sie den Luchs ihrer Schwester schenkte. Sie hatte sich wohl vorgenommen, dem Stofftieralter entwachsen zu sein. Es war eine rührende Geste, ich hielt sie für ein gutes Zeichen und dachte, das kitte die Familie zusammen. Was uns trotzdem so rasch auseinandertrieb, Adrian und mich, weiß ich nur halb. Die Vertrauensgrenzen waren eng gesteckt. Er und ich: jeder wachsam in seinem Claim, es war steiniger Grund, Moränenreste, abgelagert von den Gletschern der Eiszeit.

7

Noch vor dem nächsten Wochenende war es klar: Yves würde zunächst für zwei Wochen zu uns kommen. Wir gingen von einer Übergangs- und Beobachtungsphase aus, die erlauben würde, bei der definitiven Entscheidung das Wohl des Kindes bestmöglich zu berücksichtigen. Ich nahm mir Ferien. Helene war von Anfang an einverstanden, bei der Betreuung mitzuhelfen, Alice musste ich in langwierigen, bisweilen lautstarken Diskussionen davon überzeugen, den Hausgast zu akzeptieren. Dass der Regierungsstatthalter, gegen Julias Einsprache, in diesem Sinn entschied, lag hauptsächlich daran, dass Yves selbst darauf bestand, in meiner Nähe zu bleiben. Der Krankenhausaufenthalt konnte nicht beliebig verlängert werden, und Yves zwangsweise an einen Ort zu verfrachten, den er ablehnte, hätte seinen labilen Zustand verschlechtert. Ebenso schien es dem Team – ich trat bei dieser Entscheidung in den Ausstand – unangemessen, Yves in die Kinderpsychiatrie zu verlegen. Zu meinen Gunsten sprach zudem, dass unser Haus in einem für Yves fremden Quartier lag, das ihn nicht gleich mit Erinnerungen belastete. Auch das Fehlen eines Mannes in unserem Haushalt galt als Vorteil, denn es war nicht auszuschließen, dass Yves Männer im Alter seines Vaters noch einige Zeit mit Gewaltbereitschaft assoziieren würde.

Die Entscheidung war ungewöhnlich und hatte ihre Widerhaken. Für mich und meine Töchter, sagte Melanie skeptisch, sei es eine Gratwanderung zwischen Professionalität und privatem Interesse. Ich entgegnete, das Team, zu dem ja nun noch ein Psychiater gestoßen war, bürge doch mit zwei wöchentlichen Sitzungen für eine strenge Supervision. Die Skepsis verschwand nicht aus Melanies Gesicht, sie bekam ihren Röntgenblick. Dabei wusste sie doch, dass Yves zu mir wollte, sie wusste, dass er mich gewählt hatte.

Am 23. August, morgens um zehn, fuhren wir im Taxi zu mir nach Hause. Niemand verfolgte uns. Die Medien schlugen schon ihre nächste große Geschichte breit, der Wirbel um Yves hatte sich nahezu gelegt. Ein durchzogener Tag, seit der Sonnenfinsternis war's nicht mehr richtig schön geworden. Wolken, die an nasse Lappen in ausgewaschenen Farben erinnerten, alles mit Graustich, und dann, wie eine blendende Faust, die dazwischenschlug, das kurze Erscheinen der Sonne.

Yves saß steif auf dem Hintersitz, von mir abgerückt, es war das erste Mal seit dem Unfall, dass er wieder in einem Auto fuhr. War es zu früh? Von der Seite sah ich bloß, dass er unaufhörlich schluckte.

»Du kannst deine Meinung immer noch ändern«, hörte ich mich sagen. »Wenn du nicht zu mir willst, kehren wir sofort um.«

Er nickte, gab aber keine direkte Antwort. Irgendwo blitzte im Morgenlicht eine Fensterscheibe auf, und plötzlich klopfte mein Herz so wild, als stünde mir die wichtigste Begegnung meines Lebens bevor. Ich wies den Taxifahrer an, die Geschwindigkeit zu drosseln. Als wir in unsere Straße einbogen, lief uns eine Katze über den Weg, keine schwarze, eine rötliche. Der Fahrer bremste abrupt, und Yves streckte abwehrend beide Arme aus, um nicht gegen den Vordersitz zu prallen. Danach richtete er sich wieder auf, mit einer gemessenen und zugleich angestrengten Bewegung.

»Das war nicht so schlimm, oder?«, sagte ich zu ihm. »Eine Katze eben.«

Er nickte wieder. Mir schien, er sei bleich wie noch nie.

Als wir ausstiegen, sagte er halblaut, beinahe tonlos, ohne mich anzusehen: »Wir hatten auch mal eine Katze, eine getigerte. Die ist eines Tages einfach verschwunden.«

Ich strich ihm übers Haar und wollte etwas Tröstendes sagen, es gelang mir nicht. Es war schon viel, dass er meine Berührung wieder ertrug, nachdem er, seit dem Verstummen, einige Male vor mir zurückgezuckt war, als fügte ich ihm Schmerzen zu.

»Es war ein Kater, er hieß Moses«, murmelte Yves wie zu sich selbst, und es dauerte ein paar Sekunden, bis mir klar wurde, dass er die verschwundene Katze meinte. Ich hatte die Nachbarin, Vera Schärer, gebeten, für Yves im verlassenen Haus ein paar Kleider und Spielsachen zusammenzusuchen und sie, zusammen mit der Meerschweinchenkiste, bei uns abzugeben. Es hatte eine behördliche Bewilligung gebraucht, damit Vera die Räume in Begleitung eines Versiegelungsbeamten betreten durfte. Eigentlich hätte ich die Sachen gerne selbst geholt, es zog mich zurück in diese museale Familienwelt, wo in zahllosen Überbleibseln der Alltag konserviert schien und man den eigentümlichen Geruch einatmete, den eine mehrköpfige

Familie über Jahre hinterlässt. An die vielen Schuhe dachte ich, an die Pinnwand mit den Notizzetteln, an das Strandfoto mit dem kleinen kecken Yves. Aber ich erlaubte mir nicht, selbst hinzugehen, ich wäre mir vorgekommen wie eine Grabschänderin.

Vera hatte ich am Telefon gebeten, das Gepäck und die Kiste vor unserer Haustür unter dem Vordach abzustellen, eine Stunde vor unserer Ankunft. Ich hatte es für klüger gehalten, ihr ein Wiedersehen mit Yves zum jetzigen Zeitpunkt auszureden. Später, sagte ich, werde er alte Kontakte bestimmt wiederaufnehmen können.

Es stand alles dort wie abgemacht, zwei Taschen, die Kiste; ich hatte noch die Krankenhaussachen dabei. Yves schlurfte auf die Tür zu, als ob er sie kenne, sein Brasilien-Shirt leuchtete sogar unter dem bedeckten Himmel. Dann erkannte er die Kiste, er ging in die Knie, nahm den Deckel weg, und schon hatte er ein Tier – Speedy oder Nougat – in den Sägespänen ertastet, mit beiden Händen herausgehoben und an seine Wange gelegt. Das Meerschweinchen zappelte ein wenig, hielt dann still, nur seine Nase zuckte unablässig.

Yves hatte die Augen geschlossen, schien gar nicht mehr zu atmen. Dann sagte er: »Das ist Speedy. Siehst du? Sie haben mich vermisst.«

Wir gingen hinein, die Kiste musste gleich mit, alles Übrige interessierte ihn kaum. Die Töchter waren noch nicht zu Hause, auch das hatten wir so besprochen; sie würden im Lauf des Nachmittags eintreffen. Mit Helene zusammen hatte ich das kleine Eckzimmer, in dem ich sonst hauptsächlich nähte und bügelte, für einen achtjährigen

Jungen eingerichtet. Ein Kinderbett hatten wir vom Dachboden geholt, gründlich abgestaubt, passende bunte Bettwäsche in den Tiefen des Einbauschranks gefunden. Was an den Wänden hängen sollte, blieb Yves überlassen. Der hässliche Plastikkorb, der immer überquoll von ungebügelten Hosen und Blusen, war in die Waschküche verbannt, samt Bügelbrett und Bügeleisen.

Yves sah sich im Erdgeschoss flüchtig um. Ich zeigte ihm sein Zimmer. Er nickte, stellte dann die Meerschweinchenkiste hinein, setzte sich aufs Bett und schwieg. »Gefällt dir das Zimmer?«, fragte ich. Er nickte. Wenn es in der Kiste raschelte, ging ein Lächeln über sein Gesicht. Das Grün draußen vor dem Fenster schien er gar nicht wahrzunehmen. Ich wollte ihm erklären, wo was im Haus zu finden sei, ich bot an, ihm alle Zimmer zu zeigen, das Kellergeschoss, den Dachboden, den Garten. Er schüttelte den Kopf und blieb sitzen. So holte ich die Taschen herein, begann sie auszupacken, verstaute die Kleider im Schrank, zeigte ihm die Spielsachen, die dabei waren, einen Legokasten, einen Plüschaffen mit langen Armen und Beinen, ein Memory-Spiel, einen alten Lederball. Er schaute alles mit kühlem Interesse an, den Affen duldete er auf dem Bett neben sich, den Ball kickte er darunter. Zwischendurch nahm er das eine oder andere Meerschweinchen auf und liebkoste es mit abwesendem Ausdruck.

Vera hatte auch einen angebrochenen Sack mit Knabberstangen eingepackt. Ich fragte Yves, ob er Speedy und Nougat damit füttern wolle. Er schüttelte den Kopf. »Im Sommer fressen sie lieber Frischfutter. Löwenzahn, Gurken, Radieschen. Manchmal Obst.«

»Löwenzahn wächst genug in unserem verwilderten Garten«, sagte ich. »Wollen wir welchen pflücken gehen?«

Er runzelte die Stirn. »Vielleicht später. Wasser haben sie noch. Das ist das Wichtigste.«

Er trank Orangensaft zum Mittagessen, aß beinahe nichts, nur ein Butterbrot mit ein wenig Salz. Das streute er selber darüber, so konzentriert, als müsse er die einzelnen Körnchen abzählen. Auf meine Gesprächsversuche ging er kaum ein, wirkte aber fügsam und freundlich.

Nach dem Mittagessen wollte er in sein Zimmer zurück, wo ein Stuhl stand, auf den er sich müde setzte, wie ein alter Liliputaner. Er durchblätterte das Märchenbuch, das ich ihm gegeben hatte, *Tausendundeine Nacht*, Bilder von Palästen, fliegenden Teppichen, Kalifen und Dämonen, er gähnte dabei, schlief fast ein, aber hinlegen wollte er sich nicht.

Gegen halb drei kam Helene heim. Sie begrüßte Yves, sie kniete sich neben die Kiste, bewunderte die Meerschweinchen, ließ sich von ihnen die Hände beschnuppern. Ihr gelang es, Yves dazu zu bewegen, mit ihr die zwei Poster aufzuhängen, die Vera zusammengerollt und mitgegeben hatte. Eines war die brasilianische Nationalmannschaft, das andere zeigte den europäischen Sternenhimmel. Die Sternbilder waren durch feine goldene Linien verbunden, man las ihre Namen, man sah die Planeten, die Galaxien. Helene und Yves standen davor, Yves erklärte etwas sehr leise, er zeigte auf die Jupitermonde.

Bei Alice – sie kam eine Stunde später – war es anders. Sie benahm sich kühl, ein bisschen von oben herab. Ich hatte mir ihre Zustimmung, Yves bei uns aufzunehmen, mit dem Versprechen erkauft, dass sie nach dem sechzehnten Geburtstag vermehrt ihre eigenen Wege gehen dürfe. Das hieß: längere Ausgehzeit, Kleidereinkäufe nach ihrem Gusto (ihre momentanen Lieblingsfarben: Grau und Schwarz, dazu Plateauschuhe). Auch Yves achtete nicht groß auf sie, er hatte sich so rasch mit Helene angefreundet, dass ich beinahe eifersüchtig wurde.

Später half er mir beim Zwiebelschneiden fürs abendliche Risotto. Er schnitt bedächtig die Scheiben klein, hielt immer wieder inne, wischte sich zwischendurch die tränenden Augen. Ich war froh über jeden Satz, den er mir gönnte. Ob er Risotto möge, hatte ich gefragt und ihm die Freiheit gelassen, die Vergangenheit zu berühren oder nicht.

»Manchmal mag ich es«, antwortete er. »Aber nicht so, wie es die Nonna macht. Da ist der Reis immer zu hart. Ich mag es mit Erbsen, so wie die Mama es … gemacht hat.«

Manchmal schien mir, das Wissen um den Tod der Eltern und Geschwister sei wieder in ihm eingemauert. Aber nun hatte er die Vergangenheitsform verwendet. Das Wissen war also noch vorhanden; ich hätte ihn deswegen – so unpassend es war – am liebsten umarmt.

Er ging an diesem ersten Abend früh ins Bett. Als er schon unter der Decke lag, fragte er plötzlich, ob nicht Helene bei ihm schlafen könne, er habe Angst vor schlimmen Träumen. Lisa, seine Schwester, habe früher – das sagte er wörtlich: früher – auch bei ihm geschlafen, wenn er Kopfweh hatte. Oder die Mama.

»In deinem Bett?«, fragte ich.

Er nickte. »Manchmal. Sonst nahm sie die Luftmatratze.«

Und so machte es auch Helene. Sie blies die Luftmatratze auf, die zu unserer Campingausrüstung gehörte, breitete den Schlafsack darüber, er roch nach Lagerfeuer. Yves war zufrieden damit. Ob wir ihm ein Schlaflied singen sollten, fragte ich. Die Mama habe manchmal *Die Königin der Nacht* gesungen, sagte er, aber nicht am Abend. Da kämen ganz hohe Töne darin vor, die Mama habe nämlich Sängerin werden wollen. Aber wenn Lisa da gewesen sei, habe sie die Mama ausgelacht. Bei Lisa sei sowieso nur Techno in Frage gekommen. Sie habe ja die Mama überredet, mit ihr ans Cityfest zu gehen. Beinahe kam er nun ins Plaudern, doch plötzlich verstummte er, sein Blick wurde leer. Ich strich ihm die verschwitzten Locken aus der Stirn. Das ließ er zu. Sein Pyjama – Vera hatte kein neues eingepackt – war das vom Krankenhaus, gewaschen offenbar; die beiden blauen Schmetterlinge darauf wirkten blasser als vorher.

Yves habe ruhig geschlafen, aber schwer geatmet, erzählte Helene am nächsten Morgen. Speedy und Nougat hätten sie mit ihrem Rascheln dauernd geweckt, aber Yves sei offenbar daran gewöhnt. Er kam schlaftrunken, ein bisschen unwillig an den Frühstückstisch, in der Hand hatte er ein Micky-Maus-Heft, eines von mehreren, die zuunterst in einer Tasche gelegen hatten. Er schlug das Heft auf, ohne uns anzusehen, löffelte schweigend das Müsli, das Helene ihm hinschob. Das Fenster begann sich aufzuhellen, grünsamten war das Licht im Kastanienlaub. Noch später als Yves tauchte Alice auf, grußlos, in Eile wie immer, sie trank ihre kalte Milch im Stehen, die Haare hatte sie dieses Mal in der Mitte gescheitelt. Unseren Gast übersah sie und mich auch. Nur zu Helene sagte sie, sich nah zu ihr hinbeugend, etwas Unverständliches, kurz lachten sie sogar, und ich erinnerte mich an die vielen Mahlzeiten, als wir zu dritt miteinander gealbert und uns vor Lachen gekugelt hatten. Yves saß nahe bei mir, blass zwar, wieder dieses fein gezeichnete Van-Dyck-Gesicht, aber ich glaubte die Wärme seines Körpers zu spüren. Das war ein Trost.

Die ersten Tage lösten Helene und ich einander bei Yves' Betreuung ab. Sie schwänzte ein paar Vorlesungen und verschob am Freitag ihren Paketsortierungsjob bei der Post; ich selbst hatte Urlaub eingegeben, fuhr nur in die Praxis, um das Administrative zu erledigen und mich, am zweiten Tag, einem Notfall – Paniksymptome bei einer Klientin – zu widmen.

Yves fügte sich in unseren männerlosen Familienalltag ein, auch Alice hatte keinen Grund zum Meckern. Wir spielten Memory mit ihm, er gewann jedes Spiel. Wir schauten uns Trickfilme im Nachmittagsprogramm des Kinderkanals an, turbulente Verfolgungsjagden mit Katzen und Mäusen. Yves lachte dabei hin und wieder, kurz nur, beinahe schrill. Er beschäftigte sich stundenlang mit Speedy und Nougat, sprach leise zu ihnen, zerkleinerte Karotten für sie. Ich ging mit ihm einkaufen. Er legte Pommes Chips in den Korb, eine Tube rosarote Kinderzahnpasta (unsere schmeckte ihm nicht), Erdbeerjoghurt, Radieschen für die Meerschweinchen. Er suchte nach Vertrautem, setzte fragmentarisch, so schien es mir, die verlorene Welt wieder zusammen. Richtig zeichnen wollte er nicht. Einige Male strichelte er, mir zuliebe, unentschlossen auf einem leeren Blatt herum, hauptsächlich mit blauem und grünem Farbstift. Es entstand nichts Erkennbares daraus. Als ich ihn fragte, ob er daran denke, demnächst wieder zur Schule zu gehen, sagte er: Nein, es sei zu früh, und es klang, als sei er plötzlich fünf Jahre älter und habe bereits über diese Frage nachgedacht.

Wenn ich allein war, machte ich Notizen zu ihm und seinen Reaktionen. Die Entscheidungsgremien erwarteten in Bälde meinen Bericht. Ich suchte im Internet, in der umfangreichen Fachliteratur nach parallelen Fällen, fand einen in Arizona, einen anderen in Südkorea. Die Reaktionsformen der Kinder, die ihre ganze Familie verloren hatten, waren höchst unterschiedlich, es gab, was das posttraumatische Belastungssyndrom betraf, keine auffälligen Gemeinsamkeiten.

Am Donnerstag kam Melanie zu Besuch, sie hatte versprochen, sich ein paar Stunden um Yves zu kümmern, damit mir mehr Zeit zum Nachdenken blieb. Sie ging mit ihm auf den nächstgelegenen Fußballplatz, wozu sich weder Helene noch ich aufgerafft hatten. Er sei, sagte sie danach, wirklich ein begabter Dribbler, er habe gleich mit ein paar Jungen in seinem Alter mitgespielt, sogar ein Tor geschossen. Zum ersten Mal sah ich Yves mit erhitzten Wangen. Seine Knie waren braungrün verfärbt von Gras und Erde. Helene steckte ihn in die Badewanne und schrubbte ihn sauber. Während ich mit Melanie einen Campari trank, hörte ich sie zusammen lachen.

»Ich weiß nicht, ob das, was wir tun, richtig oder falsch ist oder beides«, sagte ich zu Melanie

»Verlass dich auf deine Intuition«, entgegnete sie. »Mir scheint, er akzeptiert es, hier zu sein.«

Das sei möglicherweise ein Trugschluss, sagte ich. Vielleicht sollten wir doch Besuche der Tante zulassen. Oder ihn zur kranken Nonna begleiten. Mit der Kontaktsperre würden wir den Bruch in Yves' Leben noch akzentuieren.

Er brauche Zeit, sagte Melanie. Er wisse ja nicht, was er wirklich wolle. Ich sei im Moment seine wichtigste Zuflucht. Der Tante Julia – so komme ihr's vor – gehe es nicht um Yves, sondern darum, den Familienzwist für sich zu entscheiden. So sah ich es auch, Melanies klare Meinung beruhigte mich ein wenig.

Bisweilen verkroch sich Yves irgendwo im Haus; da wollte er, so dachten wir, eine Zeitlang ganz für sich sein. Sich in seinem Zimmer einzuschließen, genügte ihm nicht, er zog das Souterrain vor, den Winkel im Kellervorraum, wo die Holzklötze fürs Cheminée gestapelt waren, den Heizungsraum, wo es auch im Sommer penetrant nach Öl roch, die Waschküche, wo meist noch etwas Wäsche hing, die wir vergessen hatten. Die ersten zwei Male hatten wir ihn gesucht und schon befürchtet, er sei weggelaufen. Dann hatten wir ihn dort unten gefunden, auf einem Holzklotz sitzend, das nächste Mal an den alten Waschtrog gelehnt. Den Affen hatte er bei sich und eine Legofigur, die mich natürlich an die Schreckensszene im Krankenhaus erinnerte. Er gab keine Auskunft über seine Beweggründe, saß einfach da, im Halbdunkel, unberührbar und blass, und er sträubte sich nicht dagegen, von uns wieder hinaufbegleitet zu werden.

Ausgerechnet Alice spürte ihn ein weiteres Mal auf. Was sie bewogen hatte, ihm zu folgen, verriet sie auch später nicht. Ich brütete gerade wieder über meinem Bericht. Nach jedem Satz geriet ich ins Stocken, die Wörter auf dem

Bildschirm flimmerten so stark, dass meine Augen brannten. Da trat Alice – sie hatte inzwischen ihre Haare pechschwarz gefärbt – zu mir herein, sie wirkte angespannt.

»Er ist wieder dort unten«, sagte sie mit belegter Stimme, »er hat sich hinter den Leintüchern versteckt, er spricht mit jemandem. Willst du vielleicht mitkommen?«

»Er spricht mit jemandem?«, fragte ich, und plötzlich steckte Alices Beklommenheit mich an.

Wir gingen leise die Treppe hinunter, wie Verschwörerinnen; schon auf halber Höhe vernahm ich Yves' Gemurmel. Vor der angelehnten Tür zur Waschküche blieben wir stehen, ich stieß sie vorsichtig auf, ich sah die aufgehängten Leintücher, helle zumeist, pastellfarbene, die im Tageslicht aus der Fensterluke durchscheinend wirkten. Ich war zu bequem gewesen, sie draußen aufzuhängen, außerdem hatten wir unsicheres Wetter.

Yves war zwischen die Tücher geschlüpft, sein Schatten zeichnete sich auf der vorderen Reihe ab. Er redete halblaut, ja, er sprach mit jemandem, es klang vertraut und freundlich.

»Ich habe Spinatkuchen gegessen«, sagte er. »Und Salat. Und nachher gab's Schokoladenpudding. Und was gab's bei euch?«

Ich hörte ein Flüstern und dann wieder Yves' lautere Antwort: »Ach so, Pizza. Aber Lisa mag doch gar keine Pizza. Und Madlen mag keine mit Sardellen drauf.« Er lachte sogar ein wenig in sich hinein, vergnügt glucksend, wie ich ihn noch nie gehört hatte. »Ich geh heute vielleicht wieder auf den Fußballplatz«, fuhr er fort. »Mit Helene, wenn sie früh genug heimkommt.« Er wartete eine Weile, wieder das Geflüster, dann sagte er, um eine Spur kindlicher: »Ihr streitet euch doch nicht, oder? Ihr braucht euch nicht dauernd zu streiten!«

Mir war vom ersten Moment an klar, was hier geschah: Yves redete mit den Toten, hinter den feuchten Leintüchern beschwor er sie herbei. Am unheimlichsten war das Geflüster zwischen seinen Sätzen. Natürlich kam es auch von Yves, und doch schien seine Quelle anderswo zu sein, oben oder unten oder weit weg, es war nicht auszumachen. Alice klammerte sich an meinen Arm; mir lief es kalt den Rücken hinunter, obwohl die Vernunft mir sagte, hier sei nichts Gespenstisches im Spiel. Ich merkte, dass Alice um Worte rang, ich legte ihr einen Finger auf den Mund, aber ihre Lippen bewegten sich trotzdem. »Das ist doch total krank!«, verstand ich, und Yves hörte es auch, denn von ihm kam kein Laut mehr, der Schatten auf dem Tuch erstarrte. Nein, es ist nicht krank, wollte ich sagen, es ist ein Trauerritual, Ahnenbeschwörung. So sicher war ich aber nicht, es mochte ebenso gut ein Akt der Verdrängung sein, mit der er sich den Trauerschmerz vom Leib hielt.

Wir standen reglos da, hörten nur noch unsere Atemzüge, es roch nach feuchtem Mörtel und Waschpulver.

»Komm, Yves«, zwang ich mich laut zu sagen, »wir gehen hinauf.«

Er gab keine Antwort, und Alices Finger drückten sich noch tiefer in meinen Arm.

»Wir machen uns einen Pfefferminztee«, lockte ich ihn.

Die Tücher bewegten sich, wurden zur Seite geschoben, zwischen zweien erschien Yves mit verlegenem Lächeln. Er hatte die Arme des Affen um seinen Hals gelegt.

»Mit wem hast du gesprochen?«, fragte Alice, bevor ich sie daran hindern konnte; sie war so aufgewühlt, dass ich es körperlich spürte.

»Mit niemandem«, antwortete Yves. Sein Ausdruck wurde abweisend und feindselig.

»Schon gut«, beruhigte ich ihn und griff nach seiner Hand.

Er entzog sie mir und schaute auf seine Pantoffelspitzen. Trotzdem kam er mit hinauf. Es war sogar Alice, die Tee machte, sie süßte ihn zu stark, und danach bot sie Yves an, mit ihm zu spielen, er könne sich aussuchen, was. Er zögerte erst, wünschte sich dann eine Partie Eile mit Weile. Später wollte sie ihm die Schachregeln beibringen, das lehnte er ab. Sein Bruder, sagte er, habe Schach gespielt, und zwar gut. Es klang so, als müsse er sich von einer Fähigkeit, die er Maurice zuschrieb, distanzieren.

Als Yves an diesem Abend im Bett lag und ich auf dem Bettrand saß, fragte ich ihn, ob er mit mir die Gräber besuchen wolle. Wir könnten dort Blumen niederlegen, sagte ich, und an seine Eltern denken, an die Geschwister. Es war ein weiterer Versuch, ihn an die Realität heranzuführen. Die Szene in der Waschküche hatte mich verstört. In einem Winkel seines Bewusstseins ließ Yves die Toten weiterleben, nicht bloß in der Erinnerung, sondern leibhaftig. Natürlich wusste ich, dass so etwas geschehen konnte, und es wäre falsch gewesen, darin eine psychotische Störung zu sehen. Aber ich wollte weitere Totengespräche verhindern, ich ertrug sie nicht, sie hielten Yves davon ab, sich uns wirklich zuzuwenden.

Ich war selbst noch nicht auf dem Friedhof gewesen. Melanie hatte mir erzählt, vier Holzkreuze stünden da im aufgebrochenen Rasen, die Namen eingekerbt, ringsum haufenweise Blumen. Die waren wohl inzwischen verwelkt, vielleicht hatte man sie weggeschafft.

Aus geweiteten Augen schaute Yves mich an. Dieses Moorwasserbraun, die großen Pupillen. »Sie liegen doch dort«, flüsterte er. »Alle vier, oder nicht?«

»Ihre Asche liegt dort, in Urnen. Die Körper wurden verbrannt, kremiert heißt das.«

Das klingt grausam, man muss es einem Achtjährigen trotzdem sagen. Yves nickte im Zeitlupentempo. »Das tat ihnen ja nicht weh«, sagte er mit flatternder Stimme.

»Auf keinen Fall. Die Seelen hatten sich da schon längst vom Körper gelöst.« Was sagte ich da? Mit diesem Wort, Seele, hatte ich ein Leben lang meine Mühe gehabt – und nun war es mir wie von selbst über die Lippen gegangen.

»Sind die Seelen jetzt im Himmel oder an einem andern Ort?«, fragte Yves, und in seinen Augen flackerte, so schien mir, eine Hoffnung.

Die Frage kannte ich, und die Antwort wusste ich so wenig wie die anderen Male. Ich murmelte etwas, ich griff nach Yves' Hand und streichelte sie. Das schmale Handgelenk wirkte so zerbrechlich, dass ich fürchtete, der geringste Druck könnte ihm schaden.

»Ich will nicht hingehen«, flüsterte er, und es dauerte ein paar Sekunden, bis ich begriff, was er meinte.

»Später vielleicht?«, fragte ich.

Er verzog das Gesicht, blieb die Antwort schuldig. Er wollte nun doch, dass ich ihm ein Lied vorsang. Meine Altstimme bricht in höheren Lagen, immer beginne ich zu hoch und muss dann die Tonart wechseln. *Der Mond ist aufgegangen* brachte ich dennoch halbwegs zustande. Während ich sang, dachte ich an die Arie aus der *Zauberflöte*, die Madlen gesungen hatte, und ich wusste nicht, ob Yves auch daran dachte.

Nach mir ging Helene zu ihm hinein. Die beiden flüsterten lange miteinander, es war ein Geflüster wie unten in der Waschküche, ungreifbar, seltsam bedrohlich. Ich hätte ihm am liebsten ein Ende gemacht und wäre mir närrisch vorgekommen, hätte ich's getan.

8

Ich nahm mir vor, in den nächsten Tagen mit Yves zumindest den versäumten Schulstoff durchzuarbeiten, vielleicht würden neben mir auch die Töchter abwechselnd die Lehrerinnenrolle übernehmen. Von Julia hatte ich gehört, dass ihr Anwalt zu Yves' Verbleib einen raschen Gerichtsentscheid erwirken und mich als Gutachterin ausschließen wollte. Das Verfahren blieb in der Schwebe. Von den Kollegen fühlte ich mich unterstützt, zumindest verbal. Abend für Abend schrieb ich an meinem Bericht. Als Yves schon mehr als eine Woche bei uns war, bekam ich von Frau Zanini, der Nonna, einen langen Brief. Ich füge ihn hier ein, er gehört zur Geschichte. Ich staunte über die akribische, leicht nach rechts geneigte Handschrift. Gleichmäßige Abstände zwischen den Wörtern, indigoblaue Schwellstriche, von einer Füllfeder erzeugt, makellose Orthographie. Auch wenn dieser Brief parteiisch ist, gibt er Auskunft über die Vergangenheit von Yves' Familie.

Sehr geehrte Frau Doktor,

obwohl ich seit meinem Zusammenbruch erheblich geschwächt bin, möchte ich Ihnen einiges darlegen. Es geht um die Zukunft meines Enkels. Ihn selber aufzuziehen, muss ich mir in meinem Zustand aus dem Kopf schlagen.

Ihn seiner Tante mütterlichseits zu überlassen, widerstrebt mir andererseits aufs höchste. Für Julia Brunner-Mühlemann ist mein Sohn, ohne dass es irgendwelche Beweise dafür gäbe, ein Mörder. Yves müsste sich, um bei ihr leben zu können, gegen den Vater wenden. Dabei hat er ihn geliebt, ich weiß es. Wollen Sie das Kind einer solchen Zerreißprobe aussetzen?

Sie müssen wissen: Rico hatte es schwer im Leben, er machte es sich selbst schwer, und es wurde ihm schwergemacht, am meisten von seiner Frau. Was meine Person betrifft, so habe auch ich schlimme Fehler begangen. Der größte war, einen flatterhaften Mann zu heiraten. Mit einundzwanzig verfiel ich Antonios Charme, seiner Italianità. Er war vierzehn Jahre älter als ich, mit seinen aus Belluno stammenden Eltern führte er einen Lebensmittelladen in unserem Quartier. Er warb um mich, er schenkte mir die schönsten und süßesten Orangen. Seinetwegen gab ich das Volkswirtschaftsstudium auf, das ich eben begonnen hatte. Seinetwegen ertrug ich das stürmische Familienleben mit hysterischer Schwiegermutter und eigensinnigem Schwiegervater, seinetwegen half ich nach Kräften im Laden mit und übernahm bald die ganze Buchhaltung. Ich mühte mich weiter ab, als bereits Giovanni, mein Erstgeborener, in der Wiege lag und die Schwiegereltern, im Streit mit uns, nach Italien zurückgekehrt waren. Antonio bediente im Laden und machte allen Frauen, die jünger waren als ich, schöne Augen. Er mochte es nicht, wenn ich ihm ins Gewissen redete, noch weniger mochte er meinen Zorn und meine Tränen. Außerdem legte er gerne die Hände in den Schoß. Oft blieb er tagelang weg. Wenn er seinen Cafard hatte, schaute er gerne zu tief ins Glas. Mag sein, dass Trunksucht auf Vererbung beruht und nicht bloß auf mangelndem Willen. Sie trat leider Gottes später bei meinem Jüngeren zutage, wobei es dafür, wie auch Sie, Frau Doktor, wissen dürften, einen Auslöser braucht, der im Falle Ricos eindeutig Madlen hieß.

Nun ja, ich versöhnte mich immer wieder mit Antonio, die Hoffnung gibt man als Frau und Mutter nicht so bald auf. So bekam ich den zweiten Sohn, Rico, der, wie Giovanni, das Schweizer Bürgerrecht erhielt. Rico war viereinhalbjährig, als mein Mann verschwand und keine Nachricht hinterließ, nichts, kein Wort. Auch wenn der Vater sich nur sporadisch um sie gekümmert hatte, vermissten die Jungen ihn doch, Rico mehr als sein älterer Bruder. Irgendwann gab er es auf, nach Papa zu fragen. Und nach zwei Jahren wollte die Polizei in dieser verworrenen Geschichte nicht länger ermitteln. Dass Antonio sich umgebracht haben könnte, halte ich für unmöglich. Ich denke eher, dass er vor seiner Verantwortung flüchtete und irgendwo in Übersee eine neue Existenz aufbaute. In seiner Verwandtschaft ging eine Zeitlang das Gerücht um, er halte sich in Brasilien auf und sei mit Viehhandel reich geworden. Ich war zu stolz, solchen Hinweisen nachzugehen (und verschwieg sie später meinen Söhnen). Ich wollte auch nicht, dass Interpol eingeschaltet würde, und verzichtete auf eine offizielle Verschollenheitserklärung, die mir zumindest eine Witwen- und Waisenrente eingetragen hätte. So bin ich auf dem Papier weiterhin verheiratet mit Antonio Zanini und werde es bis an mein Ende bleiben.

Es stellte sich heraus, dass Antonio sich mit dem Laden,

der doch einst abgezahlt gewesen war, massiv verschuldet hatte. Ohne mein Wissen hatte er die eine oder andere Hypothek aufgenommen, um seinen Geliebten mit Geschenken zu imponieren. Zu jener Zeit galt im Zivilgesetzbuch der Mann als Oberhaupt der Familie und konnte über das Geld nach Belieben verfügen. Ich war mittellos, aus Belluno hatte ich nichts zu erwarten, und somit war ich gezwungen, mein Leben in die eigenen Hände zu nehmen. Zum Glück fand ich eine Stelle als Direktionssekretärin bei den Schweizerischen Bundesbahnen, wo man meine Diskretion und meine Seriosität schätzte. Allmorgendlich um sieben Uhr brachte ich meine Söhne zur Tagesmutter, wie das heute heißt. Von dort aus gingen sie in den Kindergarten und in die Schule. Abends um halb sechs holte ich sie wieder ab. Rico war sechs-, Giovanni neunjährig, als dieses Hin und Her begann. Sie hatten schon viel entbehrt, nun fühlten sie sich auch von der Mutter im Stich gelassen. Es waren schwere Zeiten. Übers Wochenende fehlte mir oft die Kraft, mich den Söhnen richtig zuzuwenden.

Rico hing an mir wie eine Klette, sobald ich in der Nähe war, und das ertrug ich schlecht. Er war bleich und dünn, aß wenig, las viel. Ach, ich hatte Mitleid mit ihm und konnte ihn doch nicht wirklich an mich heranlassen. In der Schule glänzte er bald durch gute Leistungen, die Schule war für ihn, vermute ich, eine Art Zufluchtsort. Dann aber brach die Pubertät über uns herein wie ein Tornado. Rico trieb es hinaus auf die freie Wildbahn. Hübsch war er ja, ein richtiger Beau, ein Rodolfo-Valentino-Typ, dem Vater wie aus dem Gesicht geschnitten, aber noch ohne Bauchansatz. Abend für Abend verbot ich Rico den Ausgang,

Abend für Abend setzte er sich darüber hinweg, traf sich mit Gleichgesinnten in verrauchten Kneipen, um zu philosophieren, wie er mir weiszumachen versuchte. Mit List und Lügen entzog er sich meiner Kontrolle. Wer hätte mir helfen können, ihn zu bändigen? Für eine neue Partnerschaft hatte ich keine Zeit mehr gefunden, und eigentlich – das mag der wahre Grund sein – hatte ich genug von Männern.

Rico schaffte knapp den Übertritt ins Gymnasium, dann aber musste er, wegen zunehmenden Schlendrians, wie der Rektor schrieb, das elfte Schuljahr wiederholen. Ich schämte mich dafür, denn Ricos Intelligenz hätte ihm eigentlich erlaubt, das Gymnasium im Eiltempo zu absolvieren. Noch vor der Matura lief ihm Madlen über den Weg, sie ging in die Parallelklasse. Er verfiel ihr, sie saugte ihn aus, man kann das nicht anders sagen. Sie trug die engsten und kürzesten Röcke, zeigte ungehörig viel Haut. Die Lola aus dem ›Blauen Engel‹ hätte ihr Vorbild sein können. Sie kennen doch Marlene Dietrich? Die jungen Männer jedenfalls umschwärmten auch Madlen wie die Motten das Licht, und Rico hielt es für eine Großtat, diese Frau erbeutet zu haben. Sie ließen einander nicht los und taten sich weh dabei, das war mir gleich klar, als Rico mir Madlen vorstellte und sie dabei umarmt hielt wie eine Trophäe. Sie muss von Anfang an meine Abwehr gespürt haben. Ihrerseits begegnete sie mir mit kühler Herablassung. Die künftige Tierärztin – das war erklärtermaßen ihr Studienziel – hatte mit mir, der Sekretärin, nicht viel gemein. Was sah sie in meinem Rico? Auf ein Erbe und eine gesicherte Zukunft konnte sie nicht hoffen. Er war wohl der geeignete Spielball für sie, und sie benutzte ihn, um sich bei ihm mit Überlegenheits-

gefühlen vollzutanken. Vermutlich war er, ich schreibe dies, ohne zu erröten, ein erfinderischer Liebhaber. Rico wohnte damals noch bei mir, manchmal bekam ich von nebenan ihr Stöhnen mit. Ich wollte ihn von Madlen abbringen, ich schrie ihn an, bis ich heiser war. Er schwieg, aber sein Schweigen war lauter als mein Geschrei. Sie zogen zusammen, ihre Wohnung war zu groß, der reinste Luxus. Aber ich ließ mich erweichen und finanzierte einen Teil der Miete, denn ich wollte Rico das Studium ermöglichen. Von der Romanistik, einem brotlosen Fach, hatte ich ihn abzuhalten versucht, viel lieber hätte ich's gesehen, er wäre Anwalt geworden oder Ingenieur wie sein älterer Bruder, der ja bald in die USA flog und nie mehr zurückkam. Nach drei Semestern ließ Madlen sich schwängern. Meinen Verdacht, die naturwissenschaftlichen Prüfungen seien eine zu hohe Hürde für sie, wies sie empört zurück. Die Mutterschaft war nun plötzlich ihr leuchtendes Ziel, ihre Bestimmung, ihr Ein und Alles. Da ich durch verschiedene Krankheiten gezwungen war, beruflich kürzerzutreten, und deshalb weniger verdiente, konnte ich ihnen keine höhere Unterstützung anbieten. Madlens verwitweter Vater gab gar nichts. Sie hatte mit ihm schon lange gebrochen, und als er kurz nach Maurices Geburt starb, hinterließ er nichts als Schulden; er hatte glücklos spekuliert.

Maurice war ein stilles und eigenbrötlerisches Kind von Anfang an. Lisa, die anderthalb Jahre später kam, quengelte dafür dauernd. Ich hatte kaum eine Chance, die Enkel zu hüten, Madlen gab ihre Brut nicht weg. Aber schon damals behauptete sie, ihre Familie lebe, Ricos wegen, dauernd an der Armutsgrenze, schon damals lief sie zwischendurch zum Sozialamt und beanspruchte eine Sonderbehandlung für sich. Rico seinerseits übernahm, um Geld zu verdienen, Stellvertretungen an Gymnasien, obwohl er sich dafür in keiner Weise eignete, er jobbte hier und dort als Nachtportier und Securitaswächter, er vernachlässigte das Studium und gab es bald auf. Wie eine Rettung erschien es ihm und uns allen, dass er eine feste Stelle im Bundesdienst als parlamentarischer Dokumentalist fand. Das verbesserte die Situation, zumindest für einige Zeit.

Dann begann Madlen Rico vorzuwerfen, er trinke heimlich. Sie suchte in Verstecken nach leeren Flaschen, um ihm sein Laster zu beweisen. Sie kannte keine Hemmungen. Wenn die beiden, selten genug, bei mir zu Besuch waren, kam früher oder später der Moment, wo sie Rico vor meinen Augen mit Beschuldigungen eindeckte: Ein Versager sei er, ein Faulpelz, träge, entscheidungsschwach. Es drückte mir das Herz ab, wenn ich zusah, wie er sich duckte und in sich selbst verkroch. Wer kann es nicht verstehen, dass er später bisweilen explodierte? Ich verteidigte ihn, wie es sich für eine Mutter gehört. Madlen und ich gerieten aneinander. In ihren Augen war ich die Hauptschuldige an Ricos Fehlverhalten, ich hatte ihn verzogen, das heißt: verwöhnt und vernachlässigt in einem. Jeder solche Streit hatte zur Folge, dass ich danach meine Enkel wochenlang nicht sah.

Yves, der Nachzügler, stand mir von Anfang an näher als die zwei Größeren. Die prekären Verhältnisse brachten Madlen nämlich dazu, teilzeitlich in einer Drogerie zu arbeiten, und als Yves noch nicht zur Schule ging, überließ sie ihn, faute de mieux, am Dienstag- und Donnerstagmorgen meiner Obhut, Montag und Mittwoch war die Reihe

*an Julia. Ich hatte, kurz nach meiner Frühpensionierung,
genügend Zeit. Madlen lieferte den Jungen jeweils um sieben Uhr früh an meiner Haustür ab und sprach nur das
Notwendigste mit mir. Manchmal kam es mir vor wie eine
gespenstische Umkehr dessen, was ich fünfundzwanzig Jahre zuvor mit Rico getan hatte.*

*Yves ist ein besonderer Junge, das werden Sie selbst bemerkt haben. Er friert rasch, er neigt zum Tagträumen,
man muss ihn oft auf den Boden zurückholen. Handkehrum
kann er äußerst ungestüm sein und nichts anderes mehr im
Sinn haben, als seinem Fußball nachzurennen. Das sind
merkwürdige Gegensätze. Es fließt ja doch ein wenig italienisches Blut in seinen Adern. Wie es jetzt menschenmöglich sein soll, dass er diesen schrecklichen Verlust erträgt,
ohne daran zu zerbrechen – das geht weit über meinen
Horizont. Ich kann nichts anbieten als meine Zuwendung.*

*Worauf ich Sie aber unbedingt hinweisen will: In den
letzten zwei Jahren wurde Ricos Lebenslast immer drückender. Ich nahm es wahr und konnte nichts daran ändern. Er
hatte im Beruf keinen Erfolg. Er war zwar fleißig, aber es
fehlte ihm am Aufstiegswillen. In vielen Jahren blieb er auf
der untersten Hierarchiestufe sitzen und wurde bei Beförderungen übergangen. Er werde gemobbt (das ist ja heute
das Modewort), gab er mir zu verstehen, und der Chef
schaue dabei untätig zu. Es mag sein, dass er sich hin und
wieder betrank, um sich abzustumpfen. Julia schrieb mir in
einem Brief, Ricos Eifersucht werde immer krankhafter, er
schlage Madlen regelmäßig, ich müsse Rico zur Besinnung
bringen, sonst breche die Familie auseinander. Ich begriff,
dass Rico ganz am Rand stand, er musste völlig verzweifelt*

sein. Aber war es nicht auch möglich, dass SIE ihn körperlich angriff und er sich gegen SIE verteidigte? Und war nicht auch die Trennungsdrohung eine Provokation?

Auf Umwegen fragte ich Yves danach. Es kostete mich Überwindung, aber ich wollte die Wahrheit wissen. Yves wich mir aus, so wie es auch Maurice und Lisa getan hätten. Streit hätten die Eltern oft, sagte er, aber danach seien sie wieder lieb miteinander, und der Papa schenke der Mama Pralinés oder Blumen.

Madlen soll in den Tagen vor der Unfallfahrt entschlossen gewesen sein auszuziehen. Das warf mir Julia an den Kopf, als wir im Spital darauf warteten, zu Yves vorgelassen zu werden. Sie, Julia, habe für die Schwester schon nach einer neuen Wohnung Ausschau gehalten, und Rico habe gedroht, den Auszug werde er mit allen Mitteln verhindern. Mit allen Mitteln? So etwas sagt man in äußerster Not, man sagt es und ist weit davon entfernt, die Drohung wahrzumachen. Eher hätte ich Rico zugetraut, Hand an sich selbst zu legen. Er wusste bestimmt nicht mehr ein noch aus. Und dazu musste er, das erfuhr ich erst nachträglich, auch noch damit rechnen, dass seine Arbeitsstelle eingespart würde. Wenn man sich auf allen Ebenen als Verlierer sieht und an der Gerechtigkeit der Welt verzweifelt, was tut man da, Frau Doktor? Reißt man seine Kinder mit in den Abgrund, der sich vor einem auftut? Oder springt man allein hinunter?

Ich hätte Rico getröstet und aufgemuntert, wäre er zu mir, zu seiner Mutter, gekommen. Aber er kam nicht, er schämte sich zu sehr. Für die Fahrt ins Elsass nahm er sich extra frei, das erzählte er mir am Vorabend am Telefon, es war doch sein größter Wunsch, mit der Familie zusammen *zu sein, sie zusammenzuhalten. Ich denke, er wäre Tausende von Kilometern gefahren, um die Kinder glücklich zu machen.*

Was auf der Rückfahrt geschah, frage ich mich Tag für Tag, Stunde um Stunde. Aber eigentlich bin ich sicher, dass Yves, wäre er fähig, sich zu erinnern, bezeugen könnte, dass es ein Unfall war, ein Unfall als Verkettung unglücklicher Umstände. Eventuell war Rico am Steuer übermüdet, absorbiert von seinen Gedanken und seinem Unglück, eventuell lenkte ihn ein Streit mit Madlen von der Straße ab.

Man muss Yves ersparen, den eigenen Vater für einen Mörder zu halten, das ist mein dringendstes Anliegen. Unter der Last eines solchen Verdachts könnte er kaum noch atmen, so wie der Gedanke mich – das ist jedenfalls meine Vermutung – in einen Zusammenbruch trieb, von dem ich mich nun mühsam erhole. Wenn Yves bei Julia aufwächst, wird sie sein Vaterbild zerstören und ihm so den letzten Halt rauben. Manchmal frage ich mich, ob sie nicht heimlich in Rico verliebt war und er sie zurückgewiesen hat. Wie anders kann ich mir ihren Hass auf meinen Sohn erklären?

In Anbetracht all dessen, was ich mir jetzt von der Seele geschrieben habe, bitte ich Sie, verehrte Frau Doktor, alles, wirklich ALLES *dafür zu tun, meinem Enkel eine Zukunft zu ermöglichen, die seine Verletzungen heilen kann. Ich sage es nochmals: Meine eigenen Kräfte reichen nicht aus, die Erziehungsaufgabe voll zu übernehmen. Ich kann bloß anbieten, Yves gelegentlich zu hüten. Behalten Sie ihn bei sich, wenn er sich bei Ihnen wohl fühlt. Sie haben, hat man mir gesagt, zwei Töchter, die sich gewiss auch um ihn kümmern. Das ersetzt keineswegs eine verlorene Familie, aber* es ist weit besser als nichts. Und sollte dies nicht möglich sein, käme gewiss auch ein gut geführtes Heim in Frage, zu dem man der Großmutter Zutritt gewährt. In einem solchen Heim hätte Yves ständigen Kontakt zu Gleichaltrigen, er würde von fachkundigen Personen betreut. Das sind doch unübersehbare Vorteile.

Hoffentlich habe ich Sie mit diesem Brief davon überzeugen können, dass es mir um das Wohl meines Enkels geht. Ich wünsche mir aus tiefster Seele, dass Sie ihm gegenüber dieselbe Haltung einnehmen und durch die Entscheidungen, die Sie mit beeinflussen, sein Leiden nicht am Ende noch vergrößern.

Mit vorzüglicher Hochachtung
Magda Zanini-Morgenthaler

9

Dieser Brief erfüllte mich mit einem schwer fassbaren Widerwillen und zugleich mit starkem Mitleid. Sein Ton wollte so gar nicht zur akkuraten Schrift und zur Schreiberin selbst passen, einer hochkontrollierten Frau, die auch ihren Zorn in kompakte Sätze packte. Die Risse in dieser Fassade, hinter der sich eine in Jahrzehnten gewachsene Not verbarg, wollte ich weder sehen noch kitten. Ich las den Brief zweimal, dann legte ich ihn beiseite. Aber je ärgerlicher ich ihn von mir wies, desto stärker meldete sich der diffuse Wunsch, Frau Zanini zu beweisen, dass ihr Sohn durchaus als Täter in Frage kam. Blinde Mutterliebe erzeugt bei mir stets einen trotzigen Widerstand. Ein paar Stunden lang überlagerte ein merkwürdiger Jagdinstinkt die Sorge um Yves. Dass ich mich dabei plötzlich auf die Seite Julias stellte, störte mich nicht. Ich handelte schon längst nicht mehr rational.

Es war später Nachmittag, als ich Untersuchungsrichter Koller anrief, den kahlköpfigen jungen Mann mit dem Ring im Ohr, der die Unfallursachen zu untersuchen hatte. Von meinem winzigen Arbeitszimmer im oberen Stock, wo auch tagsüber die Schreibtischlampe brennt, schaute ich auf die Rosskastanie hinaus, deren dichtes Laub im Sommer die Ostfassade des Hauses verdunkelt: *Schwarzschattende*

Kastanie, mein windgeregtes Sommerzelt, diese Gedicht-
zeile fiel mir dazu ein, als Halbwüchsige hatte ich sie, angezogen von der Magie des Bildes, auswendig gelernt. Ich
schwindelte Koller vor, um in meinem Bericht die juristi-
schen Aspekte des Falls ausreichend zu würdigen, müsse
ich auch über die neuesten Entwicklungen Bescheid wissen.

Er zierte sich erst, gab dann aber Auskunft: Nachdem die
Befragung der Nachbarn im Wesentlichen erfolglos ver-
laufen sei, hätten sich doch Hinweise zu einer Tatabsicht
des Vaters ergeben. Man habe bei der Hausdurchsuchung
Zettel mit rätselhaften Drohbotschaften gefunden. Gra-
phologen hätten die verstellte Schrift inzwischen eindeutig
als jene des Vaters identifiziert. Und belastender noch: Man
sei zuhinterst im Wäscheschrank auf versteckte Munition
gestoßen, die Waffe selbst, eine Pistole, sei allerdings nicht
zum Vorschein gekommen. Nach einem kurzen Zögern
fügte er an, ich könnte doch den Jungen vorsichtig fragen,
ob er etwas darüber wisse.

»Ich habe Ihnen«, erwiderte ich verärgert, »schon einmal klargemacht, dass ich keine Verhöre führe. Sie haben ja
miterlebt, wie das enden kann. Ich frage mich, ob Sie eine
Untersuchung, die niemandem nützt, nicht einfach ab-
schließen sollten.«

Er lachte kurz und scheppernd, es klang wie Holzku-
geln, die aneinanderstoßen. »Wir sind doch alle neugierig,
Frau Doktor, mit der Betonung auf Gier. Und wir wollen
die Schuldigen kennen, selbst dann, wenn sie nicht mehr
bestraft werden können.« Er sprach, als würde er Gedanken
lesen, und dass er das so offensiv und dazu in seinem Ost-
schweizer Dialekt tat, brachte mich doppelt gegen ihn auf.

»Erwarten Sie keine weitere Kooperation von mir«, fuhr ich ihn an.

Seine Antwort war beinahe hämisch: »Ich habe vorhin gedacht, Sie suchten die Zusammenarbeit mit mir, und nicht umgekehrt.«

Was hatte ich mit meinem Anruf überhaupt bezweckt? Ich wusste es nicht mehr und brach das Gespräch ab. Vielfingrig bewegten sich draußen die Blätter der Kastanie, sie filterten das Sonnenlicht so stark, dass die helleren Stellen im Blattwerk zu bloßen Erinnerungen an Tag und Sommer wurden. Ich knipste die Schreibtischlampe aus und dachte in meinem Dämmerraum an die verschwundene Pistole. Wo mochte sie stecken? Ich wollte Koller keineswegs helfen, einen Mord aufzuklären; auf meinen eigenen Wegen versuchte ich es doch.

Beim Abendessen waren wir wieder einmal alle zusammen, es gab Lasagne verde, eines von Yves' Lieblingsgerichten. Die Béchamelsauce hatte Alice gemacht, die Pasta war zu lange im Ofen geblieben, die Käsekruste beinahe schwarz, aber das störte niemanden. Yves aß schweigend, mit nach innen gekehrtem Blick, auch die Kopfsalatblätter, die er sonst nicht mochte, schob er abwesend in den Mund. Er trug ein rotgelb gestreiftes T-Shirt, das über beiden Schultern ein wenig hinunterhing. Mir schien, er sei noch dünner geworden, obwohl er von uns vieren gewöhnlich am meisten aß, manchmal verschlang er seine Mahlzeit, als gehe es darum, sie möglichst rasch zum Verschwinden zu bringen. Auch wir anderen waren wortkarg. Solche Stimmungen erlebten wir immer häufiger mit Yves. Wir wussten, dass die Entscheidung über seine Zukunft bald fallen würde, in wenigen Tagen wohl, und Yves ahnte es gewiss.

»Kommst du noch draußen mit mir Federball spielen?«, fragte Helene im kumpelhaften Ton, den sie Yves gegenüber angenommen hatte. Federball war ihr Kompromiss zwischen Fußball und einem Brettspiel drinnen.

Yves schüttelte den Kopf. »Ich muss bei den Meerschweinchen noch ausmisten.«

»Ach so«, sagte ich, »hast du das heute vergessen?«

Sein Kopfschütteln setzte sich fort. »Nein, aber sie sollen auch mal warten können.«

Diese Antwort irritierte mich und offenbar auch Helene, die sich auf ihrem Stuhl straffte, um etwas zu fragen, und dann doch schwieg.

Alice jedoch schien sich nicht darum zu kümmern. »Ich geh dann mal«, sagte sie und hatte sich schon halb erhoben. »Raoul wartet auf mich.« Raoul hieß also ihr Rollerfreund; dass sie den Namen verriet, war ein unerwarteter Vertrauensbeweis.

»Halt!«, sagte ich reflexartig. »Wann bist du zu Hause?«

Alices schwarz bewimperte Lider flatterten wie Insektenflügel. »Sei doch nicht immer so überbesorgt, Mum.«

Sie meinte es vermutlich ganz unironisch, aber dieses saloppe Mum war neu, und in mir wallte augenblicklich der Zorn hoch. Obwohl ich mir hundertmal vorgenommen hatte, in solchen Situationen die Ruhe zu bewahren, wollte ich sie zurechtweisen, da unterbrach mich Yves. »Im Elsass hat es mir sehr gut gefallen«, sagte er laut und deutlich, als sitze er in der Schule.

Wir schauten ihn an wie ein Orakel, das uns unlösbare

Rätsel aufgab. Er lächelte mit zuckenden Mundwinkeln, doch plötzlich liefen ihm Tränen aus den Augen, es wurden immer mehr, sie nässten seine Wangen, den Rundkragen des T-Shirts, sie tropften auf den Tisch. Kein Laut kam von ihm, die Augen blieben blicklos offen. Wie gerne hätte ich ihn in die Arme genommen, aber ich traute mich nicht. Helene jedoch rückte mit dem Stuhl sachte auf Yves zu, sie griff nach seiner Hand, die er ihr überließ. Ich erinnerte mich, dass Helenes Hände in letzter Zeit meist kalt waren, wenn ich sie berührte. Alice war plötzlich verschwunden, ich nahm an, dass sie ihren Raoul der Trauerszene am Tisch vorzog. Eine Weile blieb alles, wie es war. Helene streichelte Yves' Hand, ich suchte nach tröstenden Worten und zugleich nach einer Erklärung für diesen Ausbruch.

Da kam Alice zurück. Das braungelbe Bündel, das sie mit sich trug, erkannte ich erst nicht. Sie legte es, nachdem sie Yves' Teller zur Seite geschoben hatte, auf den Tisch vor ihn hin, zupfte daran herum, klopfte es zurecht, damit es sich gleichsam entfaltete. Vier gefleckte Beine streckten sich nach beiden Seiten, ein Kopf mit spitzen Ohren hob sich vom Plüschrumpf ab. Es war der Luchs, um den meine Töchter so lange gestritten hatten.

»Den kannst du haben«, sagte Alice zu Yves und schob das Tier noch näher zu ihm, über den Tischrand hinaus, so dass die Schnauze ihn beinahe berührte. Yves, stark zwinkernd, wich ein wenig zurück. »Das ist ein Luchs«, sagte er mit schwacher Stimme.

Alice lächelte ihn an. »Er hat mir oft geholfen, wenn es mir schlechtging.« Yves blickte von ihr zum Luchs und nickte, als wisse er Bescheid.

Helene hatte, als sie den Luchs erkannte, ihre Hand von Yves zurückgezogen. »Es war ja zuerst mein Luchs«, sagte sie nun, mit einem Seitenblick zur Schwester. »Ich habe ihn Alice geschenkt, vor vielen Jahren.«

»Und ich schenke ihn jetzt dir«, sagte Alice mit einer Spur von Trotz zu Yves. »Ich glaube, dir hilft er mehr als uns beiden. Das Fell ist ziemlich abgegriffen, aber das macht ja nichts, oder?«

Yves, der den Luchs nicht mehr aus den Augen ließ, nickte; sein Weinen hatte aufgehört. Ein kaum hörbares »Danke« kam über seine Lippen.

»Wo war der denn?«, fragte Helene leicht gereizt. »Wo hast du ihn gefunden?«

»Zuunterst im Schrank«, sagte Alice, »neben alten Schulsachen. Er war nicht mal so staubig.«

Währenddessen hatte Yves vorsichtig das Plüschtier ergriffen, und nun drückte er es ans durchnässte T-Shirt, als fände er bei ihm mehr Trost als bei den Menschen am Tisch. Das Fell war in der Tat verschossen und lädiert. Es rührte mich, die vielen Bissspuren und Flecken zu sehen, sie stammten von meinen Töchtern, und dass der Luchs nun in Yves' Besitz übergegangen war, befriedigte auf seltsame Weise mein Gerechtigkeitsgefühl.

»Wenn es dir im Elsass so gut gefallen hat«, sagte Helene beinahe abrupt zu Yves, »dann könnten wir doch alle mal hinfahren.«

Seine Augen weiteten sich bei diesem Vorschlag, der auch mich verblüffte. Er ging allerdings gar nicht darauf ein, sondern fragte, indem er die Ohren des Luchses ein wenig zusammendrückte: »Was für einen Namen hat er denn?«

»Luchs«, sagte Alice. »Er heißt einfach Luchs. Wir haben ihn immer so genannt. Gefällt dir das nicht?«

»Doch.« Yves nickte unschlüssig. Er schwieg ein paar Sekunden, dann stand er unvermittelt auf, das Stofftier an sich gedrückt. »Ich will ihn gleich den Meerschweinchen zeigen.« Es lag etwas rührend Kleinkindliches in diesem Wunsch.

»Tu das«, sagte ich, »Speedy und Nougat werden ihn mögen.«

Einen Moment lang strahlte er mich an, doch dann stutzte er. »Aber der Luchs ist doch eigentlich ein Raubtier, oder?«

Alice kam mir mit ihrer Antwort zuvor: »Er frisst bestimmt keine Freunde von dir.«

»Und wirklich lebendig ist er gar nicht«, fügte Helene hinzu, »das weißt du ja.«

Yves schaute sie skeptisch an. »Um Mitternacht werden Stofftiere manchmal lebendig. Das kommt in einer Geschichte vor.«

»Behalt den Luchs im Bett bei dir«, entgegnete Helene. »Da ist ihm so wohl, dass er gar nicht wegwill.«

Ich staunte über meine Töchter. Waren sie je mit mir oder miteinander so einfühlsam umgegangen wie jetzt mit Yves? Vorsichtig, als trage er etwas Gläsernes, begab er sich in sein Eckzimmer, wo die Kiste mit den Meerschweinchen stand, und Alice folgte ihm auf dem Fuß, wohl um ihm beizustehen, falls der Luchs und die Meerschweinchen sich nicht vertrugen.

Helene lächelte mit Anstrengung, wie mir schien, und strich sich eine Strähne ihres langen Seidenhaars hinters Ohr zurück. »Ich habe es ernst gemeint mit dem Elsass«, sagte sie. »Er hat mir von dieser Fahrt erzählt.« Sie begann, die Teller zusammenzustellen, und übertönte ihre Worte beinahe mit Geschirrgeklapper. »Na gut, vielleicht ist es eine Schnapsidee. Ich habe nur mal gelesen, dass es heilsam sein kann, an Orte zurückzukehren, wo man etwas Schlimmes erlebt hat.«

Also doch, meine ältere Tochter versuchte sich als Laientherapeutin; aber sie hatte in mir einen Gedanken aufgescheucht, den ich selbst schon erwogen und verworfen hatte. »Wenn man so was tut«, sagte ich, »muss man es schrittweise vorbereiten. Yves ist dazu noch nicht bereit.«

Helene zuckte mit den Achseln und stieß einen kleinen Seufzer aus, wie sie es seit ihrer Pubertät tat, wenn sie sich von mir nicht verstanden fühlte. »Das weißt du besser als ich. Es war nur mal so eine Idee.«

Sie fuhr damit fort, das Geschirr abzuräumen. Ich blieb sitzen, schwer und träge kam ich mir vor gegenüber der Leichtfüßigkeit meiner Ältesten. Die Fahrt ins Elsass reizte mich, aber sie war nicht gefahrlos. Natürlich sollte sie Yves zu seiner Trauer führen, zugleich lag eine Verheißung in ihr, nämlich herauszufinden, was geschehen war, genauer: die Wahrheit aus Yves' Mund zu erfahren. Ja, die Wahrheit über die letzten Minuten und Sekunden, bevor der Aufprall vier Leben auslöschte, die Wahrheit, die niemandem mehr nützte. Und es war mir, abgesehen von der morbiden Neugier, die Koller auch mir zuschrieb, sehr unklar, was ich mir davon versprach. Noch etwas schwang da mit: die Vorstellung, bei dieser Gelegenheit in Colmar haltzumachen und nach langer Zeit wieder vor dem Isenheimer Altar zu stehen. Dieser alte Wunsch hatte sich verstärkt, seit ich in einer Kunstzeitschrift gelesen hatte, dass Grünewald auf der Kreuzigungstafel offenbar eine totale Sonnenfinsternis darstelle. Es gab die Vermutung, dass er selbst eine in Böhmen miterlebt habe und nur deshalb imstande gewesen sei, die gespenstisch-fahle Atmosphäre derart beklemmend wiederzugeben. Außerdem stand im selben biographischen Aufsatz, man gehe heute davon aus, dass Grünewald ein Kind adoptiert habe. Ich wusste gar nicht, ob ich das glauben sollte.

Yves schlief früh ein an diesem Abend. Den Luchs hatte er, so erzählte mir Alice, gar nicht mehr losgelassen; es brauchte komplizierte Verrenkungen, damit er, samt Luchs, aus dem T-Shirt schlüpfen und das Pyjama-Oberteil anziehen konnte. Komisch sei gewesen, dass er den Meerschweinchen den Luchs nur flüchtig gezeigt habe, sie hätten nicht mal an ihm schnuppern können, und er sei damit schon zufrieden gewesen.

Ein zweites Glas Glenfiddich machte mich schläfrig. Irgendwann weckten mich Geräusche, die Leselampe brannte, der Kunstband lag aufgeschlagen in der Gegend meiner Knie. Oben in ihrem Zimmer, dessen Tür einen Spaltbreit offen stand, schnarchte leise Alice (dass sie schnarcht, will sie mir nicht glauben). Aber da war noch etwas, behutsame Schritte von unten, ein Knarren der Dielenbretter. Die Tür zu den Kellerräumen ging, die Tür zum Untergeschoss, zur Unterwelt, die Schritte verklangen. Damit hatte ich fast gerechnet; es war wohl von Anfang an Yves' Absicht gewesen, den Luchs nicht bloß den Meerschweinchen zu zeigen.

Mit übergeworfenem Morgenmantel folgte ich ihm treppab und versuchte, möglichst leise zu sein. Yves brauchte offenbar kein Licht. Ich tastete mich an der Wand entlang. Auf einmal wieder dieses Gewisper, es schnitt sich mir in die Seele. Ich schlich näher zum Waschkücheneingang und horchte. »Das ist Luchs«, hörte ich, »nur Luchs und sonst nichts. Alice hat ihn mir geschenkt.« Das Antwortgeflüster in einer anderen Tonlage verstand ich nicht. Yves' Stimme wurde ein wenig lauter. »Wenn du ihn anfasst, dann beißt er dich vielleicht, verstehst du? Luchs ist mein Freund, er beschützt mich.« Er lachte ganz leise in sich hinein wie früher Alice, wenn sie in einem Micky-Maus-Heft auf eine besonders witzige Stelle stieß. »Und wenn ihr euch streitet, dann faucht er, hört ihr?« Yves' Fauchen klang echt, und wieder lachte er, kichernd beinahe.

Meine Augen hatten sich inzwischen an die Dunkelheit gewöhnt. Vom Oberlicht her kam ein wenig Helligkeit in die Waschküche, vielleicht schien draußen der Mond. An den Plastikschnüren hingen dieses Mal keine Leintücher, nur ein paar Unterhemden waren auf einem an die Wand gerückten Ständer ausgebreitet. Darunter, das ließ der schwache Schimmer des Pyjamas ahnen, kauerte Yves. In mir war plötzlich eine Übelkeit, die mich beinahe zum Würgen brachte, ich musste der Beschwörung, die da im Gang war, ein Ende machen, unverzüglich, und ich sagte überlaut, so dass meine Stimme hallte: »Yves, lass das, sie sind tot.« Ich fand den Lichtschalter, es wurde gleißend hell, und Yves erstarrte unter dem Wäscheständer. Er hatte die Knie angezogen, die Augen zusammengekniffen, der Luchs war an seine Wange geschmiegt. Ich trat auf ihn zu, meine nackten Füße patschten über den Steinboden. Yves rührte sich nicht, er schien gar nicht mehr zu atmen.

»Sie sind tot«, wiederholte ich und ging vor ihm in die Knie. »Glaub mir, sie sind tot. Sie dürfen in deiner Erinnerung leben, aber richtig lebendig machen kannst du sie nicht mehr.«

Es war grausam, aber es musste sein, er musste erkennen, wo er war, wer ich war, sein Geist durfte sich nicht verwirren. Denn ein Spiel war das nicht mehr, es war Realitätsverleugnung, ein Abdriften ins Wahnhafte.

Yves begann nach meinen Worten den Kopf zu schütteln, er atmete wieder, laut und heftig.

»Komm, wir gehen hinauf«, sagte ich, »ich mache dir eine Honigmilch, dann kannst du schlafen.«

Er schüttelte den Kopf beharrlich weiter, wie ein Automat, dachte ich und berührte seinen Arm.

Da aber, ohne jede Vorwarnung, schoss er unter dem Ständer hervor und ging mit den Fäusten auf mich los. Es war ein hektisches und schmerzhaftes Getrommel, er traf mich an der Brust, an den Schultern, sogar am Kinn, und ich brauchte einige Sekunden, um ihn zu packen und so dicht an mich zu ziehen, dass er kampfunfähig war. Wir keuchten beide, er roch nach Schlaf und Zahnpasta, und ich trug ihn, während er sich zu befreien versuchte, die Kellertreppe hoch. Ein paar Schritte vor dem Eckzimmer gab er nach, sein Körper erschlaffte, und nun lag er so schwer in meinen Armen, dass ich ihn beinahe fallen ließ.

Ich legte ihn auf sein Bett, er blieb reglos liegen, genau so, wie ich ihn hingebettet hatte: auf dem Rücken, mit ausgebreiteten Armen und geschlossenen Augen. Das Licht vom Wohnzimmer her modellierte sein Gesicht, das wächsern schien, beinahe durchsichtig um den Mund herum. Ich erwartete, dass er jeden Augenblick wieder zu weinen begänne. Aber nichts geschah, er atmete – es war erstaunlich nach der Anstrengung – flach, fast unmerklich. Als ich seine verhärtete Bauchdecke vorsichtig berührte, zuckte er zusammen und wand sich von meiner Hand weg. Plötzlich wurde mir bewusst, dass der Luchs fehlte, er hatte ihn irgendwo fallen gelassen. Ich ging zurück in den Keller, zu jedem Schritt musste ich mich überwinden. Der Luchs lag zwischen dem alten Hanfseil und dem umgestürzten Wäscheständer, ein Plüschknäuel mit Kopf und Schwanz. Ich stellte, wie im Traum, den Ständer wieder auf, breitete die feuchte Wäsche darüber. Dann brachte ich den Luchs hinauf zu Yves, das Tier roch undefinierbar nach Kleinkind, nach Puder, Wundsalbe, nach eingetrockneter Milch.

Auf der Treppe zum ersten Stock stand Alice in ihrem schlottrigen Männer-Pyjama. »Ist was, Mum?«, fragte sie schlaftrunken.

Ich versteckte den Luchs hinter meinem Rücken. »Leise! Yves ist im Schlaf herumgegangen, ich musste ihn aufwecken. Jetzt schläft er wieder.«

»Ach so.« Alice schien beruhigt zu sein und verschwand in ihrem Zimmer.

Yves hatte sich inzwischen auf die Seite gedreht, ich dachte schon, er sei eingeschlafen, doch dann bemerkte ich, dass seine Augen offen standen. Ich setzte mich auf den Bettrand und legte den Luchs an seine Schulter, sogleich griff er danach und schob ihn höher, bis zum Kinn.

»Vielleicht willst du ihn bei dir haben«, sagte ich.

Er gab keine Antwort, schluckte bloß mehrmals, als könnten die Wörter nicht aus ihm heraus.

Lange saß ich in dieser Nacht bei Yves, bewachte seinen Schlaf, als er ihm endlich erlegen war, und mir schien, in der Entspannung melde sich doch seine Trauer, denn zwischendurch schnaufte und seufzte er heftig, er warf sich herum, er strampelte das Leintuch weg, das ich über ihn gezogen hatte, einmal sagte er fordernd einen Namen, Maurice, und wiederholte ihn bittend, in zärtlichem Ton: Maurice! Dann wieder rührte er sich minutenlang nicht, im Haus war es unheimlich still, das geringste Rascheln, das von der Meerschweinchenkiste kam, ließ mich zusammenfahren.

Wie sollte das alles weitergehen? Wie würde es enden? Das Vorgefühl, das zumindest in Umrissen die nächste Zukunft erahnt, war mir abhandengekommen.

10

Der Luchs war das Pfand, das zu garantieren schien, dass Yves seinen definitiven Platz bei uns hatte. Er trug ihn die ganze Zeit bei sich; dafür begann er die Meerschweinchen zu vernachlässigen, und wir mussten das Füttern und das Ausmisten übernehmen. Ich schrieb meinen Bericht zu Ende, ich empfahl darin, dem Exploranden die Wahl seines Pflegeplatzes zu überlassen, riet aber davon ab, ihn den zerstrittenen nächsten Verwandten anzuvertrauen. Yves' traumatisierte Psyche, schrieb ich, brauche Ruhe und Distanz von den Familienkonflikten. Wenn man seine Loyalität auf die Probe stelle, werde die Belastung noch größer. Am Schluss fügte ich hinzu, falls Yves, wie er's schon einmal getan habe, in dieser außerordentlichen Situation für meine Familie optiere, würde ich selbstverständlich von meiner offiziellen Funktion als Gutachterin und Therapeutin zurücktreten, und völlig klar sei für mich, dass ich, was mein Verhältnis zu Yves betreffe, auch langfristig eine Supervision benötige. Mit Fachbegriffen tarnte ich mein Verlangen, Yves zu behalten.

Das Team, mit dem ich mich vorher zu einer Sitzung getroffen hatte, war nur teilweise mit meinen Schlussfolgerungen einverstanden. Im privaten Gespräch warnte mich Melanie ein weiteres Mal davor, mich und meine emotionalen

Möglichkeiten zu überschätzen; schon jetzt hätte ich – und das sei auch nicht verwunderlich – keine Distanz mehr zum Fall. Trotz solcher Bedenken schickte ich den Bericht am Donnerstag ab, per Express und eingeschrieben.

Am Dienstagmorgen – es war ein windiger und trüber Septembertag – kam der Anruf von der Vormundschaftsbehörde. Die Töchter hatten das Haus schon verlassen, aber Helene würde am Nachmittag da sein, ich musste zwei Termine in meiner Praxis wahrnehmen. Yves saß am Küchentisch und löste, mit dem Luchs auf dem Schoß, Rechenaufgaben aus dem Stoff des zweiten Schuljahrs, sein Wiedereintritt in die Schule ließ sich nicht mehr lange hinausschieben.

Die Männerstimme am Telefon, die sich um Sachlichkeit bemühte, kannte ich nicht, sie gehörte dem Vorsitzenden des Vormundschaftsgerichts, einem Doktor Walther. Der Gerichtsentscheid, sagte er, sei vor einer halben Stunde gefallen, Yves werde für eine Probezeit von einem Jahr seiner Tante zugesprochen. Den Ausschlag habe gegeben, dass er das Milieu gut kenne und, was für seine Entwicklung unabdingbar sei, mit Gleichaltrigen, vor allem mit seiner Cousine, in Kontakt komme. Das Gericht sei der Meinung, dass Julia Brunner und ihr Mann die Elternrolle verantwortungsbewusst übernehmen würden. Sie schlössen eine spätere Adoption des Neffen nicht aus. Zudem sei eine kontinuierliche psychologische Betreuung durch Frau Dr. Schneider, die bisherige Familientherapeutin, gesichert; von ihr habe man selbstverständlich auch ein Gutachten angefordert. Dies alles, so schloss der Anrufer sein Resümee ab, werde mir noch schriftlich mitgeteilt.

Ich stand auf der Schwelle zur Küche, die Hand, in der ich das schnurlose Telefon hielt, war eiskalt geworden. Meine Konkurrentin hatte sich also, wie angekündigt, erfolgreich eingemischt. Yves, am Küchentisch, verschwamm vor meinen Augen.

»Das können Sie nicht tun«, sagte ich endlich in das Plastikding hinein, das ich umklammert hielt. Danach gingen mir die Worte aus.

»Es tut mir leid«, sagte Walther ungerührt. »Ihr Gutachten hat das Gericht nicht überzeugt. Wir glauben, sowohl in Ihrem Handeln als auch in Ihrer Argumentation eine gewisse Eigenmächtigkeit und einen Mangel an Professionalität zu erkennen. Um es kurz zu machen: Yves Zanini wird heute um vierzehn Uhr abgeholt. Es hat keinen Sinn, so etwas noch lange hinauszuzögern. Ich bitte Sie, alles Nötige zu packen und Yves auf die Überführung vorzubereiten.«

»Nein, das geht auf keinen Fall!«, stammelte ich ins Telefon. »Das ist viel zu überstürzt.«

Yves schaute erschrocken von seinem Schulheft auf, und ich bewegte mich, um ihn nicht zum Ohrenzeugen zu machen, rückwärts von der Küche weg, fand den Weg zum Sofa im Wohnzimmer, meinem Zufluchtsort. Währenddessen hatte Walther ununterbrochen weitergeredet, ich hatte ihn nur halb verstanden. Dass er um meine Kooperation bitte, hatte er wohl gesagt, das Wort Polizei war mehrmals gefallen. Ich reimte mir nachträglich zusammen, dass er für den Fall, dass Yves nicht pünktlich ausgeliefert werde, polizeiliches Eingreifen androhte. Nun aber, eingesunken im Sofapolster, ließ ich meiner Erbitterung freien Lauf. Ich hielt dem gesichtslosen Widersacher entgegen, hier gehe es offenbar in keiner Weise ums Kindeswohl, sondern um einen Machtkampf. Die Gegengutachterin habe von Anfang an, aus welchen Gründen auch immer, auf der Seite der Tante gestanden, sie habe mich ja nicht ein einziges Mal kontaktiert und auch Yves seit dem Unfall nie gesehen, ob dies etwa professionell sei? Und was es denn fürs Gericht bedeute, wenn der Junge ausdrücklich nicht zur Tante ziehen wolle? Gar nichts offenbar, und das sei, von einem moralischen Standpunkt aus, geradezu menschenverachtend.

So etwa versuchte ich zu argumentieren, unsouverän und in verzweifeltem Zorn, und brachte dabei alles durcheinander. Walther konterte kühl, Frau Dr. Schneider kenne Yves viel länger als ich, sie wisse über die Familienverhältnisse gründlich Bescheid, sie bezweifle, dass der Junge in der Lage sei, sich jetzt, wo er den Boden unter den Füßen verloren habe, an Personen zu binden, die ihm nicht von früher vertraut seien.

»Vergessen Sie nicht den Abholtermin, vierzehn Uhr!«, mahnte er mich, bevor er nach einem übertrieben höflichen Abschiedsgruß auflegte.

Das Telefon entglitt mir, alles drehte sich, ich musste mich an der Sofalehne festhalten. Plötzlich begann es in meinem Gedärm zu rumpeln, ein heftiger Bauchkrampf bewies, wie lebendig ich noch war. In Panik befahl ich meinen Füßen zu gehen, zu rennen, gerade noch rechtzeitig erreichte ich das Badezimmer. Ich stöhnte und spülte, da hörte ich von draußen die Stimme von Yves: »Ist dir nicht gut, Eliane?«

»Es geht, es geht«, antwortete ich, und nach viel zu langer Zeit, nachdem ich gründlich gelüftet hatte, ging ich hinaus, und da stand Yves vor mir, mit hängenden Armen, er hatte geduldig auf mich gewartet, und ich umarmte ihn wieder nicht, er war mir ja schon genommen worden.

Bis zum Abholtermin waren es noch knappe vier Stunden. Konnte es eine schlimmere Wartezeit geben? Die verrücktesten Phantasien gingen mir durch den Kopf. Ich erwog, mit Yves zu fliehen, mich mit ihm in einer Berghütte zu verstecken, ich stellte mir vor, die Tür einfach nicht zu öffnen, wenn sie kommen würden, ich dachte daran, die Medien zu informieren über das, was seelenlose Behörden einem ohnehin schon traumatisierten Kind zufügten. Natürlich tat ich nichts von alledem. Dafür nahm ich meine ganze Kraft zusammen und erklärte Yves, dass er von heute an bei seiner Tante wohnen werde und dies, wie kluge Leute entschieden hätten, das Beste für ihn sei. Ich sagte noch mehr, vermutlich versprach ich ihm, dass er uns jederzeit besuchen könne, und zuletzt schlug ich ihm vor, gemeinsam zu packen, damit die Tante Julia um zwei Uhr nicht auf ihn warten müsse. Ich reihte die Wörter aneinander, als handle es sich um Schulstoff, fühlte aber, wie meine Zunge dabei pelzig wurde und sich fast nicht mehr bewegen ließ. Yves, der neben mir auf dem Sofa saß, hatte beide Hände auf die Knie gelegt und erstarrte immer mehr. Nicht einmal Unglaube oder Protest lag in seinen Augen, nur Leere. Diesen Zustand des inneren Rückzugs kannte ich an ihm, da gab es keine Möglichkeit mehr, zu ihm vorzudringen.

Ich ließ ihn eine Weile sitzen, wo er war, und obwohl meine zittrigen Finger sich zuerst verwählten, rief ich Melanie an. Ich störte sie im Dienst, sie hatte wenig Zeit.

»Das hast du dir selber eingebrockt«, sagte sie kurz angebunden, beinahe schroff, nachdem ich erzählt hatte, was Yves bevorstand. »Ich glaube auch nicht, dass das Team dich hier unterstützen kann.«

»Es geht ja gar nicht um mich, es geht um Yves«, erwiderte ich.

»Bist du da so sicher?«, fragte Melanie.

Nach wenigen Sätzen war das Gespräch zu Ende. Ich überlegte fieberhaft, wen ich noch als Bündnispartner gewinnen konnte, ich dachte an Dr. Wieland, der manchmal überraschend einfühlsam war, aber die Idee versickerte gleich wieder in meinem Gefühlswirrwarr. Yves saß noch da wie vorher, tränenlos, und als ich ihn doch in die Arme zu nehmen versuchte, blieb er steif wie ein Stock. Er ließ sich nicht dazu bewegen, mit mir zusammen zu packen, er wollte weder trinken noch essen.

Wie ich die Zeit bis zum Mittag verbrachte, weiß ich nicht mehr. Als Helene nach Hause kam, hatte ich noch gar nichts vorgekehrt. Sie rettete mich, meine Tochter. Zwar war sie bestürzt, als sie erfuhr, dass Yves bald abgeholt würde, sie schimpfte über die Herzlosigkeit der Behörden, sie hatte nasse Augen, und ihre Unterlippe zitterte (so erinnerte sie mich an das empfindliche Kind, das sie gewesen war). Dann aber nahm sie die Angelegenheit in die Hand. Sie holte aus der Abstellkammer unsere Reisetaschen, sie ging hin und her zwischen Bad, Garderobe und Schuhschrank, sie steckte Yves' neue Turnschuhe, seinen Fußball in Plastiktüten, sie begann das Eckzimmer leer zu räumen und die Taschen zu füllen. Ich war nicht fähig, ihr zu helfen; eher wäre mir die Hand abgefault, als dass ich Yves'

Pyjamas, seine Shirts, seine Spielsachen weggepackt hätte. Das Einzige, was mir einfiel, war, den Luchs, den weichfelligen Luchs zu holen, der auf einem Küchenstuhl lag, und ihn Yves auf den Schoß zu legen. Er drückte ihn an sich, aber es war eher ein Reflex als eine willentliche Handlung.

»Die Meerschweinchen lassen wir einfach in der Kiste«, sagte Helene, und Yves nickte. Das war immerhin ein Lebenszeichen. Helene stellte die beiden prallvollen Taschen und einige Plastiktüten in den Vorraum bei der Haustür, dann kündigte sie an, sie werde für uns alle Spaghetti kochen, *alla carbonara*, so, wie Yves sie möge. Auf ihren Wangen standen rote Flecken, unablässig strich sie die Strähnen zurück, die ihr ins Gesicht fielen; sie hatte vergessen, die langen Haare wie sonst, wenn sie im Haushalt half, zu einem Pferdeschwanz zu binden. Wir waren alle verstört, jeder auf seine Art. Merkwürdigerweise aßen wir die ganze Schüssel leer, wir ließen nichts übrig, mein Magen rebellierte nicht einmal dagegen. Aber wir schwiegen uns an, abgesehen von einzelnen Wörtern wie »Danke« und »Bitte«, die wie von selbst aus uns heraustropften.

Pünktlich um vierzehn Uhr hielten zwei Autos vor unserem Haus, ich hatte schon zehn Minuten am Fenster zur Straßenseite gestanden. In meinem Rücken hörte ich Helenes leise Stimme, sie erzählte Yves – zum letzten Mal, dachte ich – Janoschs Geschichte vom kleinen Bären und vom kleinen Tiger, die unbedingt nach Panama wollen und das ferne Land zuletzt bei sich zu Hause finden. Yves hatte diese Bildergeschichte zuerst belächelt, sie sei für Kleinere, hatte er gesagt und dann doch nicht genug von ihr bekommen.

Das eine der beiden Autos, die hintereinander beim Zaun parkierten, war ein Polizeifahrzeug. Man misstraute mir also. Doch die zwei uniformierten Polizisten blieben darin sitzen, beinahe gemütlich, wie mir schien; diese Routineaufgabe erforderte vorläufig von ihnen nur geringe Aufmerksamkeit. Und meistens, so las ich aus ihrer Haltung, ging ja alles gut, die Menschen hierzulande sind darin geübt, die Gesetze zu befolgen. Aus dem anderen Auto, einem dreckbespritzten dunkelgrünen Renault, stieg Julia Brunner und kam durch den Vorgarten aufs Haus zu. Die Frau auf dem Beifahrersitz – in mittlerem Alter, unauffällig – schaute ihr nach, folgte ihr aber nicht. Es musste sich um Frau Schneider handeln, vage glaubte ich, sie wiederzuerkennen. Es hatte zu nieseln begonnen, Julia spannte im Gehen einen großen grauen Regenschirm auf, sie trug Jeans, die zu eng für sie waren. Ich war schneller bei der Tür als sie, zu klingeln brauchte sie nicht. Wir zögerten beide, ob wir uns grüßen sollten, und taten es doch. Selbst wenn man sich hasst, streift man die anerzogene Höflichkeit nicht so schnell ab.

»Nun«, sagte Julia, die ich innerlich von Anfang an geduzt hatte, »Sie wissen, wie die Dinge liegen. Ich hole meinen Neffen ab. Ich hoffe, es geht ihm gut.« Sie strengte sich an, sachlich zu wirken. Ich rief Yves herbei, er kam, langsam und ein wenig schlurfend, an Helenes Hand zur Tür, er hatte seine neuen Turnschuhe angezogen, ein Geschenk von mir, klumpige Dinger mit grellroten Streifen, die hatte er unbedingt gewollt und keine anderen. Und nun wirkte es, als wären sie bleischwer und er brächte es kaum zustande, sie zu heben. Den Luchs hatte er unters T-Shirt gestopft, und ich hatte ihm noch, weil es kühler geworden war, einen Pullover über die Schultern gelegt.

»Hallo, Yves«, sagte Julia mit verkrampftem Lächeln. »Wir freuen uns auf dich.« Sie wies auf ihr Auto. »Du kannst bitte einsteigen, Frau Schneider kennst du ja.«

Sie hatte das bereitgestellte Gepäck gesehen und den Schirm zusammengeklappt, sie trat in den Vorraum, ergriff eine Tasche und wollte Yves bei der Hand nehmen. Er versteckte seine Hände auf dem Rücken, wandte sich von Julia ab und sagte tonlos: »Ich will nicht zu ihr«, und dann noch einmal, als wäre es ein auswendig gelernter Spruch: »Ich will nicht zu ihr.« Er sprach dabei zu niemand Bestimmtem, es kam mir vor, als richte er seine Worte an eine unbekannte Instanz, von der er sich aber ohnehin keine Rettung erhoffte.

»Geh mit ihr«, sagte ich, »es tut mir leid, du kannst nicht bleiben.« Erst jetzt stieg mir ein trockenes Schluchzen in die Kehle und hinderte mich am Weitersprechen.

Helene, die hinter uns stand, berührte mich, tröstend oder mahnend, an der Schulter. Sie war es, die Yves zum Renault führte und mit Julia das Gepäck im Kofferraum verstaute, während Yves – ich sah es durch einen Schleier – schon angeschnallt auf dem Rücksitz saß und Frau Schneider, in seltsam verdrehter Haltung, auf ihn einredete. Am liebsten wäre ich auf sie zugerannt und hätte sie zur Rechenschaft gezogen. Aber wofür denn?

»Die Meerschweinchen!«, rief Helene plötzlich, sie lief zu mir, mit nassen Haaren schon – ich konnte mich nicht rühren –, und nahm die Raschelkiste in die Arme, trug auch sie zum Auto, schob sie auf den Hintersitz neben Yves.

Es gab keinen Abschied. Ich wollte den Arm zu einem

Winken heben, er gehorchte mir nicht. Die beiden Autos fuhren weg, einer der Polizisten lüftete die Mütze, ihre Anwesenheit hatte sich erwartungsgemäß als unnötig erwiesen. Was hätte ich tun können? Julia ohrfeigen? Yves zurückhalten? Die Autoreifen aufschlitzen? Mich jetzt noch zur Wehr zu setzen hätte mich nur gedemütigt. Aber da stand, an die Mauer gelehnt, der Schirm, den Julia vergessen hatte. Ich hatte noch nie einen Schirm kaputtgemacht, es ist schwerer, als man denkt. Nachdem ich vergeblich versucht hatte, den Schirmstock über dem Knie zu zerbrechen, verbog ich die Streben und trampelte auf ihnen herum. Dann schob ich die Schirmleiche mit der Fußspitze von mir weg, so dass sie über die Vortreppe in die Rabatte neben den Rhododendron kippte.

Das alles dauerte nur eine halbe Minute, aber ich war außer Atem, das Haar regennass wie bei Helene, die mich zurück ins Haus schob.

»Du darfst dich nicht so gehenlassen, Ma«, hörte ich sie sagen.

Wir standen im Vorraum, wo es nach Yves' Schuhen roch, und schauten einander an.

»Was wird Alice dazu sagen?«, fragte Helene unvermittelt. »Sie weiß ja noch gar nichts. Das ist bestimmt ein Schock für sie.«

Ihr Gesicht verzerrte sich plötzlich, ich wusste genau, dass ihre Kraft jetzt aufgebraucht war. Da rannte sie schon von mir weg, quer durchs Wohnzimmer, ihre Sandalen klapperten die Treppe hoch, es war ein Geräusch, das ich während unserer Pubertätskämpfe oft genug gehört hatte. Dann wurde die Tür im Dachgeschoss zugeworfen, meine

Tochter hatte sich eingeschlossen und würde stundenlang nicht mehr zum Vorschein kommen, da nützte kein Pochen an ihrer Tür, keine bittenden Worte durchs Schlüsselloch. Ohnehin hatte sie jetzt ihre Musik aufgedreht, Björks Songs aus *Dancer in the Dark*. Das Haus hatte sich schon verändert, es schien ein schwacher Wind durch die Räume zu wehen, der mich frösteln ließ. Ich überprüfte, ob alle Fenster geschlossen waren, aber es gab keinen äußeren Grund für dieses Kältegefühl am Nacken.

Die Nachmittagstermine in meiner Praxis nahm ich wahr, wie wenn nichts geschehen wäre. Vermutlich schwankte ich auf meinem Fahrrad, Passanten riefen mir zu, ich solle aufpassen, einer zeigte mir den Vogel. Die Klienten speiste ich mit Automatismen ab, meine Routine verhalf mir zum Anschein therapeutischer Einfühlung, innerlich aber lief immer wieder der quälende Film ab, in dem Yves abgeholt wurde. Manchmal schwamm sein Gesicht auf mich zu, groß, leinwandfüllend, und absurd war, dass dauernd die Frage in mir herumspukte, ob sich seine Augenfarbe – Kastanienbraun, Moorwasserbraun? – überhaupt beschreiben ließ.

Alice war schon da, als ich heimkam. Sie fing mich bei der Haustür ab, schrie mich gleich an: »Warum hast du das zugelassen?«

»Was hätte ich denn tun sollen?«

»Das Ganze verhindern, was denn sonst?«

»Wie stellst du dir das vor?«

»Du hast doch gar nicht alles getan, was möglich ist!« Alices Stimme wurde immer schriller, zugleich kindlicher. Sie hatte dunkle Ringe um die Augen, der violette Lippenstift war verschmiert, die Mundwinkel sahen wund aus. Und meine eigene Stimme – das hörte ein zweites, über der Szene schwebendes Ich – klang aufgebracht, vorwurfsvoll, als machte auch ich meine Tochter verantwortlich für Yves' Verschwinden.

Es war befreiend, aufeinander einzuschreien. Eine Weile fuhren wir, bei offener Tür, damit fort, dann verstummten wir plötzlich, wie auf Kommando. Ich schloss die Tür und stellte meine Tasche ab, Alice blieb vor mir stehen, starrte aber auf ihre nackten Füße mit den lackierten Zehennägeln. Gemeinsam betraten wir das Wohnzimmer, schon fast wieder versöhnt. Unser Streit hatte Helene alarmiert. Sie stand auf halber Höhe der Treppe und schaute missbilligend zu uns herunter.

»Schreien hilft ja doch nicht«, sagte sie auf ihre gemessene Art, die sie annimmt, wenn sie sich aus starken Emotionen heraushalten will.

»Dann sei du eben die Stimme der Vernunft«, sagte ich und fühlte mich plötzlich so unsäglich müde, dass ich mich am liebsten aufs Sofa gelegt hätte. Nach einer anderen Stimme sehnte ich mich jetzt, nach der Klarheit von Bach, bei dem die Verworrenheit des Lebens immer wieder zum Wohlklang wird.

Alice lachte kurz auf, mit einem warmen Unterton, der mich rührte. Sie hatte sich mit gekreuzten Beinen auf den Teppich gesetzt, auf unseren weinroten Isfahan, der mit seinen Vogel- und Blumenmotiven das Paradies darstellen soll. »Auch Psychologinnen dürfen mal überreagieren, schätze ich«, sagte sie, und ich hätte sie dafür am liebsten in die Arme genommen.

II

Die erste Tafel

Der Junge will Maler werden, ein Maler wie der Vater, ein Meister wie er. Das ist sein größter Wunsch. Aber der Weg zur Meisterschaft ist lang und beschwerlich. Wie oft schon hat der Vater geseufzt im Bemühen, das richtige Gleichgewicht auf dem Bild zu finden. Wütend war er deswegen, geflucht hat er, den Pinsel in eine Ecke geworfen, und der Junge hat ihn aufgehoben und dem Vater zurückgegeben. In solchen Momenten duckt er sich vor einem möglichen Schlag. Aber sonst darf er den Vaterhänden vertrauen. Malerhände sind es, an denen immer irgendwo Spuren von Farbe haften. Als der Junge kleiner war, strichen sie ihm manchmal über den Kopf. Sie riechen nach Leinöl, ein wenig nach Harz und Asche, so wie die ganze Werkstatt, auch nach Zwiebeln riechen sie manchmal, nach gesottenem Fleisch.

Aber der Werkstattgeruch ist dem Jungen von allen Gerüchen der liebste, fast so gut roch nur das Leintuch in seiner Kammer, wenn die Mutter es frisch gewaschen hatte.

Maler will der Junge werden, nichts anderes. Nun ist er schon groß genug, die Farben anzurühren und morgen den Vater nach Isenheim zu begleiten, von wo der Auftrag kam, Altarbilder zu malen für die Klosterkirche, zur Erbauung der Kranken, die sich in der Obhut der Antoniter-Brüder befinden. Drei Tage wird die Reise dauern mit Packpferden und dem Karren voller Malutensilien. So weit ist der Junge noch nie gereist, und darum wächst seine Aufregung von Stunde zu Stunde.

Du kommst mit, hat der Vater gesagt, du sollst mein Helfer sein, ich habe dich nicht umsonst aufgezogen.

Was werden wir sehen?, hat der Junge gefragt. Was wartet auf uns? Müssen wir durch große Wälder?

Du brauchst dich nicht zu fürchten, sagt der Vater. Die Wesen, die ich in meinen Wachträumen sehe, all die Lindwürmer, die Rabenmenschen, die gehörnten Bestien, die den heiligen Antonius quälen, die gibt es nicht leibhaftig, doch ich werde sie malen, denn sie bilden eine innere Wirklichkeit ab.

Sprich nicht so von ihnen, sagt der Junge und hält sich die Ohren zu. Ich will davon nichts hören. Er selber träumt manchmal auch von schlimmen Dingen, vom Siechenhaus, in dem die Mutter jetzt liegt, und davon, wie er, halbjährig, mitten im Winter vor der Klosterpforte lag. Das war, bevor der Meister Mathis und seine Frau ihn an Kindes statt zu sich nahmen, und das haben sie ihm oft erzählt. Was sich in solchen Träumen zeigt, kann jederzeit Gestalt annehmen, auch das Schreckliche, das der Vater mit dem Pinsel bannt. Die Welt ist voller Rätsel, hinter einem Schleier liegt die Wahrheit verborgen. Nur manchmal gelingt es, ihn wegzuziehen.

Die zweite Tafel

Hände. Diese Hände, die der Vater malt. Ineinander verflochten die beiden von Maria Magdalena. Einander umgreifend die der Maria. Trost und Halt gebend die des Jüngers Johannes. Und hoch darüber die Hände des Erlösers, am Querbalken festgenagelt, und doch greifen sie in den grünschwarzen Himmel. Diese Finger könnten kratzen, denkt der Junge, der für den Vater die Farben anrührt. Sie könnten den Himmel aufkratzen. Oder greifen sie bloß ins Leere?

Zu groß seien doch Finger und Hände des Gekreuzigten, hat er dem Vater gesagt, viel zu groß im Verhältnis zu den Händen der anderen. Das müsse so sein, hat der Vater erwidert, es komme auf die Bedeutung an, nicht auf die Genauigkeit.

Kühl ist es in der Werkstatt, die man dem Maler, in einem Nebengebäude des Klosters, zugewiesen hat. Der Junge hüpft bisweilen ein wenig herum, um sich aufzuwärmen, ganz anders als der Vater, dem weder Kälte noch Hitze zuzusetzen scheinen. Seit Stunden steht er auf der kleinen Leiter. An der rechten Hand des Erlösers pinselt er jetzt, hellt sie auf mit Bleiweiß, in das er eine Spur von Grünspan mischt. Er beschäftigt sich mit einer Ader und dem Kratzer, der sich darüberzieht, und der Junge muss dem Vater einen feineren Pinsel reichen, damit er den Schorf mit Karminrot und Sienabraun malen kann.

Die Krümmung der Hand hat ums Gelenk herum Falten entstehen lassen, die der Vater nun sorgsam vertieft. Solche Falten hat er am nackten Arm des Jungen studiert, er bog ihm die Hand zurück, und der Junge musste die Finger spreizen und alle Muskeln anspannen, bis ihn der Arm schmerzte, und dann rief der Vater noch einen Klosterknecht herbei, weil die Haut des Sohns zu jung sei, zu straff.

Der Meister werde ihn wohl nicht gleich kreuzigen, murrte der Knecht, doch er rollte gehorsam die Ärmel zurück. Am liebsten wäre dem Vater als Modell ein Toter gewesen, und der Junge fürchtete schon, dass sie nachts die Verstorbenen aufsuchen würden, die in der Kapelle aufgebahrt sind. Derlei ist verboten, dem, der es trotzdem tut, droht die Exkommunikation.

Zeig deine Hand!, ruft der Vater von oben.

Aber dieses Mal geht es ihm um das Zusammenspiel der Fingerglieder und nicht um die Beschaffenheit der Falten. Er steigt von der Leiter herunter, betrachtet die verkrampfte Hand des Sohns, er nickt, er tippt ihm auf den Zeigefinger.

Gut so, sagt er und lächelt, ich habe Glück mit dir.

Wer seine leiblichen Eltern sind, weiß der Junge nicht. Als er halbjährig war, hat ihn der Meister Mathis in Pflege genommen. Die Frau, die der Junge Mutter nennt, ist seit langem krank, man brachte sie ins Siechenhaus von Würzburg, so wie man die Schwerkranken hierher bringt, ins Spital von Isenheim, in den Saal neben der Kirche, wo sie in zwei Reihen liegen, Bett an Bett, die Kranken mit den faulen Gliedern, den Beulen, den Geschwüren. Man reibt sie täglich ein mit dem Balsam, der aus Talg und Schmalz besteht, aus den zerriebenen Blättern von Wegerich, Holunder, Brombeere und Walnuss. Die Kräuter kann der Vater alle aufzählen, er wird sie malen, dazu ein Balsamgeschirr neben Maria Magdalena. Und wenn die Altartafeln fertig sind und in richtiger Ordnung aufgestellt, wird man die Kranken nach ihrem Eintritt zu den Bildern führen, damit der Anblick sie erschüttert und ihr Heil finden lässt. So hat es der Präzeptor Guersi mit dem Vater besprochen.

Die dritte Tafel

Der Himmel. Diese grünschwarze Finsternis. Und doch gibt es darin, am Horizont, einen fahlen Schimmer. Es sei der schwache Abglanz der Erlösungshoffnung, sagt der Vater, ein Lichthauch wie der kaum noch sichtbare Schein einer Kerze, von der man nicht weiß, ob sie gleich erlischt oder bald wieder aufflammt.

Vor dem Himmel heben sich, in rätselhaftem Licht, die vier Figuren ab, dazu das Lamm. In der Mitte aber, am Kreuz, der Leichnam, an dessen Auferstehung man kaum zu glauben wagt: so grausam bleich ist er und übersät von Wunden. Den Himmel verändert der Vater jeden Tag, zum hundersten Mal jetzt.

Es muss sein wie damals, sagt er, wie damals vor zehn oder zwölf Jahren, als ich in Bindlach an meinem ersten Altarbild malte und mir der Hofastronom von Aschaffenburg schrieb, es werde nach seinen Berechnungen am ersten Tag des Weinmonats zu einer Verfinsterung der Sonne kommen, denn alle achtzehn Jahre und elf Tage, so schrieb er mir, wiederhole sich eine Sonnenfinsternis auf verschobener Bahn. Er sei, erzählt der Vater, durchs Fichtelgebirge dem Ereignis entgegengereist, drei Tage lang und weit ins Böhmische hinein, er habe die Welt in jener Dunkelheit sehen wollen, in die der Allmächtige sie versetzt habe, als sein Sohn am Kreuz starb. In der Nähe der Stadt Eger habe er übernachtet und dann am frühen Morgen auf einem

Hügel außerhalb der Mauern bei klarem Himmel der Finsternis beigewohnt.

Der Mond, so sanft sonst, habe sich schwarz und gefräßig vor die Sonne geschoben, ja, sie weggefressen, das Licht sei weggestorben, die Vögel verstummt. In dieses graue, immer schwächer werdende Licht hätten sich andere Farben gemischt wie flüchtige Schatten. In fahlem Schwefelgelb und Grün habe sich die nackte Erde gezeigt, in kältestem Blau, durchglüht von Purpurstreifen, der Himmel. So sei der Morgen zur Nacht geworden, und man habe gebangt, sie werde nie mehr enden, man habe gefroren unter dem schwarzen Sonnenrund, diesem lichtverschlingenden Auge, um das herum jedoch ein flackernder Schein entstanden sei. Nach kurzer Zeit, die dem Gemüt unendlich lang erschien, habe sich Gott seiner Schöpfung erbarmt und es wieder Tag werden lassen. Es sei gewesen, als ob nun die Helligkeit geläutert zurückfließe ins Land, als ob Bäume und Gras sich volltränken mit dem neu geschenkten Licht, und auch ihm, dem Vater, sei es vorgekommen wie ein unverdientes Geschenk, als die Sonne wieder blendend und unversehrt über den Hügeln gestanden habe.

So erzählt er, der Vater, gesprächig wie noch fast nie, und der Junge glaubt, Tränen in seinen Augen zu sehen. Er wolle, sagt der Vater, auf der Kreuzigungstafel den Höhepunkt der Finsternis wiedergeben, es sei die Zeit der größten Qual. Doch der Schimmer, mit dem er sich Tag für Tag abmühe, weise auf die Auferstehung hin, die er in größter Glorie malen werde. Diesem Schimmer nahezukommen, ihm Grauen, Verzweiflung und doch den Abglanz einer Hoffnung zu verleihen, das sei das Schwierigste, sagt der Vater und greift nach dem Pinsel, um weiterzumalen, eine Spur Gelb in die Himmelsschwärze zu mischen, eine Spur

Grün, und der Junge reicht dem Vater die Palette, auf der er Ockererde aus Elba und Waidpulver angerührt hat.

Ihn fror bei der Geschichte des Vaters, ihn friert vor dem Bild und diesem unbegreiflichen Himmel. Ohnehin neigt er zum Frösteln, selbst draußen an heißen Tagen.

Der Junge habe ein schwaches Herz, hat der Medicus gesagt, er müsse körperliche Anstrengungen meiden, sonst gehöre er bald auch zu den Kranken, die Heilung suchen im Antoniter-Spital.

Die vierte Tafel

Vor zwölf Jahren hätten sie ihn, einen hungrigen Säugling, aufgenommen und aufgepäppelt, sagt der Vater. Das Jesuskind auf seiner ersten Krippentafel habe er ihm nachgebildet, und auch jetzt, in Isenheim, werde er sich, sobald er Maria mit dem Kind male, die Züge des Findlings in Erinnerung rufen, den ein Klosterknecht ihnen bei Schneefall übergeben habe. Die Skizzen von damals, nach der Natur gezeichnet, seien in einer Truhe aufbewahrt, er habe sie nie weggegeben.

Gewiss, aus dir wird ein Maler, sagt er zum Knaben, aber für die richtige Lehre bist du noch zu jung.

Wie lange muss ich warten, Vater? Das Warten wird mir lang.

Bald ist es so weit, Endress, helfen kannst du mir schon jetzt, du hast eine sichere Hand.

Manchmal erlaubt der Vater ihm, mit Silberstift einen ersten Umriss auf die Grundierung zu zeichnen. Das Lamm unten am Kreuz, mit erhobenem Fuß, das Lamm Gottes, aus dessen Hals das Blut in den Kelch fließt. Draußen auf der Weide hat der Junge sich ein kürzlich geborenes Lamm angeschaut: wie es hüpft und geht, wie es die Beine in die Luft wirft, wie seine Ohren zucken, wie es an den Zitzen der Mutter saugt. Aber auch wie die Wolle des Fells sich kringelt, wie das Weiße darin ins Gelbliche spielt.

Doch mit dem Entwurf des Jungen ist der Vater nicht zufrieden, er verändert die Haltung des Kopfs, die Länge der Beine.

Auch wenn das Lamm verblutet, sagt er, muss es gelassen wirken. Mit dem rechten Vorderbein trägt es das eiserne Andreaskreuz. Schau hin! Jetzt nimmt die obere Körperlinie des Lamms die Biegung des Arms von Johannes dem Täufer auf. Das muss ein Lehrling begreifen.

Am nächsten Morgen bringt der Vater ein Lamm mit in die Werkstatt, es zappelt und blökt in seinen Armen, aber nun ist das Licht anders als draußen, voller Geheimnis, so will es der Vater haben. Nein, er bindet das Lamm nicht fest, er schlitzt ihm auch nicht den Hals auf, wie die Juden es tun, bloß nochmals schauen soll der Junge, genau hinschauen. Er streckt die Hand aus, gräbt die Finger ins feuchte Fell, in all das Weiche, Lebendige, danach lässt der Vater das Tier laufen, es rennt und stolpert in Panik durchs halboffene Portal hinaus, und der Junge darf nun auch die Farbe des Fells auftragen, Weiß in mehreren Abstufungen.

In diesem Fell kann man sich verlieren wie im Anblick des Wolkenhimmels. Der Pinsel kreist, der Pinsel kost. Hat die Lehre nun doch schon begonnen? Mit der Flanke des linken Vorderbeins ist der Vater zufrieden, auch mit den Ohren. Aber den goldenen Kelch, in den das Blut rinnt, darf der Junge nicht malen. Damit betraut der Vater den neuen Gesellen, der am Vortag von Heilbronn her in Isenheim angekommen ist.

Es gehe hier, sagt der Vater zu ihm, um den verhaltenen Glanz, auf den der Blick des Betrachters fallen müsse, wenn er betrübt vom Leichnam Christi hintergleite.

So nimmt der Geselle, kaum über zwanzig und mit dünnem Bart, den Platz des Jungen ein, der dieser Aufgabe noch nicht gewachsen ist. Der Präzeptor Guersi indes, der wie gewohnt die Werkstatt besucht, findet rühmende Worte, als der Meister berichtet, der Sohn habe am Lammfell gemalt.

Eine mächtige Wirkung, sagt der Präzeptor, werde das erste Schaubild haben, das könne er jetzt abschätzen, wo es sich der Vollendung nähere. Aber ob diese Kreuzigung nicht zu düster sei, ob sie nicht zu sehr das Gemüt aufwühle?

Das soll sie doch, antwortet der Vater unwillig. Nur durch die Dunkelheit findet man zum Licht, es ist mein Auftrag, diesen Weg zu zeigen. Aber die Auferstehung, die ich plane, die Auferstehung, die man nach der Flügelöffnung sieht, wird eine große Gloriole sein, der Kontrapunkt zur scheinbaren Hoffnungslosigkeit, ein Bild, das den Blick himmelwärts lenkt.

Der Präzeptor nickt: Man wird die Flügel nicht jeden Tag öffnen, Meister Mathis. Wie sollen die Kranken erkennen, was sich hinter dem ersten Bild verbirgt?

Der Maler zeigt darauf: Wenn Ihr, Herr Abt, diesen Himmel anschaut, dann ahnt Ihr doch am Schimmer hier und dort die Wiederkunft des Lichts. Diese Ahnung ist der Keim der Gewissheit. Er wird wachsen. Bei diesen Worten legt der Vater dem Sohn die Hand auf die Schulter. Es ist, denkt der Junge, eine Gebärde, die man malen könnte.

Die fünfte Tafel

Der Präzeptor nimmt den Jungen an der Hand und führt ihn aus der Werkstatt hinaus. Die Helligkeit fällt auf Endress wie ein fremdes blendendes Ding aus Glas. Drüben im Klosterhof blühen die Apfelbäume, auf der Kutte des Präzeptors leuchtet das blaue Ordenskreuz.

Du bist noch nie im Krankensaal gewesen und lebst doch schon seit drei Monaten hier?, fragt er.

Der Junge nickt befangen: Aber am Morgen, wenn man die neuen Kranken bringt, habe ich schon zugeschaut. Und wenn der Vater bei ihnen im Saal zeichnet, will er nicht, dass ich mitkomme.

Du bist alt genug, sagt der Präzeptor, um zu sehen und dir einzuprägen, mit welchem Übermaß an irdischer Mühsal Gott die Menschen prüft. Komm mit, du brauchst keine Angst zu haben.

Meine Mutter ist auch krank, sagt der Junge. Sie hatte die Krampfsucht, man hat sie fortgebracht, bevor wir von Würzburg weggingen. Vielleicht ist sie schon tot und begraben, wir wissen es nicht.

Der Präzeptor seufzt: Sie ist gewiss eine gottesfürchtige Frau, Gott hält sie in Seinen Händen wie dich auch.

Sie ist nicht meine leibliche Mutter, sagt der Junge, und seine Stimme wird fast unhörbar, aber ich habe immer nur sie gekannt.

Der Präzeptor zeichnet ein Kreuz auf die Stirn des Jungen: Ich werde für sie beten.

Einen Augenblick bleiben sie vor der Schafweide stehen. Braune Schafe gibt es unter den weißen, ein Widder liegt im Schatten eines Apfelbaums. Doch der Junge hat nur Augen für die Lämmer, die Sprünge machen oder bei der Mutter saugen. Laienschwestern in dunkler Tracht kreuzen ihren Weg, sie grüßen murmelnd den Präzeptor, sie streben zum Frauentrakt, wo eben ein Krankenkarren angekommen ist. Das Wiehern eines Pferdes hört man, das Fluchen eines Fuhrmanns, dazu ein Stöhnen, ein Wimmern, ein Klagen, leise nur, von überall her und doch von nirgends.

Der Präzeptor und der Junge gehen auf dem Kiesweg zum Trakt hinüber, in dem die Ordensbrüder amten. Ein Flügel des Portals ist offen. Widerstrebend betritt der Junge den Krankensaal, wo die Betten stehen. Zwischen ihnen sind hier und dort Tücher aufgespannt, die sich im Wind, der durch die Bogenfenster kommt, leicht bewegen. Aber der Geruch treibt den Jungen beinahe wieder zurück wie eine feindselige Welle. Er ist böse, dieser Geruch, dumpf und süßlich und dann wieder scharf und ätzend, ans Scheißhaus erinnert er, an den Schlachthof, wo Fliegenwolken um weggeworfene Innereien schwirren. Hier sind die Äußerungen des Schmerzes, der Ergebung nun deutlicher und vermischen sich mit den Worten von Gebeten. Es herrscht ein Hin und Her im Saal, Brüder kommen und gehen, Schwestern mit vollen Töpfen und Eimern, mit leeren, Kranke werden gewaschen, gesalbt, gefüttert, ein Bruder erstattet dem Präzeptor Bericht über die Zahl der Verstorbenen, der Neuankömmlinge, der Amputationen im oberen Stock, von wo aus man Schreie hört, Gebrüll.

Das Antoniusfeuer, auch Brandseuche genannt, sagt der Präzeptor zum Jungen, sei wieder im Vormarsch, niemand wisse, woher und warum. Allein fünfzehn Kranke hier drin seien davon befallen.

Er führt ihn zu einem Bett, in dem einer liegt, den ein Tuch nur halb bedeckt, die nackte Haut voller Schwären und Beulen, brandig von Kopf bis Fuß, jung noch, das lassen die entstellten Züge ahnen. Man kann ihn nicht ohne Entsetzen anschauen.

Das wird der Vater malen, denkt der Junge, zur Mahnung an den Verfall allen Fleisches und zur Erregung frommen Mitgefühls. Er wird es malen, ich könnte es nicht.

Ihre erste Nacht, sagt der Präzeptor, verbringen die Kranken in der Halle des Eingangsgebäudes, vor der Säule des heiligen Antonius. Wir bewirten sie mit Brot und Wein, wir waschen sie mit geweihtem Wasser, dann nehmen wir die Beichte ab und führen sie vor den Altar, wo schon bald die Tafeln deines Vaters den geschnitzten Schrein des Meisters Niklas ergänzen werden. Erst nach langer Einkehr und Betrachtung legen die Kranken das Gelübde ab, dass sie nun für den Rest ihres Lebenswegs zum Orden gehören.

Er sagt es und segnet den jungen Mann. Von drüben bettelt ein anderer um Beistand, es gehe zu Ende mit ihm.

Schlimmer noch, fährt Herr Guersi fort, sind die Verwüstungen, welche die Lustseuche über den Leib bringt. Und nicht nur über ihn, sondern auch über die Seele. Er schiebt einen anderen Vorhang zur Seite: Sieh nur!

Der Kranke stöhnt. Ein Auge ist verschwunden unter einer eitrigen Geschwulst, der Oberkörper übersät von Pusteln.

Hüte dich vor dieser Seuche, Endress!, warnt der Präzeptor. Du heißt doch so, oder nicht?

Der Junge hält den Atem an, er nickt. Sie gehen weiter. Ein Bruder sammelt die verschmutzten Tücher ein, die überall am Boden liegen. Du könntest ihm helfen, sagt der Präzeptor zum Jungen, es gibt jeden Tag einen Berg voll Wäsche, wir brauchen kräftige Hände.

Doch dem Jungen schwindelt, er hält sich an einer Säule fest.

Ich will das Malen lernen, zwingt er sich zu sagen, ich will nicht Klosterbruder werden.

Jemand hält ihm Kräuterwein unter die Nase, das vertreibt die schlechten Gerüche, nicht aber das Wimmern und Flehen ringsum.

Die Bilder haben sich eingebrannt, sie glühen hinter geschlossenen Lidern.

Wenn du eines Tages das Leiden malen willst, das Einer für uns alle getragen hat, sagt Herr Guersi streng, dann musst du das Leiden von uns Sterblichen kennenlernen. Du musst es von nahem betrachten, du musst es ertragen, du musst es selbst erdulden, sonst wirst du kein Maler wie Meister Mathis.

Man kann sich das Leiden vorstellen, sagt der Junge, so macht es der Vater.

Nein, das Leiden ist in ihm, sagt Herr Guersi, es ist in uns allen. Geh jetzt, du bist schwächer, als ich gedacht habe.

Seine Stimme hallt im Saal. Der Junge dreht sich um, geht zurück zur Eingangstür, durch die das Licht hereinfällt wie ein gleißender Balken.

Die sechste Tafel

Vater, wann malst du die anderen Tafeln? Die Verkündigung? Die Geburt mit dem Engelskonzert? Die Auferstehung? So fragt der Junge den Vater. Denn immer noch, seit vielen Wochen, arbeitet der Maler an der Kreuzigung, ist nie zufrieden mit der Wirkung des Ganzen, will jetzt im Hintergrund den Fluss Jordan, in dem Jesus getauft wurde, durch einen bleichen Streifen andeuten.

Ungeduld, sagt der Vater, führt zu nichts bei unserem Vorhaben. Die fehlenden Tafeln hat er auf Zeichenpapier entworfen. Sie sollen die Düsternis überwinden, den Betrachter erheben ins Reich festlicher Farben, in hellsten Erlösungsglanz.

Rot, alle Töne von Rot, so hat es der Vater beschrieben, so stellt er sich's vor, karminrot das Gewand der Maria, mit Schatten von Purpur, rosenrot die musizierenden Engel, der zurückgezogene Vorhang auf der Verkündigungsszene. Aber alles überstrahlen wird die goldene Gloriole, ein gewaltiges Sonnenrund, in welchem der Herr, in Karminrot gehüllt, zum Himmel fährt. Alle dunkleren Farben, sagt der Vater, alles, was bei der ersten Tafel den Betrachter niederdrücke, werde hier nur einen Zweck haben: dem Hellen zu dienen, den Glanz zu erhöhen.

Am Glorienschein, sagt der Junge, darf ich gewiss mitmalen, das ist eine Fläche und nicht so schwierig wie ein Gesicht oder ein Engelsflügel.

Wir werden sehen, sagt der Vater, übe dich in Geduld. Ich werde Safran brauchen und Goldrute, das ist teuer, davon dürfen wir nichts verschwenden.

Warum muss ich so lange warten?, fragt der Junge. Warum?

Er reicht dem Vater die Schale mit dem Leinöl zum Auswaschen des Pinsels, danach muss er die Haare sorgsam am weichen Lappen abstreifen.

Der Geselle pfeift vor sich hin. Zum dritten Mal nun verbessert er die lateinische Schrift über der Armbeuge des Täufers: *Illum oportet crescere, me autem minui.* Dem Vater ist sie noch zu hell.

Wisst Ihr etwas von der Frau Meisterin?, fragt ihn der Junge. Habt Ihr einen Brief bekommen? Geht es ihr besser? Werde ich sie bald wiedersehen?

Der Vater schweigt, er streicht sich über den Bart, er wird keine Antwort geben.

III

I

Das Haus war leerer, als ich mir je vorgestellt hatte. Bisweilen fanden wir Kleinigkeiten, die mit Yves zusammenhingen, ein zusammengeknülltes Taschentuch unter seinem Bett, bunte Reißnägel für das Fußballposter in einem Spalt des Parketts, Papierfetzen auf dem Boden des Kleiderschranks (sie ergaben, als ich sie zusammensetzte, eine undeutbare Kritzelzeichnung). Und als Alice – natürlich wieder Alice – den Klammernsack holte, um draußen Wäsche aufzuhängen, ertasteten ihre Finger darin ein paar rundgeschliffene weiße Kieselsteine und vier kleine Muscheln. Sie waren zweifellos von Yves gesammelt und versteckt worden. Wir konnten ihn nicht fragen, was sie bedeuteten, er hätte wohl auch keine Antwort gewusst. Aber jedes Mal, wenn ein Stück dieser verstreuten Hinterlassenschaft zum Vorschein kam, stockte mir der Atem; der Zugwind im Haus, der doch gar nicht existierte, strich über meinen Nacken, und eine Winzigkeit lang schien mein Herzschlag auszusetzen.

Das Leben ging weiter. Ich erledigte meine Arbeit, damit sie getan war. Zwischendurch gab ich mir einen Ruck und tadelte mich selbst dafür, einen Verlust zu betrauern, der gar keiner hätte sein dürfen. Ich sagte mir, wenn meinen Töchtern und mir Yves derart fehlte, dann vor allem deshalb, weil er uns eine gemeinsame Aufgabe, einen neuen Zusammenhalt gegeben hatte.

Das sagte im Übrigen, höflich zurückhaltend, auch das Team unter der Leitung von Dr. Wieland, mit dem ich, zwei neuer Fälle wegen, immer noch regelmäßig zusammenkam. Oh, ich hütete mich, meinen Gefühlszustand vor den Kollegen unzensiert auszubreiten; und Dr. Wielands forschenden Blicken wich ich aus. Aber das Wenige, was ich verriet, genügte vollauf, um die allgemeine Deutungsbereitschaft zu aktivieren. Man riet mir dringend davon ab, eine Beschwerde wegen Yves' Unterbringung an höhere Instanzen weiterzuziehen. Es wäre vergeudete Energie, meinte Dr. Wieland, ich solle mich neuen Aufgaben zuwenden. Seine zeitweilige Einfühlsamkeit, die er jeweils in spröde Sätze kleidete, brachte mich jedes Mal durcheinander; ich kannte kaum einen anderen Menschen, der das Bild, das ich mir von ihm gemacht hatte, so verwirrend unterlief.

Melanie, die weitgehend stumm geblieben war, hielt mich nach der Sitzung im Gang auf. Die anderen hatten es eilig, an uns vorbeizukommen. Melanies Haar flammte in dieser hellgrün gestrichenen Betonscheußlichkeit; keine hatte einen so direkten und fordernden Blick wie sie.

»Etwas ist mir immer noch nicht klar«, sagte Melanie. »Was ist dir in dieser Geschichte so tief gegangen? Es muss elementar sein. All diese Erklärungsversuche sind doch Mumpitz, oder?«

Die Frage brachte mich zum Erröten. »Weißt du, es ist eine Geschichte, die vieles aufwühlt. Man klammert sich an denen fest, die das Schlimmste erlitten haben. Man verbündet sich mit ihnen, man will sie trösten und heilen, weil man selber Trost und Heilung braucht.«

Die Sätze waren aus mir gekommen, als hätte sie ein Fremder formuliert. Melanie legte ihre Hand auf meinen Unterarm: »Komm, wir gehen was trinken, mein Dienst fängt erst um acht Uhr an.«

Sie war doch die bessere Freundin, als ich gedacht hatte. Wir gingen in die Bellevue-Bar, wo man sich in den Dreißiger Jahren glaubt: schummriges Licht, die Täfelung aus Tropenholz, man versinkt in Ledersesseln, man wünscht sich, dass jemand eine Zigarre raucht, deren Rauch sanft über einen hinstreicht. Melanie mag Whisky nicht, so war es eine Flasche Barbaresco, die wir gemächlich austranken. Reden, weiterreden, dazu der Geschmack des Piemonts auf der Zunge, Bitterkeit und Süße, wie verwackelte Aufnahmen die Erinnerungen an Norbert und mich, wie wir, Arm in Arm, durch Alba schlendern, Via Vittorio Emanuele, die Holprigkeit des Pflasters unter den dünnen Sohlen. Eine leichte Enthemmung nach dem zweiten Glas; von Norberts Tod hatte ich Melanie noch nie erzählt. »Was für ein Schock!«, sagte sie, eher erstaunt als mitleidig.

Dann tischte ich die Geschichte mit Norberts Geliebter auf, es folgte Melanies Geständnis: Auch sie stecke im Moment in einer Dreiecksbeziehung fest und eben gerade in der Rolle der Dritten. Wie schön, dass ich sie deswegen nicht zu hassen brauchte, sie zwirbelte ihr Haar, während sie sprach (und glich so einem Bild von Klimt). Ich begriff, wie elend sie sich, als Ausgeschlossene, zwischendurch fühlte, ein hoher Preis für ein paar ekstatische Stunden.

»Woran glaubst du eigentlich?«, fragte mich Melanie,

nachdem wir die zweite Flasche bestellt hatten. »Ich meine: im spirituellen Sinn?«

Die Frage überwältigte mich und schwemmte die Floskeln weg, die mir auf der Zunge lagen. Mit Erschrecken merkte ich, dass ich keine Antwort darauf hatte. Die Antworten des Christentums waren für mich schon lange verblasst. Gläubig war ich ohnehin nie, ich möchte es nur manchmal sein. Was mich aber, nach dem Kirchenaustritt, paradoxerweise nie losgelassen hatte, war die christliche Ikonographie, die Darstellung von Leiden und Auferstehung in der Passionsgeschichte. Eine dunkle Faszination trieb mich in jeder alten Kirche zum Altar oder in die Seitenkapellen, wo die schlecht beleuchteten Bilder mit den immer gleichen Szenen hingen.

Melanies verstehendes Lächeln tröstete mich nicht. »Manchmal glaube ich an Berührungen«, sagte sie, »manchmal an unsere Zerbrechlichkeit.« Nichts Pathetisches war in dieser Aussage.

»Der Tod ist die absolute Grenze«, sagte ich. »Mit Toten Gespräche zu führen, als wären sie lebendig, das ist sündhaft.«

Wie kam ich zu diesem Wort? Ich hatte es ausgesprochen, obwohl ich mir einst vorgenommen hatte, es nie mehr zu verwenden.

Melanies Lächeln wurde melancholisch: »Aber sie bleiben lebendig in deiner Erinnerung. Das ist doch unsere Form von Unsterblichkeit.«

Hatte ich Yves nicht etwas Ähnliches zu sagen versucht? Und war es nicht auf grässliche Weise falsch? War, wer Tote innerlich am Leben erhielt, nicht gerade abgeschnitten von all dem, was Lebendigkeit ausmacht: von Wärme, Berührung, Nähe? Meine Augen füllten sich mit Tränen. »Wir Toten, wir Toten sind größere Heere«, murmelte ich und wusste nicht, warum; es war wieder ein Relikt aus dem Gedichteschatz, den ich als Halbwüchsige angehäuft hatte.

Wir tranken noch ein Glas und noch eines. Um halb acht meldete sich Melanie, wegen einer angeblichen Migräne, vom Nachtdienst ab, man musste unverzüglich eine Stellvertreterin aufbieten. So habe sie noch nie geschwindelt, sagte Melanie, und wir erstickten unser Lachen in Papiertaschentüchern. Sie lieh mir ihr Handy, damit ich den Töchtern mitteilen konnte, dass ich – da lachten wir wieder wie verrückt – noch am Leben sei und einfach später heimkommen werde. Helene war am Telefon. Sie schien darüber hinwegzuhören, dass ich mit der Zunge anstieß, sagte dann, Raoul sei da, Alices Freund, der mit dem Roller, na ja, der sei nicht unnett (eine von Helenes typischen Wortschöpfungen), sie säßen auf dem Sofa und schauten sich einen Krimi an.

»Knutschen sie?«, rutschte mir heraus.

Nach einer Schrecksekunde antwortete Helene, nein, das Paar benehme sich relativ gesittet, aber sie spiele hier nicht den Anstandswauwau.

»Musst du auch nicht«, sagte ich und beendete das Gespräch mit einem Gruß, den Helene mürrisch erwiderte.

»Ich werde älter«, sagte ich zu Melanie, »meine Töchter sind eindeutig geschlechtsreif.«

Wir lachten noch, als wir die Bar verließen und in die sternenhelle Nacht traten. Ich war ziemlich betrunken, und es kann sein, dass ich Melanie aufforderte, sich auf den Gepäckträger meines Fahrrads zu setzen. Dann entschloss ich mich aber, das Rad zu schieben. Eine Weile ging Melanie noch neben mir her, irgendwann verabschiedete sie sich. Plötzlich war ich allein unter den Sternen, denn mein Heimweg führte durch den Stadtpark, ich ging in leichtem Zickzack unter dem Funkelzelt meiner Kindheit dahin. War nicht jede Nacht eine Art von Sonnenfinsternis? Oder war die Finsternis in uns? In unserer angstvollen Blindheit gegenüber dem Licht, ob es nun funkelte oder glänzte oder leuchtete oder glühte. »Lieber Gott«, sprach ich vor mich hin (oder erfand ich das später?), »lieber Gott, lass mich noch eine Zeitlang nicht verglühen.« Alles, was mit mir geschah, war ohne ersichtlichen Zusammenhang, und doch wusste ich: Es gab ihn, ich würde ihn eines Tages entdecken.

»Du bist betrunken, Mum«, sagte Alice zu Hause mit leicht belustigter Empörung. Die Erinnerung ist verschwommen. Ich glaube, der Fernseher lief noch, aber Raoul war nicht mehr da. Ich bestand darauf, dass Alice ihn mir baldmöglichst vorstelle, und verwahrte mich dagegen, dass sie meine Abwesenheit für Herrenbesuche nutze (ich glaube tatsächlich, dass ich das altväterische Wort gebrauchte).

»Ich wollte ihn dir vorstellen«, erwiderte Alice überraschend unaggressiv. »Ich habe doch nicht gewusst, dass du dir ausgerechnet heute einen ansaufen gehst.«

Ich hätte laut herauslachen oder -weinen mögen, es kam aufs Gleiche heraus. Und nie hätte ich gedacht, dass die Rollen sich so früh umkehren könnten und meine jüngere Tochter mich fürsorglich ins Badezimmer begleiten würde, damit ich nicht über die Stufen stolperte.

»Übers Wochenende gehe ich zu Adrian«, sagte sie.

»Tu das«, murmelte ich, da lag ich schon im Bett.

Seit Jahren nannte sie ihren Vater beim Vornamen; seit Monaten war sie nicht mehr bei ihm gewesen. Wollte sie mich für meinen Absturz bestrafen? Es war mir in diesem Moment egal, und alles, was mit Yves zusammenhing, war mir wohltuend entrückt.

»Ich liebe dich«, sagte ich halblaut. Zu wem? Das blieb offen, mich selbst meinte ich nicht.

Wir lebten dahin, anders kann ich es nicht sagen; vielleicht war es ja schon vorher so gewesen, und ich hatte versäumt, mir das, was ich jetzt als Mangel empfand, bewusstzumachen. Hin und wieder erfuhr ich spärliche Neuigkeiten über Yves. Ich schickte Melanie vor, damit sie sich bei seiner Therapeutin nach ihm erkundigte. Sie wollte zuerst nicht, ließ sich aber durch mein hartnäckiges Bitten umstimmen. Frau Schneider hielt Melanies Erkundigungen für eine Art Nachhaltigkeitsüberprüfung, die zur Selbstkontrolle eines seriösen Teams gehörte. In Wirklichkeit hatte Dr. Wieland den Fall schon ad acta gelegt. Yves habe sich recht gut eingelebt, fasste Melanie Frau Schneiders Bericht zusammen. Sie arbeite fleißig mit ihm, im Familienverband gehe sie seit kurzem systemisch vor, nach den Prinzipien von Allen und Bloom (das klang in meinen Ohren aufdringlich streberhaft). Yves besuche nun wieder die Schule, sei aber aus verschiedenen Gründen nicht in die alte Klasse zurückgekehrt. Natürlich gebe es Verhaltensstörungen, Yves sei wortkarg, verschlossen, nur wenn es um Sternkunde gehe, werde er gesprächiger; von Zeit zu Zeit wolle er die Klassenkameraden und sogar die Lehrerin über astronomische Fakten belehren, geradezu obsessiv breite er seine Kenntnisse aus, die ganz augenscheinlich mit der verhängnisvollen Fahrt zur Sonnenfinsternis in Zusammenhang stünden. Zum Unfallhergang jedoch dringe er nicht vor, und man könne annehmen, das werde so bleiben. Nur beim Fußballspiel gehe er aus sich heraus, schreie und gestikuliere, das mache den anderen Kindern dann beinahe Angst. Und so weiter, und so weiter, ich erspare mir die Auflistung weiterer Faktensplitter, die mir nichts Neues sagten, vor allem nicht, ob er sein geheimes Leben mit den Toten weiterführte. Es wäre mir nachträglich, wie von Melanie vorausgesagt, lieber gewesen, ich hätte gar nichts erfahren. Hätte sie darüber hinaus gewusst, dass ich die Lücke, die Yves hinterlassen hatte, sporadisch durch detektivische Nachforschungen zu schließen versuchte, wäre sie entsetzt gewesen. Auch ich hatte inzwischen nämlich ein geheimes Leben; denn immer noch war der diffuse Drang in mir wach, Frau Zanini – oder mir? – die Augen für die Abgründe der eigenen Blutsverwandtschaft zu öffnen.

In einem Café nahe beim Parlamentsgebäude traf ich zwei ehemalige Arbeitskollegen von Rico Zanini. Unter ihren Blicken hatte Rico jahrelang Zeitungen durchsucht und zerschnippelt, er hatte die Ausschnitte kopiert, rubriziert und, auf Bestellung hin, zu thematisch geordneten Dossiers zusammengestellt. Es war die unterste Stufe des Dokumentationsdienstes gewesen; weiter hatte er es nicht gebracht, trotz der hohen Intelligenz, die seine Kollegen ihm attestierten. Ich ließ sie glauben, dass ich im Auftrag des Untersuchungsrichters den psychologischen Hintergrund des Falls ausleuchtete, und sie sahen keinen Grund, mir ihre Einschätzungen zu verschweigen; im Gegenteil, meine Fragen schienen die Herren R. und K. regelrecht zu beflügeln. Sie neigten sich über das Bistrotischchen zu mir herüber, sie fielen einander ins Wort, ich sah die Pickel auf R.s glänzendem Kahlkopf, ich roch K.s aufdringliches Aftershave und hasste seine grellgelbe Krawatte, deren Ende sich auf dem Marmortisch wellte.

Man habe schon lange gewusst, dass Zanini trinke, sagte R., oft sei er frühmorgens mit einer Fahne ins Büro gekommen. Er vermute, ergänzte K., Zanini habe in seiner Tasche einen Flachmann versteckt und ihn regelmäßig nachgefüllt. Die Gründe dafür? Eine unglückliche Ehe, Geldprobleme, das Übliche eben, dazu die sich Jahr für Jahr verschlechternde Qualifikation. Er habe Protokolle verschlampt, Ratsvorstöße falsch indexiert, unter Druck den Akten-Paternoster falsch bedient. Und immer wieder, sagte K., diese unerklärlichen Orthographiefehler, als habe man's mit einem Legastheniker zu tun. Ihn auf solche Aussetzer anzusprechen und zu ermahnen habe wenig gebracht, er habe in sich hineingelächelt, er habe Weiterbildungsveranstaltungen geschwänzt, und nichts habe sich verändert. So sei Zanini, fuhr R. fort, in der Lohnklasse 12 sitzengeblieben, und er, R., wie auch andere mit weniger Arbeitsjahren, seien an ihm vorbeibefördert worden. K. nickte, nicht ohne Genugtuung: Man habe Zanini vergeblich die Kündigung nahegelegt, der Chef habe noch kurz vor dem Unfall damit gedroht, unter dem enormen Spardruck Stellenprozente zusammenzulegen, so dass Zanini überflüssig werde. Wobei ja bekanntlich nichts so heiß gegessen wie gekocht werde, da hätte die Gewerkschaft auch noch ein Wörtchen mitgeredet.

Ich fragte weiter. Wie ein Buddha, sagte R., sei ihm Zanini in den letzten Tagen vorgekommen, ungerührt, in sich versunken an seinem Pult. Er habe kaum noch gegrüßt, man hätte, rückblickend gesehen, wohl merken können, dass sich da etwas zuspitzte. Aber natürlich – da strafften sich beide auf ihren Wiener Stühlen – sei es mit größter Wahrscheinlichkeit ein Unfall gewesen, auch wenn eine Menge anderslautender Gerüchte im Umlauf seien. Nein, Zanini habe nie mit Gewalt gegen irgendwen gedroht, und wie es um seine Familie stehe, habe er niemandem erzählt, er habe auch nie jemanden zu sich nach Hause eingeladen und sei umgekehrt seit langem kollegialen Zusammenkünften ferngeblieben.

Eigentlich, so bilanzierte R., habe er über Zanini praktisch nichts gewusst, er hätte ebenso gut ein Ostagent sein können. Einen kleinen Hinweis gebe es allerdings: Ihm sei nach dem Unfall die Aufgabe übertragen worden, Zaninis Arbeitsplatz aufzuräumen, und dabei habe er einen Zettel gefunden, mit Sitzungsnotizen auf der Vorder-, aber etwas Privatem auf der Rückseite. Er schob den zerknitterten Zettel, den er aus der Brusttasche gefischt hatte, über den Tisch zu mir. Ich strich ihn glatt, ich las in Ricos zerfahrener Kugelschreiberschrift: *Ich kann mit dir nicht leben und noch weeniger ohne dich. All die Jahre bist du in mich hineingewachsen, du fülst mich aus, ich schleppe dich mit mir herum, eine Centnerlast.* Danach folgte eine Reihe seltsamer Zeichen; sie waren so stark ins Blatt gefurcht, dass sie auf der anderen Seite als Relief hervorstanden.

So eine Zentnerlast, sagte R. mit Einverständnis heischendem Blick, was will man mit der? Vermutlich will man sie loswerden, oder nicht?

Ich ging nicht darauf ein, der Ton von Ricos Botschaft, die ihre Adressatin nie erreicht hatte, schnürte mir die Kehle zu. Ich zwang mich zum Sprechen: »Und sonst nichts? Sonst haben Sie nichts gefunden?«

R. schüttelte den Kopf; K. schlürfte seinen Cappuccino aus und wischte mit dem Handrücken den Schaum von den Lippen. Nichts brachte mich gegen ihn so auf wie der Umstand, dass er danach die Hand ableckte.

Ich faltete den Zettel zusammen, um nichts mehr sagen zu müssen, und sagte dann doch: »Es kann ja sein, dass ein Leben an einem bestimmten Punkt in sich zusammenfällt, wissen Sie? Es ist, wie wenn alle Mauern nach innen stürzen würden.«

R. und K. sahen mich verständnislos an. Ich zahlte, schüttelte zwei schlaffe Hände und war froh, gehen zu können. Das Bild des vor sich hin brütenden Buddhas verfolgte mich durch die halbe Stadt.

Verschwiegen habe ich bisher meinen kleinen Zusammenbruch. Nichts Schwerwiegendes und doch eine Warnung. Aber vermutlich bin ich in solchen Dingen unbelehrbar. Am dritten oder vierten Tag nach Yves' Weggang, gerade als ich am späten Nachmittag meine Praxis verlassen wollte, wurde mir plötzlich schwindlig, die Beine knickten unter mir weg. Als ich wieder zu mir kam, lag ich bei der halb offenen Tür. Ich rappelte mich auf, ein Handgelenk schmerzte, eine Wange war leicht aufgeschürft. Der Puls beruhigte sich rasch. Ich trank Wasser vom Hahn und wartete ab, bis das Gefühl nachließ, über federnden Grund zu gehen. Danach traute ich mich sogar wieder aufs Fahrrad.

Niemand erfuhr etwas von diesem Schwächeanfall. Zu Hause, wo ich mich gleich hinlegte, sagte ich den Töchtern, ich sei erschöpft. Obwohl nichts Vergleichbares mehr passierte, ließ ich mich in derselben Woche von meinem Hausarzt durchchecken. Auch ihm erzählte ich bloß, ich wolle meinen Gesundheitszustand überprüfen. Er fand nichts, was zur Beunruhigung Anlass gegeben hätte, alle Blut- und Urinwerte im Bereich des Normalen.

2

Nach dem Gespräch mit Rico Zaninis Kollegen zögerte ich ein paar Tage, ob ich nochmals zur Nachbarin Vera fahren oder doch besser mit dem Drogisten, Madlens Arbeitgeber, sprechen sollte. Mein Verstand wehrte sich gegen weitere sinnlose Befragungen, die mich zur Schnüfflerin degradierten; der Drang, es trotzdem zu tun, war stärker, diese Kraft, die mich in dunkle Gewässer trieb. Sie hatte mich ja wohl auch meinen Beruf wählen lassen, es kommt nicht von ungefähr, dass es so viele Seitenwechsel in psychiatrischen Berufen gibt: Du gehst schlafwandlerisch durch die Wand, die auf einmal durchlässig ist, und plötzlich bist du Patientin, von einer Stunde auf die andere.

Ich entschied mich für Vera, weil sie der Familie und Yves über Jahre so nahe gewesen war, nur durch eine Brandmauer von ihnen getrennt. Der Tag war windig, hoch oben am Himmel torkelten Wolken dahin. Vera sah ich erst, nachdem ich vergeblich geklingelt hatte und ums Doppelhaus herumgegangen war. Sie arbeitete gebückt im Garten, mit eng gebundenem Kopftuch, sie schnitt verblühte Sommerastern und Löwenmäulchen zurück, wirkte sehr hager und hell vor dem dunkelgrünen Laub der Hagebuchen. Zuerst erkannte sie mich gar nicht (oder sie gab es vor), ihre abwehrende Haltung brachte mich dazu, die erschwindelte Amtlichkeit meines Besuchs zu betonen.

»Die Polizei war doch schon mehrmals da«, sagte sie. »Ich habe alles erzählt, was ich weiß. Auch mein Mann musste Auskunft geben, auch andere Nachbarn. Was wollen Sie denn noch?«

Ich bemühte mich um Freundlichkeit, meine Fragen stimmten sie allmählich um. Der psychologische Hintergrund interessiere sie ja auch, sagte sie beinahe verlegen. Ich nickte anerkennend, und so kam sie wieder ins Plaudern, bat mich sogar hinein in ihr »Reich«. Der Wohnraum war geschmackvoll eingerichtet, skandinavisch hell, wir tranken Zitronenmelissentee an einem runden Glastisch mit Aluminiumfuß. Der Hausteil nebenan sei inzwischen leer geräumt, sagte sie, das habe wohl die Erbengemeinschaft angeordnet. Wer alles dazugehöre, entziehe sich ihrer Kenntnis, sicher sei aber, dass Yves das Haus bekomme, sobald er volljährig sei, das wolle die Tante Julia, die ja nun Yves' Vormund sei. Der amerikanische Onkel, der sich sonst herzlich wenig um Yves kümmerte, habe offenbar die geschuldeten Zinsen bezahlt, damit die Hypotheken nicht gekündigt würden, so bleibe das Haus im Familienbesitz, werde aber demnächst leicht renoviert und danach vermietet, und wenn Julia die Adoption durchbringe, dann werde die Erbsache, juristisch gesehen, noch einfacher.

Das wusste ich alles nicht, und es verursachte einen dumpfen Schmerz im Brustbereich, als werde mein Körper eingeklemmt.

»Wäre es nicht einfacher, das Haus zu verkaufen?«, fragte ich. »Glauben Sie im Ernst, Yves wolle hierher zurück?«

Sie verzog den schmallippigen Mund. »Kaum. Aber das Haus ist eine Lebensversicherung für ihn, ein Kapital für seine Ausbildung, verstehen Sie?«

Ich kam auf die Tage vor der Finsternisfahrt zu sprechen, fragte nach Anzeichen einer Eskalation nebenan.

Sie senkte die Stimme. »Er schlug sie häufiger als sonst, das war unser Eindruck, dann liebten sie sich wieder, nachts, wir konnten es hören. Der Dauerstreit war das Einzige, was sie noch zusammenhielt, wenn Sie mich fragen.« Jetzt sah sie mir voll ins Gesicht, ihre Augen funkelten. »Je heftiger, desto lustvoller danach, das kennen Sie doch.« Sie hätte zwei-, dreimal die Polizei rufen wollen, ihr Mann habe sie daran gehindert, er sei strikte gegen Einmischung in Nachbarschaftsangelegenheiten.

Ob die Kinder interveniert hätten, fragte ich und hoffte, sie werde Yves erwähnen, überhaupt wurde mir plötzlich bewusst, dass ich gekommen war, um mit ihr über Yves zu sprechen, und alles Übrige bloß als Vorwand benutzte.

Aber Vera sprach erst über Lisa, die den Streit, die Gewaltszenen zwischen den Eltern wohl am wenigsten ertragen habe. Frühreif sei sie gewesen mit knapp vierzehn, bildhübsch, und sie habe perfekt lügen gelernt, um die Zerrüttung der Familie gegen außen zu vertuschen. Lisas Stimme habe sie, Vera, durch die Wände hindurch immer erkannt, verzweifelt habe sie geklungen, aber doch bestimmt, nie außer sich, im Gegensatz zu Maurices Geschrei bei zwei, drei Gelegenheiten. Ausgerechnet Maurice! Der sei sonst völlig in sich gekehrt gewesen, geduckt, krankhaft schüchtern geradezu, um nicht zu sagen: gestört. Einer, der all ihre Kontaktversuche abgewehrt habe, ein wandelnder Vulkan, genau wie der Vater, so habe sie manchmal zu ihrem Mann gesagt, wobei Madlen die Intelligenz ihres Ältesten nicht genug habe rühmen können. Ausgerechnet in die Astronomie habe sich Maurice vertieft, in ein Gebiet, das mit Menschen nichts zu tun habe, vermutlich hätte er in einem Quiz sämtliche Fragen zu Galaxien und zum Urknall beantworten können, und er sei es ja gewesen, der die Familie zu dieser Finsternisfahrt überredet habe. Maurice sei dann in der Tat ausgerastet, ein paar Tage vor dem Unfall (wenn man es so nennen wolle), nämlich nach der Heimkehr Madlens und Lisas von dem Cityfest, da seien sie, Vera und ihr Mann, wieder mal durch den Lärm von nebenan aus dem Schlaf gerissen worden. Schlampe!, dieses Schimpfwort hätten sie aus Ricos Gebrüll und dem Gepolter herausgehört, Madlen ihrerseits habe in durchdringenden Tönen geschluchzt, dann geschrien. Sie, Vera, habe schon das Telefon in der Hand gehabt, um die Polizei zu alarmieren, und sie hätte es dieses Mal getan, hätte nicht plötzlich Maurice losgebrüllt, »Hör auf, hör auf!«, immer wieder diese Worte, offensichtlich an den Vater gerichtet, und danach sei es plötzlich still geworden, unheimlich still, sie und ihr Mann hätten sich Sorgen gemacht, und dann, als sie das Ohr an die Wand gelegt habe, seien doch noch Stimmen zu vernehmen gewesen, friedlich nun, das habe sie beruhigt. Aber Madlen habe sich nach dieser Auseinandersetzung wiederum tagelang im Haus versteckt und sich danach mit einem Kopftuch und mit Sonnenbrille gezeigt. Ein Rätsel, warum sie nicht ausgezogen sei, wenigstens befristet, obwohl natürlich Rico ohne Madlen völlig versumpft wäre. Ja, sie nehme an, dass die Fahrt ins Elsass so etwas wie eine allgemeine Versöhnung hätte stiften sollen. Nicht auszudenken, was dann im fahrenden Auto, diesem Blechgefängnis, geschehen sei. Veras Stimme erstarb, es grenzte ans Theatralische, wie sie die Ereignisse rekapitulierte. Übrigens, fuhr sie fort, sei das Auto nachts manchmal Ricos Zufluchtsort gewesen, er habe im Dunkeln drin gesessen, habe gedöst oder bei eingeschalteter Innenbeleuchtung Zeitung gelesen. Sie stelle sich vor, Madlen habe ihn da aus dem Bett gejagt, oder er habe ihre ewigen Anklagen nicht mehr ertragen.

»Und Yves?«, unterbrach ich sie. »Was war mit Yves?«

»Ach, der Kleine«, seufzte sie, »er begriff so wenig von diesem Ehekrieg. Die Mutter zog ihn ganz auf ihre Seite. Ich nehme an, dass er ihr helfen wollte, dass er den Vater auf seine Weise bekämpfte und von der Mutter fernzuhalten versuchte. Aber er war ja der Schwächste von allen, körperlich und wohl auch psychisch, seine Stimme hat die der anderen nie übertönt. Ich habe ihn verschiedentlich mit einer Spielzeugpistole im Garten gesehen, da hat er hinter Büschen gelauert und auf Vögel gezielt.«

»Wie andere Jungen in seinem Alter auch«, sagte ich. »Aber von Waffen, die kein Spielzeug waren, haben Sie nichts bemerkt? Nichts gehört?«

Gekränkt schaute sie mich an. »Das hat die Polizei auch wissen wollen, und dahinter steht ja der Verdacht, Rico habe geplant, sich oder die Familie umzubringen, sofern Madlen mit ihrem Auszug Ernst gemacht hätte. Aber erstens tat sie das nicht, und zweitens ist es sonnenklar, dass im Affekt jeder schwere oder scharfe Gegenstand zur Waffe werden kann. Mit eiskalter Absicht hätte Rico nicht gemordet, dazu war er nicht fähig.« Sie beugte sich über den Tisch zu mir hin, ihre Wangen glühten, sie roch nach Gras und entfernt nach Lavendel. Ich schwieg und wusste nicht, warum ich von ihr nun beinahe angewidert war. Um sie von mir wegzuschicken, bat ich nach dem faden Tee um den Espresso, den sie am Anfang angeboten hatte. Er war stark und bitter, so wie ich ihn liebe. Es mochte – ich erinnerte mich – von Vorteil sein, einen Kaffeeröster zum Mann zu haben. Nun saß Vera noch näher bei mir als vorher, sie hatte ihren Stuhl um eine Handbreit verrückt, und sie fragte, wie es Yves bei der Tante gehe, ob ich Näheres wisse, sie habe ihn seit dem elften August nie mehr gesehen, man habe ihr ja auch Besuche im Spital verwehrt. Ich gab Auskunft, als ob ich in alle Details eingeweiht sei, erfand sogar das eine oder andere an Positivem hinzu. Wir taten beide so, als ob wir aus der Ferne insgeheim über Yves wachen könnten.

Überhastet verabschiedete ich mich. Draußen auf der Straße, wo mein Fahrrad am Zaun lehnte, blieb ich doch stehen und starrte, von der Nordseite aus, auf die verlassene Hälfte des Doppelhauses. Vor der Mauer ein verkrüppelter Baum mit eingetrockneten Schattenmorellen. Kaputte Dachziegel hier und dort, die spiegelnden Fenster leer, ohne Vorhänge, man ahnte die Kahlheit der Räume. Ich fuhr auf der holprigen Straße viel zu schnell den Hang hinunter, ohne Helm, manchmal brauche ich das Sausen des Fahrtwinds in den Ohren. Ich schwor mir, die Geschichte jetzt endlich auf sich beruhen zu lassen, mich abzunabeln von ihr und meinen gefährlichen Sehnsüchten.

Zwei oder drei Tage später rief mich der Untersuchungs-richter an. Ich war in der Praxis, mühte mich damit ab, Patientenblätter nachzuführen, schaute aber immer wieder den Miró an, der über meinem PC hängt, bunte Tupfen, Flecken und Striche in rätselhafter Balance. Früher hing dort eine kleine Rembrandt-Radierung, *Der Engel verlässt Tobias,* irgendwann hatte ich gedacht, etwas Abstraktes len-ke mich weniger von der Arbeit ab.

Die Untersuchung im Fall Zanini sei eingestellt, teilte Koller mir frostig mit, neue Gesichtspunkte hätten sich nicht ergeben, der einzige überlebende Zeuge könne nichts von Belang beitragen, das bestätige auch Yves' gegenwärtige Therapeutin, Frau Dr. Schneider. Darüber hinaus gebe es eine Schonungspflicht gegenüber Kindern, das hätte ja auch ich ihm gegenüber moniert. Was will er denn?, dachte ich, und gleich wusste ich es. Koller forderte mich auf, meine eigenen Recherchen in dieser Angelegenheit einzustellen; er habe erfahren, dass ich mich als Amateurdetektivin betätige und mir dabei eine Funktion anmaße, die mir nie übertragen worden sei. Ich verteidigte mich schwach. Ob es denn verboten sei, fragte ich, aus beruflichem Interesse mit Leuten zu reden, die mir Mosaiksteine für den psycho-logischen Hintergrund des Falls liefern könnten.

Koller lachte tadelnd: »Sie wissen genau, was ich meine. Erstens haben Sie damit offiziell gar nichts mehr zu tun. Und zweitens führen Sie irgendwas im Schilde, um die behörd-lichen Anordnungen zu unterlaufen. Sie haben an diesem Jungen einen Narren gefressen und wollen um jeden Preis erwirken, dass er wieder unter Ihre Fittiche kommt.«

Da hatte er mich – ja, er war clever – in seinen Raster

eingeordnet; ich konnte bloß noch ein wenig zappeln und verschleiern. »Hören Sie, wenn Ihre Unterstellung stimmen würde, müsste es mir darum gehen zu beweisen, dass Yves am falschen Ort untergebracht ist. Dass ihn Leute umgeben, die ihm schaden. Davon bin ich weit entfernt, das wissen Sie genau. Und außerdem bin ich zum gleichen Schluss gekommen wie Sie: Die volle Wahrheit, wenn es denn eine gibt, lässt sich hier nicht ermitteln.«

Koller dämpfte ein wenig seine Angriffslust: »Tote reden nicht, meinen Sie. Doch, manchmal geben sie uns Zeichen, die wir richtig deuten müssen. Aber in diesem Fall sind wir nicht weitergekommen. Die Obduktionsberichte ergaben keine zwingenden Aufschlüsse. Die Frau hatte ältere Würgemale, verschorfte Wunden an der Kopfhaut. Beim Mann gab es eine Beule am Hinterkopf. Das deutet auf häusliche Gewalt im Affekt hin, aber es erklärt nicht den Unfallhergang.«

»Sie haben die Toten obduzieren lassen?«

Er schwieg eine Spur zu lange. »Wir tun unsere Pflicht, Frau Doktor. Wir tun sie nicht immer gerne.«

Ich stellte ihn mir vor: der Ohrring im Kontrast zum adretten Anzug, diese wohldurchdachte Mischung von Nonchalance und Seriosität. Ich hätte ihn ohrfeigen mögen, nur um seine Selbstgefälligkeit zu durchbrechen. Telefonische Ohrfeigen gibt es nicht, darum beendete ich das Gespräch, das ja keines war. Noch lange wirkte es unheilvoll nach, wie ein Gift, das sich lähmend im ganzen Körper verbreitet. Am schlimmsten war, dass Koller im Grunde recht hatte. Ich schwor mir ein weiteres Mal, von alldem Abstand zu nehmen.

Doch schon am Abend wurde ich erneut hineingezogen. Raoul war zu Besuch bei uns, Alice hatte ihn, auf mein Betreiben, endlich eingeladen und selber gekocht, Kartoffelplätzchen und Selleriesalat mit Ananasstückchen. Dass Raoul ein Farbiger war, halb Jamaikaner, halb Schweizer, durfte mich nicht überraschen; weder für Alice noch für Helene, die ihn schon gesehen hatte, war es der Erwähnung wert gewesen. Er hatte sogar Blumen mitgebracht, ein paar zerrupfte Rosen, möglicherweise im Stadtpark gepflückt. Er war fast zwei Köpfe größer als Alice, drei Jahre älter, hübsch und intelligent, er schien aus geordneten Verhältnissen zu kommen. Was will eine Mutter mehr?

Helene blieb weitgehend stumm, hatte aber ihre leicht mokante Beobachterinnenmiene aufgesetzt. Uns beiden, Helene und mir, blieb nichts anderes übrig, als dem Austausch von Zärtlichkeiten auf der anderen Tischseite zuzuschauen. Ich verdächtigte Raoul, dass es ihm hauptsächlich darum ging, Alice ins Bett zu kriegen, und sagte mir gleichzeitig, dass er sie vielleicht schon entjungfert hatte und ich dies nie – oder nur im äußersten Notfall – erfahren würde. Sie war doch erst sechzehn! Und wusste sie denn genug über Verhütung? Hatte sie meinen Kurzvorträgen dazu überhaupt zugehört? Aber ich hielt an diesem Abend meinen Schutzinstinkt im Zaum und rühmte dafür Alices Kochkunst, während Raoul weitschweifig karibische Fischgerichte beschrieb.

Da läutete das Telefon. Helene kam mit dem Hörer zu mir. »Für dich«, dies mit skeptisch gekräuselten Lippen. Es war Frau Zanini, die Großmutter von Yves. Und darüber erschrak ich so sehr, dass ich ihre ersten Sätze nur halb verstand. Ohnehin sprach sie sehr leise, als sei sie krank oder bedrückt. Ich ging, den Hörer ans Ohr gepresst, in eine ruhige Ecke, zur Yucca-Palme, die bei uns immer wieder zu verdursten droht. Allmählich setzte ich aus Halbsätzen und Seufzern zusammen, was Frau Zanini von mir wollte: dass ich zu ihr komme, so schnell wie möglich, sie müsse etwas loswerden, ganz dringend; mit keinem Wort erwähnte sie, dass ich auf ihren Klagebrief nie geantwortet hatte.

Ob das nicht warten könne, fragte ich, während in meinem Rücken Gelächter erklang. Die Flasche Wein hatten Raoul und Alice fast allein getrunken.

Sie könne schon warten, sagte sie weinerlich, aber dann liege sie wieder die ganze Nacht wach.

»Geht es um Yves?« Mit Unwillen spürte ich meine zunehmende Aufregung.

»Es geht um die Familie.« Ihre Stimme klang nun so gequält, dass ich sie kaum wiedererkannte. Das war nicht mehr die hochfahrende Frau, die mich im Krankenhaus zurechtgewiesen hatte, es war auch nicht die Mutter, die wortreich ihren Sohn verteidigte.

»Gut, in einer halben Stunde bin ich bei Ihnen«, sagte ich, bevor ich es mir richtig überlegt hatte. Sie warte auf mich, hörte ich von weit her. Eigentlich war es mir recht, vom Liebespaar wegzukommen. Ich bestellte ein Taxi. Die Tischgesellschaft bedauerte pro forma meinen Aufbruch. Sie werde mir etwas vom Tiramisu übriglassen, rief Alice mir nach und dann noch: Sie gehe nachher mit Raoul weg. Keine Zeitangabe, weder von mir noch von ihr. Es war mir plötzlich egal, vielleicht wollte das Schicksal mir ja ein niedliches Enkelkind mit Milchkaffeehaut bescheren.

Frau Zanini wohnte am andern Ende der Stadt. Die Nacht war graufinster, frühherbstlich, erste Nebelschwaden fingerten geisterhaft an den Fassaden entlang. Der Fahrer, ein Albaner dieses Mal, schimpfte in gebrochenem Deutsch über all die unverschämten Ausländer, vor allem die Afrikaner, die seriösen Taxifahrern die Kunden wegschnappen würden. Der Fahrpreis war massiv überhöht, der Albaner behauptete, der Taxameter sei kaputt. Ich zahlte, ohne zu murren.

Frau Zanini hatte wohl am Fenster gestanden und die Tür schon geöffnet, als ich bei ihr im ersten Stock ankam. Sie ging mir, ihren Rollator schiebend, mühsam voran und führte mich über eine Schwelle, die offensichtlich für sie abgeflacht worden war, ins Wohnzimmer. Dort stand, unter einer Japanlampe, ein Tisch mit bestickter Leinendecke, und darauf lag, neben Gläsern und Likörflaschen, ein in eine Serviette gehüllter Gegenstand.

Es dauerte eine Weile, bis sich Frau Zanini auf dem Stuhl mit der hohen Lehne niedergelassen hatte. Weil ich schon saß, hatte ich Gelegenheit, sie zu mustern. Mir schien, sie sei um Jahre gealtert. Ihre Züge hatten sich aufgeweicht, die Falten von der Nase zum Mund indessen vertieft.

»Ich habe mich vom Schock noch immer nicht erholt«, sagte sie. »Ich fühle mich als Behinderte, so wird es wohl bleiben. Kein Wunder, nicht wahr? Wie soll man so etwas unbeschadet überstehen? Aber schenken Sie sich ein Gläschen ein. Die Auswahl ist leider beschränkt, Sie sehen es ja.«

Ich entschied mich für Baileys, den ich eigentlich nicht mag, und sehnte mich schon beim ersten klebrigen Schluck nach meinem Single Malt. Sie trank nichts, schaute bloß auf ihre parallel nebeneinanderliegenden Hände; den Ehering hatte sie, trotz des seit langem verschollenen Ehemanns, offenbar nie abgelegt.

»Haben Sie Yves in letzter Zeit gesehen?«, fragte ich.

Sie schüttelte den Kopf. »Nein, Julia erlaubt es nicht. Vorläufig, wie sie sagt. Bis der Junge wieder gefestigt sei. Was soll ich tun? Besuche gerichtlich erzwingen? Das will ich nicht, das Gericht hat sich schon zu viel mit uns beschäftigt. Ich warte.«

Eine Weile ging das Gespräch stockend hin und her, sie wies auf ein Regal an der Wand mit den alten Bilderbüchern, die ihre Enkel geliebt hätten, sie erklärte, wo immer noch die Kinderbetten stünden, jetzt sei ja die Dreizimmerwohnung viel zu groß für sie, und lange werde sie hier kaum noch leben. Ihre Unruhe nahm zu, die Hände zitterten. Dann straffte sie sich plötzlich und schob das Stoffpaket über den Tisch zu mir hin, so abrupt, dass ich nur mit einer Reflexbewegung mein Glas am Umkippen hindern konnte.

»Schauen Sie, was drin ist«, sagte sie mit Anstrengung. »Das habe ich in meinem Brief verschwiegen. Ich entschuldige mich dafür. Eine Mutter will ihren Sohn schützen, um jeden Preis, das werden Sie verstehen. Aber das hier« – sie deutete auf das Bündel – »belastet mich zu sehr.«

Vorsichtig enthüllte ich das Ding und ließ es, das Tuch wegziehend, auf den Tisch gleiten. Es war – nun musste ich doch meinen Schreck überspielen – eine Pistole, handlich sah sie aus, schwarz-silbern, SIG Sauer stand auf dem gedrungenen Lauf.

»Woher haben Sie die?«, fragte ich und wusste die Antwort im Voraus.

Sie senkte den Blick. »Er hat sie bei mir deponiert, er hat gesagt, sie sei nicht geladen.«

Ich verbot mir, die Pistole zu berühren, sie in der Hand zu wiegen, und hätte es doch gern getan. »Wann denn? Wieso?«

Sie erzählte mit schwacher Stimme, die bisweilen ganz versagte; ich musste mich zu ihr hinüberbeugen, um sie zu verstehen, und glaubte dabei, die Pistole riechen zu können, es war ein Geruch nach Fett und Metall.

Am Tag vor der Sonnenfinsternis, sagte sie, sei ihr Sohn überraschend zu ihr gekommen, aufgelöst und fahrig sei er gewesen, es habe ihn zwischendurch geschüttelt wie bei hohem Fieber. Er habe sie aufgefordert, nein, ihr befohlen, die Pistole zu verstecken, und habe, um sie zu beruhigen, eine leicht durchschaubare Geschichte erflunkert: dass er die Waffe schon vor Jahren gekauft habe, um sich und die Familie im Notfall schützen zu können. Damals sei oft die Rede gewesen von gewaltsamen Einbrüchen und Überfällen durch Rumänen, das habe Madlen geängstigt, und nun fürchte er umgekehrt, dass einem der Kinder die Pistole, so gut er sie auch verstecke, in die Hände gerate. Gerade kürzlich habe ein Achtjähriger in England zwei Geschwister im Spiel erschossen.

»Was denken Sie?«, fragte ich, nachdem Frau Zanini den Faden verloren hatte und schwer atmete. »War das der wahre Grund?«

Sie zuckte zusammen, als hätte ich geschrien. »Ich glaube… ich denke, er hatte Angst vor sich selbst, vor seinen

Phantasien… Es ging ihm sehr schlecht… Und das kann einen ja nicht verwundern, wenn man weiß, was er alles durchmachen musste…«

»Haben Sie mit ihm darüber geredet?«

Sie hob erstmals wieder den Blick, ihre Augen wirkten verschleiert und so bekümmert, dass es mir ins Herz schnitt. »Nein, das ging nicht, das Wesentliche haben wir immer ausgespart. So ist es leider.«

»Er hätte die Pistole ja auch wegwerfen können. Ich verstehe immer noch nicht, weshalb er sie ausgerechnet Ihnen überließ.«

»Ich bin die Mutter…« Sie stockte. »Ich war seine Mutter, er konnte sich auf meine Loyalität verlassen.«

»Hätten Sie ihm die Pistole zurückgegeben, wenn er's gewollt hätte?«

Sie bedeckte ein paar Sekunden mit beiden Händen die Augen. Es war eine zweideutige Geste: als wolle sie sich blind stellen und zugleich die eigene Blindheit gegenüber dem Sohn demonstrieren. »Ich weiß nicht. Ich konnte ihm ja keinen Wunsch abschlagen… Da waren so viele Schuldgefühle, verstehen Sie? Ich hatte ihn vernachlässigt, als er ein Kind war, und hätte so vieles gutmachen wollen… Er konnte ja auch ausfällig werden, er hatte Ausbrüche, die mich zu Tode erschreckten, und er hätte mich zwingen können, ihm dieses Ding wieder auszuhändigen… Nun… Ich habe an diesem Abend gespürt, dass er bereit war, allem ein Ende zu machen, in den Abgrund zu springen… ich habe es körperlich gespürt, in allen Fasern… Aber er wollte sich daran hindern, das müssen Sie ihm zugutehalten… Und er hat daran geglaubt, dass dieser Ausflug ins Elsass ein Wendepunkt sein könnte, verstehen Sie? Er hat plötzlich so froh darüber gesprochen, mir auf der Karte die Reiseroute gezeigt. Aber vielleicht hat er auf der Fahrt gemerkt, dass sich in Wirklichkeit gar nichts ändern würde, weder das Verhältnis zu Madlen noch die Situation am Arbeitsplatz. Und er sah voraus, dass er Madlen nicht länger zurückhalten konnte. Dann ertrinkt man in der Verzweiflung, verliert den letzten Mut, ich kenne das… Darum… wegen alldem… ach…« Sie vergrub den Kopf in den Armen, als ob das Gewicht der Erinnerungen und der Selbstvorwürfe sie niederziehe, aber sie tat es wohl, damit ich ihre Tränen nicht sah. Ich sah dafür das Gewirr ihrer silbernen Haare, die lichten Stellen, unter denen sich die Kopfhaut zeigte, und die spitzen Ellbogen auf dem Tisch, über denen sich die abgetragene weinrote Wolljacke spannte, und dieses Bild rührte mich stärker als alle Worte. Ich hätte die Hand ausstrecken mögen, um diesen Großmutterkopf zu streicheln, aber das gehörte sich nicht, und meine Vorbehalte ihr gegenüber hemmten mich ohnehin.

Minuten vergingen; wir schwiegen beide, nur unsere Atemzüge, ihre schweren, rasselnden, meine schnellen, vermischten sich in einem bockigen Rhythmus. Langsam richtete sie sich auf. Das Rautenmuster der Jacke zeichnete sich rötlich auf ihrer Stirn ab, das übrige Gesicht war nass und fahl. Ich dachte an das Porträt einer niederländischen Frau mit altersgrauer Haut, gemalt von Frans Hals.

»Sie müssen mir verzeihen«, sagte sie. »Ich habe versucht, jeden Verdacht von meinem Sohn fernzuhalten…«

»Es spricht ja für ihn, dass er Ihnen die Pistole gab«, sagte ich. »Er hat niemanden damit getötet, auch wenn er es vielleicht wollte.«

»Das ist wahr.« Sie lächelte schwach, wie ein unglückliches Kind. »Aber die Pistole beweist, dass er daran dachte, Gewalt anzuwenden. Er hat sie erst kürzlich gekauft, da bin ich sicher.«

»Wie es zum Unfall kam, erklärt die Pistole nicht. Sie belegt höchstens, unter was für einem Druck Ihr Sohn stand.«

Sie schaute auf die Pistole, die zwischen uns lag. »Melden Sie das nun weiter? Habe ich mich strafbar gemacht?«

Ich zögerte und empfand eine große Leere in meinem Kopf. »Strafbar haben Sie sich nicht gemacht. Und eigentlich ändert die Pistole nichts am Resultat der Abklärungen.« Ich wollte sie nun doch trösten; ob es stimmte, was ich sagte, wusste ich nicht.

Auf einmal schob sie die Pistole näher zu mir und zog dann die Hand hastig zurück, als habe sie sich verbrannt. »Nehmen Sie das Ding mit, bitte, ich will es nicht mehr im Haus haben.«

Ich lehnte mich so weit zurück, dass der Stuhl ins Wanken kam. »Nein, dafür bin ich die falsche Person.«

»Bitte!« Ihr flehender Blick ließ mich nicht los.

Vermutlich war es nicht bloß Mitleid, das mich dazu bewog, die Pistole anzufassen, sie wieder in die Serviette einzuschlagen und in meiner Handtasche zu verstauen, es war auch ein bisschen Verwegenheit dabei, der Impuls, ein Risiko einzugehen.

»Sie können die Serviette behalten«, sagte Frau Zanini beim Abschied. »Ich werde wohl kaum noch Gäste haben.«

Sie stand am Fenster und winkte mir zu, als ich mit dem

Taxi wegfuhr. Ich hatte mir meine Tasche umgehängt; die Pistole war schwerer, als sie sich zuerst angefühlt hatte.

Zu Hause, es war nach zehn Uhr, brannten überall die Lichter. Aber ich traf niemanden mehr an. Vermutlich hatte sich Helene in ihr Dachzimmer zurückgezogen, und Alice trieb sich draußen mit ihrem Freund herum. Das meiste Geschirr stand noch auf dem Esstisch; dass Helene nicht wie gewöhnlich abgeräumt hatte, deutete ich als Protest gegen die Schwester, die sich Freiheiten herausnahm, vor denen sie sich selbst fürchtete. So begann ich damit, die Küche sauberzumachen, füllte die Spülmaschine, stellte Essensreste in den Kühlschrank, aß das übriggebliebene Tiramisu auf. Die häuslichen Verrichtungen ließen mir Raum zum Nachdenken. Der Wahrheit über die Finsternisfahrt war ich nicht näher gekommen. Sie entzog sich, sie veränderte sich dauernd; dass es so sein würde, hatte ich doch von Anfang an gewusst.

Die Pistole versteckte ich zunächst in einer Schreibtischschublade, dann legte ich sie – es war ein Kleinmädchenimpuls – unter meine Federkernmatratze auf den Lattenrost und überprüfte, wie die Prinzessin auf der Erbse, ob sie durchdrückte, wenn ich darauf lag. Ich spürte nichts; keinen Wulst, keine Erhebung. Aber ins Bett wollte ich noch nicht, lieber widmete ich mich auf dem Sofa Schluck für Schluck meiner schottischen Passion. In mir wurde es ruhiger, all die aufgescheuchten Geister zogen sich ins Dämmrige zurück. Dann ließ ich mir ein Bad einlaufen, meine Selbstbelohnung nach einem harten Tag. Ich stieg in den leise knisternden Schaum, sah zu, wie er verging und allmählich mein Unterwasserkörper zum Vorschein kam, grünlich und perspektivisch verzerrt. Die verkürzten Beine, der stark gewölbte Bauch: unsere Vergänglichkeit zeigt sich unter Wasser noch deutlicher als sonst. Und doch dieses trügerische Gefühl zu schweben, in nie endender Wärme geborgen zu sein. Dann fror ich doch ein wenig, stand tropfend auf und trocknete mich ab, lange, fast gewaltsam, bis die Haut brannte, es war ein Akt des Aufbegehrens. Gegen alles begehrte ich an diesem Abend auf, gegen das Altern, gegen das blinde Schicksal, das gibt und nimmt, ohne zu fragen, gegen sinnlose Grausamkeiten, ob sie Kinder treffen oder Mütter. Nein, von der Pistole würde niemand etwas erfahren. Irgendwann, so dachte ich, würde ich sie im Garten vergraben.

3

Es war Anfang Oktober, und ich kam, nach einem Abendtermin in der Praxis, spät nach Hause. Der Roller, eine Vespa, stand draußen am Zaun, hellgrün und dreckbespritzt. Raoul war da, er gehörte schon fast zur Familie. Noch untersagte ich Alice, die Nacht mit ihm zu verbringen. Auf dem Sofa allerdings hatte er schon zwei- oder dreimal geschlafen, das Kinderbett im Eckzimmer, das wir noch nicht weggeräumt hatten, war zu kurz für ihn. Ich fühlte mich bei solchen Gelegenheiten ein wenig als Vertriebene; aber ich ertrug es gern, denn Raoul war ein netter Kerl, und dass er nach der Matura Psychologie studieren wollte, ließ ihn mir schon fast als jungen Kollegen erscheinen.

Sie saßen zu dritt am Küchentisch, im Lichtkreis der Deckenlampe, auch Helene war dabei, und ich merkte gleich, dass etwas nicht stimmte. Ein Aufruhr lag in der Luft, oder ein Streit war eben abgeflaut. »Was ist?«, fragte ich, und alle drei begannen auf mich einzureden.

Allmählich begriff ich, was geschehen war: Alice hatte auf Raoul gewartet, der zu spät kam wie fast immer nach ihrer Ansicht, sie hatte im Dunkeln am Fenster gestanden und hinausgeschaut. Da glaubte sie, knapp außerhalb des Laternenscheins, eine menschliche Silhouette zu erkennen, so klein, dass es ein Kind sein musste. Minutenlang bewegte es sich nicht; auch Alice blieb reglos am Fenster stehen. Sie dachte gleich, es sei Yves. Sie öffnete das Fenster und rief seinen Namen, da verschwand das Schattenkind. Vielleicht duckte es sich bloß hinter den Zaun, oder es zog sich weiter ins Dunkle zurück. Ohne lange zu überlegen, warf Alice sich einen Schal über und ging hinaus, aber sie fand das Kind nicht. »Ich hätte alle Nachbargärten absuchen müssen, die Hauseingänge ringsum«, sagte sie. »Das wollte ich nicht allein.« Als Raoul endlich auf seinem Roller ankam, überzeugte sie ihn, beim Suchen mitzuhelfen. Er meinte, Alice habe sich wohl getäuscht und da draußen ein Wunschbild gesehen, er wusste ja, wie sehr sie Yves vermisste. Auch zu zweit fanden sie niemanden ums Haus herum; immerhin entdeckte Raoul draußen im nassen Laub Abdrücke wie von Kinderschuhen, und das beseitigte einen Teil seiner Zweifel.

Drinnen luden sie Helene zur Fertigpizza ein, die Raoul mitgebracht hatte. Dauernd lief Alice zwischen dem Esstisch und dem Südfenster hin und her, und tatsächlich stand auf einmal das Schattenkind wieder am Zaun. Raoul und Helene, die Alice ans Fenster rief, sahen es auch. Es war bestimmt kein Phantom, denn die Wolken hatten sich gelichtet, und es war eine Spur heller geworden.

Mein Herz schlug gefährlich schnell, als ich Alice dies alles, von den zwei andern in Halbsätzen sekundiert, erzählen hörte. Was bedeutete es, wenn es sich tatsächlich um Yves handelte? Dass er ausgerissen war? Dass er zu uns wollte, aber sich nicht hereintraute? Dass er unsere Nähe suchte, aber doch Distanz wahrte? Dass er dort draußen stand und zufrieden damit war, uns, drinnen im Licht, zu beobachten? Ich erinnerte mich, dass mich als Kind nachts beleuchtete Fenster magisch angezogen hatten. Manchmal war mir das Innere der Häuser vorgekommen wie ein Aquarium, in dem Menschenfische herumschwammen, oder wie ein Adventskalender mit geöffneten Türchen, die den Blick auf goldene Verheißungen freigaben. Nichts da vom lauten Streit, der auch meine Kindheit drangsalierte, nichts da vom Weinen der Mutter, das durch die Wand drang. Es war Winter, ich stand draußen im Dunkeln, auf dem Rückweg vom Quartierladen, wo ich Eier oder Milch gekauft hatte, und starrte sehnsüchtig in die scharf umrissene Glühbirnenhelligkeit. Und doch hätte ich nicht hineingewollt, ich wusste genau, dass ich nicht dazugehörte.

Die drei erzählten, wie sie versucht hatten, mit dem Schatten Kontakt aufzunehmen. Raoul war aus dem Küchenfenster geklettert und hatte sich auf Umwegen durch unsern Garten zum Zaun geschlichen, während meine Töchter am Fenster stehen geblieben waren, damit das Kind nichts davon merkte. Doch Yves – wenn er es wirklich war – verfügte über einen sechsten Sinn, wieder verschwand er rechtzeitig; möglicherweise vertrieb ihn auch ein Auto, das auf der Quartierstraße vorbeifuhr.

»Was wäre geschehen, wenn das Kind nicht geflüchtet wäre?«, fragte ich Raoul und erschrak über meine plötzliche Aggressivität. »Hättest du es festgehalten? Ins Haus gebracht?«

Raoul wischte sich verlegen Pizzakrumen vom Mundwinkel. »Ich weiß nicht, ich hätte ihn erst mal gefragt, ob er Yves sei, ich kenne ihn ja gar nicht.«

»Doch«, widersprach Alice, eine Spur zu heftig. »Ich habe dir Fotos gezeigt!«

Ich ertrug die Ungewissheit nicht länger, ich musste handeln. Und so rief ich Julia Brunner an. Als sie – zum Glück war es sie und nicht ihr Mann – endlich antwortete, erkundigte ich mich höflich, aber mit zittriger Stimme nach Yves. Meine Töchter, sagte ich, glaubten, ihn heute Abend in der Nähe unseres Hauses gesehen zu haben, wir seien besorgt und wollten wissen, ob alles in Ordnung sei.

Julia blieb erst die Sprache weg, ich hörte sie laut atmen und dann eine Weile nicht mehr, schließlich sagte sie mit bemüht fester Stimme: »Was wollen Sie? Yves ist da, bei uns.«

»War er denn weg? Haben Sie ihn gesucht?«

Nun schnaubte sie sogar, Zorn trieb ihren Tonfall in die Höhe: »Es geht ihm gut. Er untersteht nicht mehr Ihrer Aufsicht, das wissen Sie genau. Kümmern Sie sich um Ihre eigenen Angelegenheiten!« Schon die letzte Silbe war abgeschnitten, so abrupt hatte sie aufgelegt.

Die drei am Tisch waren Ohrenzeugen gewesen, sie hatten den Disput fragmentarisch mitbekommen, auch mein Schimpfwort am Ende, das schon ins Leere fiel. Raoul und Alice ereiferten sich über die Art und Weise, wie ich abgeputzt worden sei. Helene sagte, Julias Reaktion beweise klar genug, dass sie Yves vermisst und gesucht habe, sie frage sich aber, wie er überhaupt den Weg zu uns gefunden habe. Für einen Achtjährigen mit einem klaren Ziel biete das keine echten Schwierigkeiten, meinte Raoul. Er selbst sei in diesem Alter manchmal auf Entdeckungsreisen in Außenquartieren herumgestreut, ohne dass die Mutter es gemerkt habe.

»Ich glaube, er kommt wieder«, sagte Helene in tiefem, ja gläubigem Ernst; so hatte sie, als sie klein war, manchmal über verschwundene Dinge – über eine Puppe, einen Buntstift – gesprochen, die wieder irgendwo auftauchen würden, und meist hatte sie recht behalten.

»Nein«, beschied uns Alice, »die sperrt ihn jetzt doch ein. Oder denkt ihr, sie lässt ihn einfach weglaufen?«

Yves kam wieder. Aber zuvor überwand ich mich, Frau Schneider anzurufen. Es gab, zumindest von Behördenseite, nichts mehr zu entscheiden, wir konnten unsern Betreuungsstreit begraben und bemühten uns um Korrektheit. Sie und die Familie hätten in der Tat Schwierigkeiten mit Yves, sagte sie; jetzt, da er offenbar unsere Nähe suche, sehe sie keinen Grund, mir dies zu verschweigen. Er sei schon einige Male davongelaufen, bisher tagsüber, jetzt also auch nachts. Julia Brunner habe geglaubt, er sei zusammen mit einem Nachbarsjungen zum Fußballtraining gegangen, sie habe ihn um acht zurückerwartet, sei um halb neun unruhig geworden und habe dann erfahren, dass er gar nicht im Training gewesen sei. Die Polizei habe ihn gesucht, aber nicht vor unserem Gartenzaun, daran habe niemand gedacht. Eine Polizeipatrouille habe ihn dann, auf halbem Weg nach Hause, aufgegriffen. Er habe jede Auskunft verweigert oder eher: Er sei nicht imstande, sein Verhalten zu erklären; auch sie als Therapeutin stehe vor einem Rätsel, sie komme offen gestanden nicht weiter mit ihm.

»Es könnte ja sein«, sagte ich, »dass ihm bei uns einfach wohler war.«

Sie schwieg lange, räusperte sich mehrmals, antwortete

dann: »Möglich. Aber auch wenn es so wäre, wüsste ich nicht, was für Konsequenzen wir daraus ziehen sollten. Für Frau Brunner ist es sehr schwierig, mit dieser Situation umzugehen. Sie hat so viel investiert, unglaublich viel, sie hat sogar ihr berufliches Pensum verringert, um mehr Zeit für Yves zu haben.«

»Und dann läuft der Junge einfach davon«, sagte ich, ohne dass es mir gelang, meinen Sarkasmus ganz zu unterdrücken.

»Es wird nicht wieder passieren, Frau Kollegin.« Die plötzliche Schärfe in ihren Worten war unüberhörbar. »Wir müssen Maßnahmen treffen, um weitere Fluchten zu verhindern. Ein Kind nachts allein auf der Straße, das ist gefährlich, das können wir nicht zulassen.«

Ich dachte an Alices Voraussage. »Mit anderen Worten: Er wird eingesperrt.«

»Nachts wird man das leider tun müssen, jedenfalls für eine bestimmte Frist.«

»Vergitterte Fenster?«

»Nein, es gibt sinnvolle Verriegelungen mit Kindersicherung.«

»Und Begleitschutz auf dem Schulweg?«

Ihr Seufzer klang aufrichtig. »Seien Sie nicht zynisch, Frau Hess. Tagsüber haben wir weniger Bedenken als nachts, das ist doch klar.«

»Wohin ist er denn tagsüber jeweils gegangen? Hatte er ein Ziel?«

»Ich glaube nicht. Einmal fand ihn Frau Brunner auf einem Spielplatz in der Nähe des alten Wohnorts. Dort war er oft mit seinen Geschwistern gewesen. Ein anderes

Mal saß er zwischen zwei Autos auf dem Parkplatz eines Friedhofs, aber es war nicht der mit den Gräbern der Angehörigen.«

»Und das Haus, in dem er aufgewachsen ist? Ist er nicht dorthin zurückgegangen?«

»Nach unserem Wissensstand nein, dort suchte ihn Frau Brunner jeweils zuerst.«

»Spricht er noch mit den Toten?« Die Frage war heraus, bevor ich sie zensieren konnte.

»Wie bitte?« Es gab ein merkwürdiges Geräusch, eine Art Poltern, vielleicht war Frau Schneider der Hörer entglitten.

»Als Yves bei uns wohnte... da haben wir gehört, zufälligerweise, meine ich, das heißt, weil wir ihn im ganzen Haus suchten, wie er sich mit seiner toten Familie unterhielt. Es waren ganz alltägliche Gespräche, Alltagssimulationen sozusagen, er schien ihre Stimmen nachzuahmen, und wenn ich ihn da herausholte, erstarrte er und war stundenlang nicht mehr ansprechbar.«

»Das ist...« Sie suchte nach Worten, um ihre Konsternation zu verbergen. »Das ist sehr ungewöhnlich. Ich habe nichts dergleichen bemerkt. Wobei es natürlich sein kann...« Sie stockte.

Nun schwiegen wir beide. Ich hätte sagen können, wenn Yves unbedingt zu uns zurückmöchte, sei er willkommen, auch ich würde mein Arbeitspensum reduzieren. Aber ich sagte es nicht und schwieg mit einem Gefühl, als reibe Glaspapier über das Innere meines Schädels. Frau Schneider fasste sich als Erste wieder. Sie werde, sagte sie, meine Beobachtungen in ihre Therapiearbeit einbeziehen.

Falls Yves wider Erwarten ein weiteres Mal bei uns auftauche, solle ich sie doch bitte avisieren, wir müssten dann miteinander ein sinnvolles Vorgehen besprechen. Das war ein Angebot, das ich nicht erwartet hatte. Ich schlug es nicht aus, ich nahm es nicht an. So blieb zwischen uns alles in der Schwebe; Feindinnen, wie ich geglaubt hatte, waren wir nicht.

Nachts hielt meine innere Unruhe mich wach. Wenn Raoul nicht da war, stand mir das Sofa zur Verfügung. Ich las, bei laufendem Fernseher, in einer alten Illustrierten oder durchblätterte einen neu erworbenen Kunstband, *Englische Malerei des 17. Jahrhunderts,* auch ein Buch über Grünewald hatte ich mir gekauft. Ich fragte mich, ob meine Vorlieben für Klatsch und Kunst einander eigentlich nicht beißen müssten, und schlief darüber ein. Doch bisweilen schreckte ich hoch, als habe jemand meinen Namen genannt. Etwas trieb mich ans Südfenster, ich schaute hinaus zur Stelle am Zaun, wo Yves gestanden hatte. Fast den ganzen Oktober hindurch sah ich dort bloß Zaunpfosten, davor den Schattenriss von Johannisbeersträuchern und dahinter die dunkle Stützmauer des Nachbarhauses. Auch wenn ich endlich im Bett lag, war mein Schlaf leicht und zugleich beschwert von Furcht und Erwartung. Jedes Geräusch weckte mich auf, dauernd glaubte ich Stimmen zu hören. Von meinem Schlafzimmer aus sieht man nicht auf die Straße, darum tappte ich in unregelmäßigen Abständen erneut hinunter zu meinem Kontrollposten am Fenster, verbarg mich hinter dem halb gezogenen Vorhang und starrte hinaus. Wie lange wohl? Das Zeitgefühl kam mir abhanden, das Haus, die Umgebung wurden zu einem einzigen Raum voller Rätsel, erst meine eiskalten Füße signalisierten mir, dass ich zurück ins Bett sollte, wenn mich nicht die schlaftrunkene Alice schon vorher von oben dazu aufgefordert hatte: »Mum, du spinnst, er ist nicht da. Schlaf jetzt, du wirst sonst krank.« Alice hatte recht, mein Verhalten war irrational und zwanghaft, denn man hatte ja sicher dafür gesorgt, dass Yves nicht mehr weglaufen konnte. So gehorchte ich meiner Tochter und kehrte beschämt in mein erkaltetes Bett zurück. Dabei war ich ziemlich sicher, dass auch Alice nach Yves Ausschau hielt. Nur hatte sie es leichter als ich, weil sie von ihrem Zimmer aus den Gartenzaun sehen konnte. Oder hielt Unglück in der Liebe sie wach? Von Helene wusste ich, dass sie und Raoul sich offenbar heftig gestritten und eine Pause beschlossen hatten. Alice hütete sich, mit mir darüber zu sprechen, und wehrte – daran war ich schon gewöhnt – jede Annäherung ab. Es werde sich wieder einrenken, hatte Helene mit zweiflerischem Blick gesagt. Auch sie verbarg sich vor mir, wenn auch auf andere Weise.

In einer kalten, mondhellen Herbstnacht, gegen halb zwei, stand Yves erneut am Zaun. Ich hatte mir befohlen, im Bett zu bleiben, und war doch hinuntergegangen, so vorsichtig und leise, dass ich hoffte, Alice werde nichts hören. Es gab keinen Zweifel, dass er es war. Der Dreiviertelmond beschien sein Gesichtsoval, ich erkannte die Züge, mir schien, er sei gealtert.

Lange zögerte ich nicht. Wie in Trance, ohne Licht zu machen, bewegte ich mich durchs Haus, vermied jedes unnötige Geräusch. Ich schlüpfte in den alten Wintermantel und in die gefütterten Pantoffeln, die bei der Tür lagen. Dann ging ich hinaus und über die Steinplatten zum Zauntor, ich bog nach rechts ab und näherte mich Schritt um Schritt der kleinen Gestalt, die außerhalb des Laternenscheins auf mich zu warten schien. Oder war Yves bloß unfähig wegzurennen?

Nasses Laub bedeckte den Asphalt, der Wind blies mir ins Gesicht. »Yves«, sagte ich, als ich noch einige Schritte von ihm entfernt war.

Er bewegte sich nicht, ich sah im Mondlicht, dass er nur Jeans und einen Pullover trug, keine Mütze, keine Jacke. Wie lange stand er schon da? Ich ging näher, mit größter Vorsicht. »Yves, du frierst doch.«

Er schaute mich ausdruckslos an, die geweiteten Pupillen ließen seine Augen schwarz erscheinen.

»Was machst du hier, Yves?«

Ich hatte ihn nochmals beim Namen genannt, um ihn aus seiner Versunkenheit herauszuholen. Sein Blick wurde lebendiger, er blinzelte, er bewegte seine Lippen. Ich wiederholte meine Frage, und dann verstand ich, was er flüsterte: »Nichts.«

Er wehrte sich nicht, als ich seine Hand ergriff. Sie war eiskalt, und ich nahm sie zwischen meine Hände, um sie aufzuwärmen. Als ob er jetzt seinen Zustand wahrnehmen würde, begann er am ganzen Körper zu zittern.

»Komm mit«, sagte ich, und vor Aufregung und Kummer verschlug es mir beinahe die Sprache. »Du kannst doch nicht hierbleiben.«

Ich zog ihn sachte mit, er folgte mir mit ungelenken

Schritten. Einmal – da waren wir schon fast bei der Haustür – glaubte ich, einen Widerstand zu spüren, der aber gleich wieder nachließ. Einen Augenblick lang überlegte ich, ihn hochzuheben und ins Haus zu tragen, doch ich dachte, es würde meine Kräfte übersteigen. Er stolperte auf den Eingangsstufen, damit brachte er auch mich aus dem Tritt, wir fielen gegeneinander, er hielt sich flüchtig an mir fest, und nun schien mir, er wiege fast nichts.

Drinnen, im geheizten Vorraum, zog ich ihm die feuchten Schuhe aus und brachte ihn dazu, in Alices Filzpantoffeln zu schlüpfen, die viel zu groß für ihn waren. Er ließ es zu, dass ich ihn ins Wohnzimmer und zum Sofa führte. Er blieb so sitzen, wie ich ihn mit sanftem Druck hingesetzt hatte, ohne sich anzulehnen, den Blick gesenkt. Sein Zittern verstärkte sich. Ich holte aus dem Eckzimmer die Daunendecke, die immer noch ein bisschen nach ihm roch, legte sie ihm über Schultern und Beine. Endlich entspannte er sich und ließ sich nach hinten sinken.

»Ich mach dir einen Pfefferminztee«, sagte ich.

Als ich ihm die dampfende Tasse brachte, hatte er seine Position nur leicht verändert, sein Kopf lag schräg an der Sofalehne, die Augen waren geschlossen, und das bleiche Jungengesicht wirkte im Licht der Halogenlampe so friedlich, dass ich meine Rührung herunterschlucken musste. Ich hielt ihm wie einem Schwerkranken die Tasse an den Mund, er nippte am Tee.

Unterdessen hatten die Geräusche von unten Alice aus dem Bett gescheucht. Plötzlich stand sie, im Pyjama und mit zerzauster Frisur, oben auf der Treppe. Wie in Zeitlupe kam sie zu uns herunter; von Stufe zu Stufe, das sah ich ihr an, verwandelte sich ihr anfänglicher, mit Erstaunen vermischter Schreck in Besorgnis. Ohne Umstände setzte sie sich neben Yves.

»Ich hätte nicht gedacht, dass er zurückkommt«, sagte sie halb zu sich, halb zu mir. »Was machen wir jetzt?«

Ich schwieg, und Alice bestand nicht auf einer Antwort, versuchte dafür, mit den Fingern ihr Kurzhaar glattzustreichen. Ich musste davon ausgehen, dass Yves' Flucht noch nicht bemerkt worden war, sonst wäre die Polizei längst bei uns erschienen; man wusste vom vorherigen Mal, wohin es ihn trieb. Es war meine Pflicht, Yves' Pflegeeltern zu benachrichtigen und in dieser prekären Situation auch seine Therapeutin beizuziehen. Aber noch eine ganze Weile tat ich gar nichts, außer Yves den Tee einzuflößen und den Zeitpunkt zu vernünftigem Handeln hinauszuzögern.

Alice ihrerseits hatte einen Arm um Yves gelegt und massierte seine Schulter, von der die Decke weggeglitten war. Er ließ es sich, beinahe apathisch, gefallen. So bildeten wir eine Trinität, die, hätte ich uns von außen beobachtet, wohl ein wenig einem altmeisterlichen Familienbild glich.

Dennoch klang Alices Frage – »Was machen wir jetzt?« – in mir nach und wurde schließlich so lästig, dass ich das Einzige sagte, was mir einfiel: »Wir müssen ihn zurückbringen«, und, an Yves gewandt: »Wir bringen dich zurück zu Julia, Yves, es geht nicht anders.«

Er öffnete kurz die Augen, er zwinkerte und tat so, als habe er mich nicht gehört.

»Willst du nicht bei uns bleiben?«, fragte ihn Alice in dringlichem Ton. »Wenigstens diese Nacht«, fügte sie hinzu und suchte meinen Blick.

Yves schmiegte sich enger in die Decke und sagte seinen ersten zusammenhängenden Satz: »Sie wissen gar nicht, dass ich weg bin.«

Seine Stimme war mir vertraut, und doch fehlte etwas in ihr, so als wären aus einem Bild die Farben verschwunden, und das erschreckte mich mehr als alles andere.

Wir fragten ihn, wie er es angestellt habe wegzulaufen, wie lange er unterwegs gewesen sei. Yves gab keine Antwort; aber als ich vorsichtig nach den Gründen zu forschen begann, die ihn an unseren Gartenzaun geführt hatten, kam ein zweiter Satz: »Ich hab doch nur schauen wollen.«

»Was?«, fragte Alice. »Uns?«

»Das Licht.«

»Es brannte ja gar kein Licht mehr bei uns.«

Yves zuckte mit den Achseln und schwieg. Ich verstand ihn wohl besser als Alice. »Wir müssen ihn abholen lassen, gleich jetzt«, sagte ich zu ihr. »Oder ihn selber zurückbringen. Dass er bei uns schläft, liegt nicht drin. Man würde uns vorwerfen, wir hätten uns nicht an die Regeln gehalten.«

»Dann bring ihn eben zurück«, sagte Alice trotzig. »Aber ich komme mit.«

Ich bestellte ein Taxi, es war mit Sicherheit das Vernünftigste.

Yves zeigte keine Reaktion auf meinen Entschluss. Während der Wartezeit zog Alice sich an, und ich blieb bei Yves sitzen, dann tauschten wir die Rollen. Ich machte mich vor dem Spiegel präsentabel, versuchte Tränensäcke und Falten zu übersehen. Als ich wieder hinunterging, stand Yves auf der Schwelle zum Eckzimmer, Alice dicht hinter ihm.

»Er wollte unbedingt sein altes Zimmer sehen«, erklärte sie. »Das darf er doch, oder?« Ohne meine Antwort abzuwarten, fragte sie Yves: »Was macht denn der Luchs?«

Er zuckte zusammen, als habe Alice ihn gekniffen. »Ich weiß nicht, wo er ist.«

»Hast du ihn verloren?«

Yves gab keine Antwort und ging, die Decke festhaltend, zum Sofa zurück, als wäre dies sein Stammplatz.

Das Taxi kam mit großer Verspätung. Alice hatte Zeit genug, Yves – wie in alten Zeiten, dachte ich – aus seinem Lieblingsbuch vorzulesen. Es war die Geschichte eines Mädchens im hohen Norden, das mit Leuten aus dem Dorf aufbricht, um einen Bären zu jagen, ihm dann im Wald ganz allein begegnet und begreift, dass er ihr nichts tut. Ich ging unterdessen im Mantel hin und her, vom Fernseher zur Küchentür und zurück, und schaute immer wieder zu Yves, der nun zu schlafen schien, was Alice nicht beirrte. Meine Gedanken kreisten darum, dass ich Julia hätte vorwarnen müssen; doch zugleich spürte ich, dass ich mir den kleinen Triumph, sie mit Yves zu überraschen, nicht verkneifen mochte.

4

Es war schon halb vier, als Alice und ich den schlafenden Yves gemeinsam zum Taxi trugen. Wir betteten ihn auf den Hintersitz. Der Fahrer war zufälligerweise der Iraner, der mich damals, am Unfalltag, ins Zentralspital gebracht hatte, und er fragte, ob wir mit dem Jungen dorthin fahren würden. Er kannte das Wort Blinddarm und wiederholte es mehrmals in fragendem, ja vorwurfsvollem Ton. Mir fiel ein, dass ich gar nicht wusste, wo Julia wohnte, und weil ich Yves nicht wecken wollte, eilte ich zurück ins Haus und schlug die Adresse im Telefonbuch nach.

Es war, bei leichtem Regen, wiederum eine unwirkliche, gespenstische Fahrt. Alice und ich schwiegen, der Fahrer brummte Unverständliches vor sich hin, das vom Quietschen der Scheibenwischer übertönt wurde. Die Stadt, die wir durchquerten, war menschenleer um diese Zeit. Dunkle Häuserfronten links und rechts erhoben sich wie Schluchtwände, und der Scheinwerferkegel des Taxis tastete sich schwankend voran ins Unbekannte.

Das moderne Doppelhaus mit Flachdach und überdimensionierter Garage, in dem die Brunners wohnten, lag an der Peripherie der Stadt, umgeben von lauter gleichartigen Doppelhäusern, *little boxes* in einer ehemaligen Landwirtschaftszone. Ich sagte Alice, sie solle beim schlafenden Yves im Taxi warten, und forderte den Fahrer auf, den Motor abzustellen. Dann ging ich über den buschgesäumten Weg zum Haus. Nichts ist schwärzer als Asphalt in dunkler Nacht. Ein Bewegungsmelder ließ die ganze Umgebung grellweiß aufflammen. Ich war für Sekunden geblendet, doch das Licht half mir, die richtige Hausnummer und das Türschild zu finden. Im Hausinnern begann ein Hund zu bellen. Ich klingelte, hörte gedämpft einen gongartigen Dreiklang. Wieder und wieder drückte ich auf den Klingelknopf.

An einem Fenster ging ein Rollladen hoch, es wurde geöffnet, gleichzeitig erlosch das Flutlicht, so dass ich nichts mehr sah, nur eine zornige Männerstimme hörte: »Was soll das?«

»Wir bringen Ihnen Yves zurück«, sagte ich in die Richtung des offenen Fensters.

»Das kann nicht sein«, sagte der Mann, deutlich irritiert.

»Yves schläft da draußen im Taxi«, erwiderte ich.

Der Mann, erschrocken jetzt: »Warten Sie.«

Ich hörte eine zweite Stimme, eindeutig die von Julia, sie beschwichtigte den Hund, dann entstand zwischen Mann und Frau ein erregter, aber unverständlicher Kurzdialog, das Fenster fiel zu, im Haus wurde es hell. Nach einer Weile kam Julias Mann zur Tür und schaltete die Außenbeleuchtung wieder ein. Er trug einen weißen Bademantel und behielt die Klinke in der Hand.

»Wer sind Sie?«, fragte er.

»Es ist wahr!«, rief von innen durchdringend Julia. »Er ist nicht da!« Schon war sie bei der Haustür und drängte sich an ihrem Mann vorbei, während der Hund, irgendwo eingesperrt nun, wie verrückt bellte. Julia trug den gleichen Bademantel wie ihr Mann, und das gab der Szene den absurden Anschein, als versuche ich mir Zugang zu einem Wellnesshotel zu verschaffen. Sie blieb so dicht vor mir stehen, dass wir uns beinahe berührten; beide spürten wir den Regen nicht, der auf uns niederrann.

»Sie haben ihn mitgebracht? War er bei Ihnen?«, stieß sie hervor, nahe am Losheulen oder Losschreien.

Ich nickte und wich einen Schritt zurück. »Er stand am Gartenzaun, einfach so. Zum Glück hab ich ihn gesehen.«

Sie schüttelte den Kopf, Tropfen liefen über ihr Gesicht. »Ich kann mir nicht erklären, wie er wegkam. Wir haben gar nichts gemerkt.«

»Wer ist sie?«, fragte der Mann unter der Tür.

»Die Gutachterin, bei der er zwei Wochen gewohnt hat«, antwortete Julia und wollte, an mir vorbei, zum Taxi laufen.

Aber ich versperrte ihr den Weg: »Frau Brunner, bitte, seien Sie vorsichtig. Er schläft. Sie dürfen ihn nicht erschrecken.«

Sie reagierte mit Empörung: »Denken Sie, das ist mir nicht klar?«

Wir waren nahe daran, miteinander zu ringen; ein starker Geruch nach irgendeiner Tropenfrucht-Lotion ging von ihr aus.

Julias Mann hatte unterdessen einen großen Schirm aufgespannt und war seiner Frau gefolgt, um sie vor dem Regen zu schützen. »Es ist mir einfach rätselhaft, weshalb…«, setzte er an und wusste nicht mehr weiter.

Gemeinsam gingen wir zum Wagen. Unter der trüben Vorderleuchte löste der Fahrer ein Kreuzworträtsel. Alice, eben noch im Licht, schaute durchs Fenster zu uns heraus und legte einen Finger auf den Mund; es sah aus wie ein von Tropfenschnüren überrieseltes Porträt von Georges de la Tour. Mit großer Vorsicht hoben wir Yves, bei weit geöffneten Türen, die das Auto zum geflügelten Rieseninsekt machten, von der Hinterbank hoch und schoben ihn hinaus, es war ein Sich-Bücken, ein Hinein- und Herauswinden von Körpern, und plötzlich merkte ich, dass dieses Wir, beschirmt vom Mann, aus Julia und mir bestand. So trugen wir Yves ins Haus, während Alice zur Sicherheit ihre Hände unter den von der Decke verhüllten Jungenkörper hielt. Die Last wurde deswegen nicht leichter. Ich schnaufte laut, als wir drin waren, und spürte die Nässe an meinem Nacken.

Julias Mann – sie nannte ihn Klaus – hatte den Schirm zusammengeklappt und ging uns voran durch die Eingangshalle und einen Korridor, der wegen mehrerer Spiegel labyrinthisch wirkte, zu Yves' Zimmer. Es war mit Fußballpostern tapeziert; die Sicherheitsschlösser an den schweren Fensterrahmen konnte man nicht übersehen. Wir legten Yves aufs Bett und schälten ihn aus der feuchten Decke. Da lag er nun, auf der Seite, mit leicht angezogenen Knien, vielleicht war er schon längst wach und stellte sich schlafend.

»Er braucht dringend trockene Kleider«, sagte Julia.

Was nun geschah, war seltsam. Als hätten wir es geübt, zogen wir Yves aus, wir frottierten ihn trocken, wir zogen ihm das Pyjama mit den Schmetterlingen an, das mir vertraut war wie ein eigenes Kleidungsstück, nur dass es jetzt anders roch. Unsere Handgriffe passten sich einander an, einer folgte auf den andern wie in einer komplizierten Choreographie. Julias und meine kalten Hände berührten sich kurz, die von Alice kamen dazu. Yves' Glieder waren schlaff und fügsam, Pullover, Jeans, Socken, Unterwäsche fielen auf den Linoleumboden. Für Augenblicke lag der Jungenkörper nackt vor uns. Die Rippen zeichneten sich unter der Haut ab, die im Licht der Ständerlampe fast bläulich schimmerte, sein kleiner Penis schmiegte sich an den Oberschenkel. Es mochte sein, dass uns dieser Anblick beschämte, rasch war Yves trockengerubbelt, noch rascher verschwand die Nacktheit unter dem Baumwollstoff. Und dann breiteten sechs Hände die Bettdecke über ihn, eine mit läppischem Micky-Maus-Muster; unsere, die mitgebrachte, lag am Boden, ein verknäuelter Haufen, unansehnlich wie eine unbehaarte Tierhaut.

Yves lag nun auf dem Rücken, zwischendurch hatte er geseufzt, sogar geblinzelt, einmal ein scharfes »Was?« hervorgestoßen. Es war ein besonderer Moment, als er seine Augen öffnete und uns ansah. Wir standen vor dem Bett, seine Pupillen verengten sich, die dunklen Wimpern zitterten leicht. Ein verlegenes Lächeln erschien auf seinem Gesicht, das gleich wieder verschwand und einem ernsten, ja finsteren Ausdruck wich.

Julia beugte sich über ihn und stützte sich mit beiden Händen auf die Matratze. »Das hättest du nicht tun sollen, Yves«, sagte sie mit schmaler Stimme, ihre Schultern zuckten, ich hätte ihr jedes weitere Wort verbieten wollen. Yves fielen die Augen zu, als wären die Lider von kleinen unsichtbaren Gewichten beschwert, er öffnete den Mund, sagte aber nichts und drehte sich von uns ab und zur Wand hin.

»Wir sollten ihn jetzt besser in Ruhe lassen«, sagte ich halblaut. »Er will sicher weiterschlafen.«

Alice hatte schon das Licht ausgeknipst, wir tappten durchs Halbdunkel in den Korridor, irgendwo bellte wieder der Hund. Im Living Room – so hieß das wohl bei ihnen, an den Wänden hing Pop-Art – stand Klaus vor dem Schwedenofen und starrte auf die Glut, die noch hinter der Glasscheibe glomm. Erst jetzt fiel mir auf, dass er verschwunden gewesen war, seit wir das Haus betreten hatten.

Als er unsere Schritte hörte, sagte er, mit dem Rücken zu uns: »Ich hab's herausgefunden, er ist aus dem Kellerfenster geklettert.«

»Das geht doch gar nicht«, erwiderte Julia anklagend, als seien wir alle schuld daran.

Klaus stieß mit der Fußspitze an ein Scheit im Holzfach. »Doch, er ist offenbar dünn genug, er hat das Absperrgitter hochgestemmt und sich irgendwie durchgequetscht.« Er drehte sich zu uns um, sein Gesicht schien ausdruckslos, doch Kiefer und Mund bewegten sich, als kaue er an einer Brotrinde.

»Er isst einfach zu wenig«, sagte Julia. »Darum ist er so mager.«

Klaus nickte und sog mit scharfem Geräusch Luft in die Nase. »Ich habe Lucienne beruhigen müssen. Sie ist aufgewacht und hat geweint. Der Hund ist jetzt bei ihr, das tut beiden gut.«

Ich erinnerte mich: das Mädchen mit den Afrozöpfchen.

Alice stand einen Schritt hinter mir. Ich hatte ihre Anwesenheit beinahe vergessen. »Wo sind denn die Meerschweinchen?«, fragte sie.

Klaus räusperte sich. »Die Meerschweinchen?«

An seiner Stelle antwortete Julia, die schräg vor mir stehen geblieben war: »Er wollte sie nicht mehr. Er weigerte sich, sie zu füttern, er sagte, es werde ihm eng, wenn er sie nachts rieche.«

»Das kann doch nicht sein! Er hat sie doch so gemocht!« Alice trat auf Julia zu, ihr nasses Haar klebte ihr am Kopf, sie war aufgebracht, sah aber unter dem Spotlight androgyn und verletzlich aus.

»Es ist wahr«, verteidigte sich Julia. »Wir haben die Tiere verschenkt, er war damit einverstanden. Wir haben es übrigens auch mit Frau Schneider besprochen.«

»Und der Luchs?«, fragte Alice weiter, laut nun. »Den Luchs mochte er auch. Er war ihm sehr wichtig.«

»Ach.« Julia schlug plötzlich die Hände vors Gesicht, ließ sie eine Zeitlang dort und sagte, dumpf wie aus einem Keller: »Den Luchs hat er versteckt, wir wissen nicht, wo. Er wollte nicht, dass Lucienne mit ihm spielt, sie hat sich den Luchs ein paarmal ausgeliehen.«

»Ausgeliehen! Sie hat ihn ihm weggenommen, wollen Sie sagen.« Das war wieder die bissige Alice, vor deren Eigensinn und Scharfblick ich mich fürchtete. Aber sie wurde übertönt von Klaus, der gleich mehrere Scheiter in den Schwedenofen warf und sie nun in einem Funkenregen mit dem Schürhaken herumschob.

Julia ließ die Hände sinken, sie sah mich mit nassen Augen an. »Entschuldigen Sie, es ist alles ein bisschen viel für mich.«

»Viertel nach vier«, sagte Klaus ins aufflackernde Feuer hinein. »Und wir palavern hier, als wäre es mitten am Tag.

Das ist doch verrückt.« Bei jeder seiner ruckartigen Bewegungen straffte sich der Frotteemantel über seinen Schultern.

Ich fasste Alice am Arm. »Komm, wir gehen.«

»Wollen Sie nicht noch etwas trinken?«, fragte Julia. »Einen heißen Grog vielleicht?«

Ich war verblüfft, diese Gastfreundlichkeit hatte ich ihr nicht zugetraut. »Lieber nicht, vielen Dank«, sagte ich und setzte mich in Bewegung. Ich wusste nicht mehr, wo der Ausgang war. Durch leichtes Ziehen wies mir Alice, deren Arm ich immer noch festhielt, die Richtung.

Julia folgte uns zur Haustür, Klaus gönnte uns nicht einmal einen Abschiedsgruß. »Entschuldigen Sie ihn bitte«, hörte ich sie hinter uns. »Die Geschichte trifft ihn noch härter als mich.«

»Sie müssen eine bessere Lösung für Yves finden«, sagte ich, als wir schon draußen waren. »Sonst wird alles bloß noch schlimmer.«

»Es wird nicht wieder passieren.« Sie winkte zögernd, bevor sie die Tür zuzog.

»Dann müssen sie ihn eben ans Bett ketten«, murmelte Alice neben mir.

Das Taxi stand in einer Pfütze, der Fahrer war eingeschlafen, sein Kopf lag halb auf dem Steuerrad. Wir klopften an die Scheibe, er fuhr hoch, schaute auf den blinkenden Taxameter und sagte mit breitem Grinsen: »Nicht billig, meine Damen.« Wir stiegen hinten ein, erst jetzt spürte ich meine Erschöpfung.

»Glaubst du, er möchte wieder zu uns?«, fragte Alice, nachdem wir schon eine Weile gefahren waren.

Ich war unsicher, ob das, was ich sagte, wirklich stimmte: »Er weiß es selbst nicht, er weiß nicht mehr, zu wem er gehört.«

Wir beiden aber, Alice und ich, gehörten in diesem Moment zusammen, wir lehnten uns aneinander, durch die Kleider hindurch wärmten wir uns gegenseitig, und ich hätte mir gewünscht, dass die Fahrt noch lange daure. Vielleicht wäre es jetzt sogar möglich gewesen, Alices Liebeskummer anzusprechen, aber Raoul war ein Schatten in diesen Minuten, Teil einer entfernten Wirklichkeit, wir dachten beide nicht an ihn.

Zu Hause wartete Helene auf uns. Sie war bei unserem Aufbruch wach geworden, hatte nachgeschaut und uns nicht gefunden. Sie überhäufte uns mit Vorwürfen: Keine Ahnung habe sie gehabt, wohin wir verschwunden seien, außer sich vor Sorge sei sie gewesen, fast zwei Stunden sei sie herumgetigert, und als Nächstes hätte sie die Polizei angerufen. Ich versuchte zu erzählen, was geschehen war, Alice mischte sich ein, doch Helene fiel uns dauernd ins Wort: Warum wir nicht wenigstens eine Nachricht hinterlassen, warum wir sie nicht später angerufen hätten, ob ich denn glauben würde, sie sei aus Stein? Die Haare hingen ihr ins Gesicht, auf ihrem Gesicht zeichneten sich rote Flecken ab; sie schob fahrig die Ärmel des Schlafrocks zurück, als wolle sie gleich auf mich losgehen. Schon lange nicht mehr hatte ich Helene so aufgebracht erlebt. Ich sah ein, dass ich sie in einer wichtigen Angelegenheit, wenn auch unabsichtlich, ausgeschlossen hatte, und entschuldigte mich dafür. Allmählich beruhigte sie sich. Als ich vorschlug, uns gemeinsam an den Küchentisch zu setzen und vernünftig miteinander zu reden, war sie einverstanden und sogar bereit – es ging nun gegen fünf Uhr –, für Alice und mich, während wir oben trockene Kleider anzogen, ein Frühstück zuzubereiten. »Mit Rührei, wenn ihr wollt«, versprach sie, schon halb versöhnt. Auch als kleines Mädchen hatte sie einen Streit nie lange ausgehalten.

So kam es, dass ich wenig später, trotz meiner Erschöpfung, mit den Töchtern frühstückte. Wieder zu dritt, dachte ich, der Dreiheit war ich in meinem Leben kaum jemals entronnen. Aber diese Dreiheit gefiel mir besser als jene des Einzelkindes mit meinen zerstrittenen und grämlichen Eltern, sie gefiel mir besser als die verschwiegene Polygamie meines ersten Mannes. Wir beratschlagten am Küchentisch, was wir für Yves machen könnten, wir fanden keine Antwort, weil ja alle gesetzlichen Wege verbarrikadiert waren, erreichten aber rasch Einigkeit darin, dass Yves bei den Brunners am falschen Platz sei. Uns so einig zu fühlen machte mich glücklich, ebenso wie zuvor die Nähe zu Alice. Hinter vielerlei Gerüchen hatte ich, als ihr Kopf an meiner Schulter lag, den ursprünglichsten Wohlgeruch zu erschnuppern geglaubt, jenen der Babykopfhaut, diesen Hauch von Limette, vermischt mit einer Spur Kampfer und grüner Baumnuss. Ja, so etwas wie Glück kann plötzlich wie sich kringelnder weißer Rauch aus der verfahrensten Situation aufsteigen. Aber es verwandelte sich rasch in bleischwere Schläfrigkeit. Ich hätte plötzlich, so erzählte mir Helene hinterher, den Kopf auf den Tisch gelegt und sei augenblicklich eingeschlafen. Die Töchter ließen mich, wo ich war. Als ich aufwachte, musste ich mir eingestehen, dass ich endgültig nicht mehr über das Durchhaltevermögen von Zwanzigjährigen verfügte. Adrian, bei dem ich später am Telefon mein Herz ausschüttete, tröstete mich. Dafür seien wir doch hoffentlich weiser geworden, sagte er, unsere Ausdauer zeige sich im Geduldigsein. Er meinte es halb ironisch, und ich zweifelte ohnehin an seiner These.

Im Bett konnte ich ein wenig weiterschlafen; aber irgendwann spürte ich, noch halb im Traum, dass mich eine harte Stelle in der Rückengegend störte. Erst glaubte ich, das bilde ich mir ein; doch der Widerstand blieb vorhanden, auch als ich mich auf die Seite gedreht hatte. Plötzlich wusste ich, dass es Ricos Pistole war, die Waffe unter der Matratze, die ich vorher gar nie gespürt hatte. Hat sie jemand entdeckt und verschoben?, fragte ich mich, und obwohl dies ein kindisches Vorhaben war, nahm ich mir ein weiteres Mal vor, sie zu vergraben. Als die Irritation nicht nachließ, rutschte ich vom Bett hinunter, tastete zwischen Matratze und Rost nach der Waffe und erschrak über die Kälte des Metalls. Ich überlegte und wickelte sie schließlich in einen alten Pullover ein, den ich zuunterst im Kleiderschrank versteckte. Die Pistole gehörte zur Nacht; am hellen Tag wollte ich nichts von ihr wissen.

Von Frau Schneider erfuhr ich nachträglich, dass Yves sich in dieser Nacht erkältet hatte. Über eine Woche sei er im Bett geblieben, habe, bei hohem Fieber, Seltsames geredet. Sie schließe nicht aus, dass er – sie zögerte – tatsächlich geglaubt habe, mit seiner verstorbenen Familie zu sprechen, und das wäre für sie nun definitiv ein Alarmsignal, denn das würde darauf hindeuten, dass Yves in Phantasiewelten abdrifte. Wenn sich dies verschlimmere, müsse man über einen Aufenthalt in der Kinderpsychiatrie nachdenken. Ich versuchte zu widersprechen, betonte die Symbolhaftigkeit solcher Totengespräche, ihre rituelle Funktion. Frau Schneider war skeptisch. Yves esse kaum noch, sagte sie, seine Verweigerung grenze an Hungerstreik. Ich wagte einzuwenden, bei uns sei Yves kein einziges Mal weggelaufen, das überhörte sie erst, setzte mir dann auseinander, was ich ohnehin wusste: Es sei die unbewusste Trauerenergie, die Yves umtreibe, die müsse sich äußern, und das gehe nicht, wenn ein Teil von Yves die Toten für lebendig halte. Sie bat darum, mich endgültig aus der Geschichte herauszuhalten. Wenn Yves erneut bei uns auftauche, sollten wir sie bitte gleich alarmieren, zu welcher Tages- oder Nachtzeit auch immer. Wobei sie es praktisch für unmöglich halte, dass der Bub – ich hasste es, wie mütterlich sie das Wort aussprach – nochmals entkommen wolle oder könne. Er sei, und davon habe sie sich nun gründlich überzeugt, bei den Brunners in guten Händen.

Mit Melanie tauschte ich mich kaum mehr über Yves aus. Sie hatte den Fall abgehakt und verlangte von mir dasselbe. So zog ich es vor, Yves' nächtliche Ausflüge zu verschweigen. Melanie hätte mir wie meine Kollegin vorgeworfen, mich in eine Geschichte eingemischt zu haben, die mich nichts mehr angehe; sie hätte mich daran erinnert, dass ich selbst doch immer predige, Abgrenzung sei das A und O in therapeutischen Berufen. Ich hätte Melanie sagen müssen, dass ich Angst vor allem Kommenden hatte, dass ich darum kämpfte, Yves zurückzugewinnen, und gar nicht wusste, ob ich es wirklich wollte. Wir blieben an der Oberfläche, wir tratschten über das Klinikpersonal, wir lachten, selbst wenn es mir ums Heulen war. Dass ich eine Freundin auf solche Weise hinterging, war eine weitere bittere Erfahrung in dieser Geschichte.

In den nächsten Nächten träumte ich von Yves. Es war immer das gleiche Bild, ein sehr ähnliches zumindest: Er saß, die Arme um die Knie geschlungen, auf einer Umzugskiste aus Karton, sie war, das wusste ich, halb gefüllt mit meinen liebsten Büchern, und ich dachte: Der Deckel knickt gleich ein, dann fällt Yves in die Kiste und zerdrückt mir die Bücher. Ich wollte ihm sagen, er solle herunterkommen, da oben – die Kiste war inzwischen in die Höhe gewachsen – sei es gefährlich für ihn. Stattdessen aber befahl ich ihm: Steh auf, du musst tanzen. Und Yves stand auf, breitete die Arme aus und flog – ja, er flog! – von einer Kellerwand zur andern und im Kreis herum, und auf der Umzugskiste stand rot und in meiner eigenen übergroßen Schrift: FRAGILE! Aber da war Yves schon zu Boden gestürzt. Er blutete aus dem Mund und konnte sich nicht mehr bewegen. Ich selbst brachte meine Füße um keinen Millimeter voran. Gelähmt zu sein war das Schlimmste an diesem Traum.

Nach einer Sitzung, bei der ich offenbar dauernd Kreise auf meine Unterlagen gekritzelt hatte, nahm mich Dr. Wieland auf die Seite und sagte mir, er mache sich Sorgen um mich, ich solle doch irgendwo im Süden ein paar Tage ausspannen. Das lehnte ich ab und hätte am liebsten an Wielands Schulter losgeheult; dass dieser Mann, dessen weicheren Seite ich nicht trauen mochte, ein derartiges Trostbedürfnis in mir weckte, schien mir absurd.

»Du brauchst einen Mann, aber nicht diesen«, sagte mir

Melanie, als ich ihr davon erzählte. »Ja, du brauchst dringend einen Mann und nicht einen kleinen Jungen, der dich zur Glucke macht.«

Ihre Saloppheit ärgerte mich. Ich fand es unerträglich, dass Melanie davon ausging, eine Frau sei ohne Mann unvollständig. Sie fragte schnippisch, ob ich denn keine sexuellen Bedürfnisse hätte, ich warf ihr vor, sie habe nymphomanische Züge. Wir versöhnten uns bei ihr zu Hause, bei einer Flasche Campari, und füllten die Gläser mit Orangensaft auf, um das Stadium der Trunkenheit hinauszuzögern. Ich war zum ersten Mal bei ihr. Kein Chaos, wie ich mir vorgestellt hatte, im Gegenteil: alles penibel aufgeräumt, das Bad mit bläulichen Kacheln, ein kleiner Operationssaal geradezu. Menschen geben einem immer wieder Rätsel auf. Wir küssten uns zum Abschied auf beide Wangen und die Nasenspitze, lachten dazu, ich sagte: »Du hast wallendes Haar.«

Von diesem Tag an sehnte ich mich abends ein wenig nach Adrians sehnigen Händen, nicht aber nach seinen Nörgeleien. Er war seit langem der einzige Mann in meinem Leben; er blieb es auch auf Telefondistanz. Am Totensonntag – weiß Gott, was mich ankam – ging ich zum ersten Mal zu Norberts Grab. Ich hätte Helene fragen können, ob sie mitkommen wolle, vielleicht hätte sie sich gefreut; über das Doppelleben ihres Vaters hatten wir nie richtig geredet. Es dauerte lange, bis ich Norberts Urnengrab fand, dessen ordnungsgemäße Bepflanzung ich Jahr für Jahr bezahlte. All diese Reihen mit den Nischen, in denen die Asche konserviert bleibt. Lieber sollte man sie verstreuen (meine bitte in einem Fluss, ich werde es testamentarisch anordnen). Einen Moment lang hatte ich die Vision, dass in den Nischen Säuglinge lägen, nicht tot, nicht lebendig. Viele Kerzen brannten schon ringsum, stark flackernd, es wehte eine schwache Bise. Auch ich zündete eine Kerze an, legte einen kleinen Strauß Chrysanthemen in das Blumenkistchen, in das schon Erika eingepflanzt waren, die weder Norbert noch ich je gemocht hatten. War es so weit, dass ich ihm verzeihen konnte? Die Dämmerung setzte ein, doch der westliche Himmel war klar und stählern. Auf dem Friedhof herrschte ein Hin und Her dunkel gekleideter Gestalten. Wenn nicht zwischendurch ein schwaches Gemurmel zu mir gedrungen wäre, hätte ich mich in einen Stummfilm versetzt gefühlt. Beten kam nicht in Frage.

Später ging ich nach Hause, zu meinen Töchtern. Um Alice brauchte ich mir wieder weniger Sorgen zu machen, Raoul war zu ihr zurückgekehrt. Was die zwei auseinandergebracht hatte, verstand ich so wenig wie die Gründe für ihre Versöhnung. Nun saßen sie abends manchmal wieder auf meinem Sofa und schauten sich, Händchen haltend, im Fernsehen ihre Lieblingsserien an. So wird das Muttertier von den Jungen aus seinem Revier vertrieben. Ich knurrte nicht einmal und ließ sie gewähren. Die kleine Vertrautheit zwischen Alice und mir hatte sich verflüchtigt, die Verliebten waren in ihren Kokon eingesponnen, und ihre nicht unfreundlichen, aber desinteressierten Blicke bedeuteten mir, dass ich weit außerhalb ihres Gefühlsbereichs existierte. Immerhin trugen diese Alltagsereignisse dazu bei, Yves – und was mit ihm zusammenhing – ein wenig in den Hintergrund zu drängen.

5

Den 30. November, einen Dienstag, werde ich nie vergessen, ebenso wenig wie den Tag der totalen Sonnenfinsternis. Manchmal brennen sich Daten ein wie Feuerzeichen. Es ging gegen zehn Uhr nachts, ich hatte mein Sofa zurückbekommen, das heißt: Es war mir gnädig überlassen worden, denn Alice war mit Raoul ausgegangen. Ich räkelte mich auf dem vernarbten Leder, im Radiator summte das zirkulierende Heißwasser, ich hatte mich zur Abwechslung in eine Gothic Novel aus dem neunzehnten Jahrhundert vertieft, Schlösser und Spinnweben, eine Eingesperrte im Turmzimmer, gerade das Richtige für mich. Dann schaute ich mir die Tagesschau im Fernsehen an. Verwackelte Bilder der Krawalle bei der Welthandelskonferenz in Seattle. Ich fragte mich, ob ich auch eine Globalisierungsgegnerin sei. Hinter der geglätteten Stimme der Sprecherin glaubte ich ein Auto zu hören, das Motorengeräusch verklang. Da schreckte die Türglocke mich auf, sie schrillte durchs Haus, als sei draußen ein Krieg ausgebrochen.

Julia Brunner hatte ich am wenigsten erwartet. Aber sie stand vor mir, fahl im Licht der Außenbeleuchtung, erschreckend verhärmt, mit strähnigem Haar; der Wintermantel ließ sie unförmig erscheinen. »Ich muss mit Ihnen sprechen, bitte«, sagte sie, und jedes Wort war ein zäher Brocken, den sie aus sich hinauszwang. Ein paar Schritte hinter ihr, schon halb im Dunkeln, stand eine zweite Person, eine hochgewachsene Frau mit norwegischer Wollmütze, ich sah sie erst richtig, als sie näher trat.

»Schneider«, stellte sie sich vor, und jetzt erkannte ich sie halbwegs wieder, es schien mir dennoch eine ganz andere Frau als die zu sein, die ich auf einem Kongress kennengelernt hatte.

»Ich glaube, es ist wirklich dringend«, sagte sie.

»Was denn?«, fragte ich und wusste plötzlich genau, worum es ging.

»Dürfen wir hinein?«, fragte Julia. »Es ist kalt hier draußen.«

Sie schwankte ein wenig. Ich hatte den Impuls, sie aufzufangen, aber weil ich ihr dabei Platz machte, kam sie herein in den Vorraum und stützte sich einen Augenblick an der Mauer ab. Frau Schneider folgte ihr, sie zogen schweigend die Mäntel aus und hängten sie an die Garderobenhaken.

Am Küchentisch saßen wir uns gegenüber. Wie viele Gespräche haben hier schon stattgefunden, was für ein Wortgestöber ist im Lauf der Zeit auf die fleckige Ahornplatte niedergegangen! Sie wussten sich mit Yves nicht mehr zu helfen. Er habe in den letzten beiden Wochen kaum noch gesprochen, er habe sich geweigert, in die Schule zu gehen, er habe zwar ein wenig gegessen – »wie ein Vögelchen«, sagte Julia –, sich danach aber meist übergeben.

»Es war praktisch unmöglich, ihn auch nur oberflächlich zu erreichen«, ergänzte Frau Schneider. »Ich habe es immer wieder versucht, er tat so, als wäre ich gar nicht vorhanden.«

Julia fuhr sich mit zwei Fingern fahrig über den Mund und verschmierte damit ihren Lippenstift. Man habe dafür gesorgt, dass Yves nicht mehr ausreißen konnte, sagte sie. Aber er habe versucht, sich in seinem Zimmer zu verrammeln, er habe Bett und Stühle vor die Tür gerückt, er habe drinnen Selbstgespräche geführt. Man habe sich den Zugang mit Gewalt erzwingen müssen, danach die Möbel am Boden fixiert. Da sei er unters Bett gekrochen und durch nichts zu bewegen gewesen, wieder hervorzukommen.

»Sechs Mal bin ich allein in den letzten zwei Tagen zu Yves gerufen worden«, sagte Frau Schneider. »Ich habe zwei ärztliche Kollegen mit aufgeboten, sie haben Medikamente verordnet, die er gleich wieder erbrach.«

Gestern, fuhr Julia fort, sei er ohnmächtig geworden, einfach weggeglitten aus ihren Armen, als sie versucht habe, ihm ein wenig Wärme zu geben. Lucienne weine die ganze Zeit, weil sie nichts mehr begreife, es sei schrecklich.

»Und heute Abend«, sagte Frau Schneider bedrückt, »ist er in einem Zustand gewesen, der die sofortige Hospitalisierung erforderte.« Er liege jetzt in einem Einzelzimmer der kinderpsychiatrischen Abteilung und, ja, er werde im Moment künstlich ernährt, sei aber immerhin ansprechbar, seinem Ausdruck könne man entnehmen, dass er verstehe, was man zu ihm sage.

Jeder Satz, der von den beiden Frauen kam, hatte mich innerlich mehr erstarren lassen. Eine Bewegung, dachte ich, und dann bricht alles in mir entzwei.

Mit größtem Kraftaufwand erhielt ich den Anschein von Normalität aufrecht und fragte: »Und weshalb kommen Sie jetzt zu mir, um diese Zeit?«

Julias Wangen und Mundwinkel begannen zu zittern: »Ich glaube, dass er zu Ihnen doch am meisten Vertrauen hat. Als er noch mit mir sprach, hat er Ihren Namen einige Male genannt.«

Frau Schneider, der die weiße Bluse mit Rundkragen etwas Nonnenhaftes gab, beugte sich ein wenig vor und legte bittend die Handflächen zusammen. »Ich glaube, es wäre wichtig, dass Sie ihn besuchen würden. Vielleicht gelingt es Ihnen, Yves wieder mit seinem Lebenswillen in Kontakt zu bringen.«

»Das klingt pathetisch, Frau Schneider«, sagte ich mit ausgetrocknetem Gaumen. Ich sehnte mich nach einem Glas Wasser.

In Julias Gesicht arbeitete es heftig. Sie kniff die Augen zusammen wie ein Kind, das glaubt, so alles Unangenehme von sich fernhalten zu können, dann entwichen ihr plötzlich rauhe Töne: »Sie können ihn haben, das wollte ich Ihnen sagen… Es geht nicht mehr so weiter… Dabei habe ich doch mein Bestes versucht, mein Allerbestes, wir alle haben es versucht… Aber es ist zu schwierig… Wenn jemand sich total ins Schneckenhaus zurückzieht, was soll man da tun?… Bitte, nehmen Sie ihn wieder zu sich. Ich habe ihn gefragt, ein paar Wochen ist es her, ob er lieber bei Ihnen wäre. Und er hat gemurmelt, es sei ihm egal, dann aber hat er genickt, verstehen Sie: genickt, das war die ehrliche Antwort…« Julias Brust hob und senkte sich im Ringen um die Wörter, Frau Schneider legte beruhigend eine Hand auf ihre Schulter, sie hatte gepflegte graue Haare, leicht gewellt, sie trug an zwei Fingern Brillantringe, so etwas fällt einem auf, selbst wenn das Innere in Aufruhr ist.

»Sie können ihn haben«, hatte Julia gesagt, und als ich begriff, was sie meinte, verspürte ich ein überwältigendes und zugleich beschämendes Triumphgefühl.

»Haben?«, sagte ich mit Mühe. »Es geht nicht ums Haben, Frau Brunner, es geht um die bestmögliche Lösung für Yves…« Die weiteren Worte fehlten mir.

Mit unerwarteter Wärme mischte sich Frau Schneider ein: »Sie sollten es sich überlegen. Wir werden die Vormundschaftsbehörde davon überzeugen, dass dieser Schritt der richtige ist. Auch die übrigen Verwandten wären einverstanden, wir haben sie schon gefragt.«

Ein Grimm stieg plötzlich in mir auf, der die kindliche Genugtuung überdeckte; ich hätte ihn gern gezügelt, aber es ging nicht. »Ach ja, therapeutische Betreuung ist bei mir ja inklusive. Das kostet die Krankenkasse und den Staat weniger, oder nicht?«

Frau Schneiders wohlwollender Ausdruck zerfiel; sie wirkte erschrocken und rutschte auf ihrem Stuhl zurück. »Sie sind jetzt überrumpelt. Aber schalten Sie bitte nicht auf Abwehr. Die Lage ist zu ernst für Sarkasmus, wenn Sie mir diese Bemerkung gestatten.«

Ich schwieg und versuchte, das Zittern meiner Hände unter Kontrolle zu bringen.

Frau Schneider nahm den Faden wieder auf: »Eine Ergänzung noch, erlauben Sie bitte. Yves braucht eine männliche Bezugsperson. Wenn Sie wünschen, dass Yves Ihnen zugesprochen wird, dann überlegen Sie sich doch, ob jemand aus Ihrem Kreis diese Rolle bewusst übernehmen kann.«

Es war das Echo auf Melanies Satz: Du brauchst einen Mann. Nachdem die Präsenz eines Mannes in der Abklärungsphase als schädlich betrachtet worden war, glaubte man offenbar jetzt plötzlich an ihre Nützlichkeit. Ich merkte, dass ich den Kopf schüttelte, auf indische Weise jedoch, bei der das Wiegen des Kopfs ein Ja bedeutet.

»Darf ich rauchen?«, fragte Julia, die mit leerem Ausdruck auf den Tisch gestarrt hatte. Ich nickte benommen, sie fingerte ein zerdrücktes Zigarettenpäckchen hervor, zündete sich, nachdem sie mit dem Feuerzeug mehrmals vergeblich geklickt hatte, eine Zigarette an und machte lange gierige Lungenzüge. Sie versuchte ein Lächeln: »Ich hatte eigentlich aufgehört. Aber…«

Ich roch den Rauch, der über dem Tisch eine sich träge auflösende Wolke bildete, und verspürte selbst eine ungestüme Lust, zum Laster zurückzukehren, das ich längst aufgegeben hatte.

»Gehen wir«, sagte ich und stand auf. Weder Julia noch Frau Schneider fragten, wohin; sie wussten, was ich meinte. Ich zog mich winterlich an. Beim Weggehen prallten wir an der Haustür beinahe mit Alice zusammen, die gerade heimkam. »Was ist los?«, fragte sie verdattert und außer Atem. Sie war, in ihrer verschlissenen Kapuzenjacke, offenbar zu Fuß unterwegs gewesen, sie hatte zerzaustes Haar und verweinte Augen; alle Anzeichen deuteten darauf hin, dass sie und Raoul sich erneut gestritten hatten. Die beiden Frauen grüßten sie, Alice sah die Zigarette in Julias Hand, schnupperte in die Diele hinein.

»Hey«, sagte sie scharf, zu mir gewandt, »ich dachte, bei uns wird nicht geraucht.«

»Es ist eine Ausnahmesituation«, erwiderte ich. »Yves geht es schlecht.«

Mir auch, hätte sie sagen können, und ich war in der Tat einen Moment lang versucht, Alice in die Arme zu nehmen und den Besuch im Krankenhaus auf später zu verschieben. Doch sie drängte sich an mir vorbei ins Haus. Ich hörte sie murmeln: »Dann rauche ich auch.« Ohne Jacke und Schuhe auszuziehen, rannte sie nach oben, und statt ihr zu folgen, ging ich zum Auto hinter dem Zaun, wo die Besucherinnen schon auf mich warteten.

Ich wollte allein sein mit Yves. Er lag, den Kopf aufgestützt, mit geöffneten Augen da. Seine Moorwasseraugen, glanzlos jetzt, ohne Bernsteinreflexe. Der magere Körper verborgen unter dem weißbezogenen Duvet, es lag wie eine Schneemasse auf ihm, und links und rechts vom Kopf bauschte sich das viel zu große Kissen. All dieses Weiß schien im heruntergedimmten Licht schwach zu leuchten. Der Infusionsschlauch endete unter dem Handgelenkpflaster. Sonst keine Geräte, zum Glück; lebensbedrohlich war Yves' Zustand nicht. Als ich ihn ansprach, bewegten sich seine Lippen erst stumm, dann formten sie ein einziges Wort: »Hallo.«

Ich blieb die ganze Nacht bei ihm. Den Töchtern ließ ich ausrichten, sie sollten nicht mit mir rechnen. Die Nachtschwester rollte ein Zusatzbett herein, darauf konnte ich zwischendurch ein wenig dösen. Yves atme leichter, seit ich da sei, sagte sie; das ließ mich erröten.

Gegen Mitternacht schaute Dr. Wieland, der Dienst hatte, zu uns herein. Er war über Yves' Zustand im Bild, und er hatte sich nicht gescheut, den langen unterirdischen Gang von der Allgemeinen Medizin zur Kinderpsychiatrie zu durchqueren. Nirgends fühlt man sich so allein wie dort unten im Neonlicht, ich weiß es aus eigener Erfahrung. Er sagte wenig, doch das wenige zeigte seine Besorgnis, und das rührte mich. Er dankte mir, bevor er ging, für mein Engagement, das ja nun privater Natur sei, wie er wisse.

Yves schlief phasenweise, wir lagen im Halbdunkel nebeneinander, draußen strichen Nebelschwaden vorbei, hinterließen feuchte Spuren an den Scheiben wie von quallenartigen Tieren. Wilde Träume. Yves kam darin nicht vor, er war ja da, neben mir. Dafür Zebras, man zwang mich, auf einem zu reiten, es warf mich ab. Dann wollte Norbert im Arztkittel mit mir auf den Kilimandscharo, und ich rannte vor ihm davon, mitten durch ein Dorf, kein afrikanisches, in dem es von schrecklich entstellten Bettlern wimmelte. In unregelmäßigen Abständen erzählte ich Yves Geschichten, ich sagte ihm auch, dass er vielleicht endgültig zu uns ziehen könne. Mir schien, er höre mir zu. Um sechs Uhr früh rief ich Melanie an, sie fragte erst, ob ich verrückt geworden sei, lauschte dann aber dem, was ich, die Sprechmuschel dicht am Mund, zu erzählen hatte. Sie schwieg lange und sagte endlich: »Es ist vielleicht doch Schicksal.«

»Was?«, fragte ich. »Was ist Schicksal?«

Sie gähnte, sie seufzte und hängte auf. Hatte ich nicht jemanden, ganz in ihrer Nähe, laut atmen gehört?

Ich bestellte für Yves zum Frühstück ein wenig Bouillon, ich löffelte sie ihm ein und war unendlich erleichtert, als er sie schluckte. Mindestens eine Woche noch werde man Yves überwachen müssen, sagte mir eine Stunde später der zuständige Oberarzt, den ich nur flüchtig kannte. Er wirkte bubenhaft mit seiner randlosen Brille, ich sah, dass er Yves mochte. Depressionen in dieser extremen Ausprägung, fasste er freundlich, aber leicht belehrend zusammen, seien bei Kindern sehr selten, doch bei Yves könne man natürlich den Verlauf der Krankheitsgeschichte von ihren Ursachen her bestens verstehen.

»Bekommt er Medikamente?«, fragte ich.

»Ein schwach dosiertes Antidepressivum im Moment, intravenös. Wir werden es absetzen, sobald es zu verantworten ist.«

Ich nickte, er entfernte sich. An Yves' Schläfe sah ich in einer blauen Ader den Puls pochen, ein winziges Heben und Senken, ein kaum wahrnehmbares Zucken.

»Ich komme wieder«, sagte ich zu Yves und nahm seine kühle Hand zwischen meine Hände. »Ich muss ein paar Tage nachdenken, verstehst du das? Du wirst hier gut betreut, es kann dir nichts passieren.« Ich suchte seinen Blick, er hielt meinem stand, ohne dass die Lider sich bewegten. Keine Frage stand in seinen Pupillen, kein Vorwurf, nur ich selbst spiegelte mich winzig darin, es war ein Interieur wie auf einem niederländischen Genrebild: Frauenfigur vor Fenster mit Aussicht.

Im Warteraum saß zusammengesunken und ganz allein Julia. Auf ihrem Schoß lag der Luchs, der verschwunden gewesen war, ihre Hände krampften sich um ihn, als fürchte sie, er werde ihr entrissen. Ich sprach sie an. Ohne aufzublicken, sagte sie, um ein Uhr nachts sei sie nach Hause gefahren, sie habe kaum geschlafen, und jetzt sei sie wieder da, sie habe gedacht, der Luchs würde Yves freuen. Es habe sich herausgestellt, dass die Tochter ihn versteckt habe, aus Eifersucht wohl. Diesen Morgen habe Lucienne ihr das

Tier weinend gebracht, es sei zuunterst im Wäschekorb gelegen und deshalb ein wenig zerdrückt. Sie schaute nun doch auf und hob mir das Stofftier entgegen.

»Ich habe es ihm persönlich bringen wollen«, erklärte sie, »aber man hat mir gesagt, dass Sie bei ihm sind, ich wollte nicht stören.«

Weil sie die Hand nicht sinken ließ, griff ich beinahe automatisch nach dem Tier. Es fühlte sich feucht und plüschig an, es roch nach Staub und ganz leicht nach Erbrochenem.

»Wenn Sie nicht zu ihm wollen«, sagte ich, »gehe ich nochmals zurück.«

Sie zögerte, sie biss sich auf die Unterlippe, etwas von ihrem Starrsinn schlich sich zurück aufs übernächtigte Gesicht; dann aber machte sie eine Handbewegung, die ich als Einwilligung deutete.

Yves lag da wie zuvor, ich legte ihm stumm den Luchs auf die Bettdecke, formte eine kleine Mulde, in der er liegen konnte. »Der Luchs ist wieder da«, sagte ich beklommen. »Nun muss ich wirklich gehen.«

Sein Lächeln brach ab, bevor es sich wirklich zeigte. Im Wandspiegel über dem Lavabo glaubte ich beim Hinausgehen zu sehen, dass Yves' Hand nach dem Tier tastete.

Ich kehrte heim in ein verrauchtes und ungelüftetes Haus und geriet sogleich in heftigen Streit mit Alice, die daheim geblieben war und mit finsterem Stolz proklamierte, dass sie heute die Schule schwänze. Um unsere hart erarbeiteten Regeln schien sie sich nicht mehr scheren zu wollen.

6

Eliane hat mich gebeten aufzuschreiben, was wir in Camogli, an der ligurischen Küste, beschlossen und was danach geschah. Sie brauche, sagte sie, meinen Bericht, um ihre eigenen Aufzeichnungen zu ergänzen, es sei notwendig für sie, die Geschichte mit Yves zu ordnen, und natürlich gehe es auch darum, sich mit einem Protokoll der Geschehnisse gegenüber amtlichen Instanzen abzusichern, die detaillierte Auskunft verlangen würden. Ich nehme an, sie stellt sich vor, dass Yves selbst irgendwann diese Seiten lesen wird.

Ich wehrte mich zuerst gegen Elianes Ansinnen. Schreiben war nie mein Ding. Eliane war jedoch so hartnäckig, dass ich mich erweichen ließ. Hartnäckig war sie schon immer. In der Phase, wo wir uns auseinanderlebten, nannte ich ihr Verhalten »stur« oder »aufdringlich«, sie hielt mich ihrerseits für »intransparent« und »gefühlsfern«. Nun ja, das ist wohl das übliche Schema, wenn Mann und Frau miteinander im Streit liegen, ohne wirklich zu begreifen, was mit ihnen geschieht. Wobei in unserem Fall Eliane immer mit Deutungen zur Hand war, die mich nur noch stärker zurück ins Schneckenhaus trieben. Sie verwechsle mich mit einem ihrer Fälle, warf ich ihr dann vor, und sie gab zurück, ich wolle mich den Ursachen unseres Zerwürfnisses nicht *stellen. Das ist jetzt mehr als zehn Jahre her. Alice litt am meisten unter der Scheidung, sie war ja erst sechsjährig, als ich, zwei Tage nach dem Fall der Berliner Mauer, auszog. Helene hingegen hatte mich nie wirklich als Stiefvater akzeptiert.*

Um Alice bemühte ich mich sehr, ich wollte die Nähe bewahren, die es zwischen uns gegeben hatte. Ihretwegen baute ich mit Eliane allmählich wieder ein halb freundschaftliches Verhältnis auf, das uns erlaubte, uns über wesentliche Entscheidungen, die Alice betrafen, zu einigen. Ich erinnere mich an stundenlange Telefongespräche, in denen wir um Kompromisse rangen. Es gab für mich nichts Aufreibenderes in jener Zeit, als Elianes fordernde Stimme am Ohr zu haben und meine Argumente an ihren abzuschleifen, und gleichzeitig hätte ich diese streitbare Vertrautheit nicht missen mögen.

Die ersten paar Jahre kam Alice jedes zweite Wochenende zu mir in meine kleine Dachwohnung. Außerdem wurde ich bisweilen von Eliane zum Essen eingeladen. Wir saßen dann wieder zu viert am altgewohnten Küchentisch in steifer Atmosphäre, wir überbrückten die Verlegenheiten mit forcierten Späßen und wichen der Vergangenheit aus. Es war schwierig, aber es war besser als nichts.

Als Alice in die Pubertät kam, wurde es noch schwieriger. Sie kapselte sich konsequent von mir ab. Sie kleidete sich provozierend, bauchfrei im Sommer. Sie trug viel zu großen und viel zu schweren Schmuck, viel zu breite Gürtel. Die Wochenenden bei mir schien sie abzusitzen wie eine Gefängnisstrafe. Es war offen gestanden eine Erleichterung, als sie mir in ihrer widerborstigen und wortfaulen Art mitteilte,

sie sei nun alt genug, um künftig von sich aus zu entschei-
den, ob und wann sie bei mir aufkreuze. Zunächst kam sie
noch alle paar Wochen »rasch vorbei«, was bedeutete, dass
ich sie, bei einem Glas Apfelsaft, väterlich ausfragte und sie
mit Floskeln antwortete. Wenn das Glas ausgetrunken war,
ging sie wieder. Auch die gemeinsamen Essen fanden nicht
mehr statt. Eliane sagte mir, sie könne die Töchter nicht
zwingen, sich mir zuzuwenden.

Eigentlich war letzten Herbst auch der Kontakt mit
Eliane beinahe ganz eingefroren, da begann die Geschichte
mit Yves, und plötzlich rief sie mich wieder häufiger an. Ich
hatte den Eindruck, dass sie einen Zuhörer brauchte, der
nicht vom Fach war, jemanden in Halbdistanz, der ihr
nicht zu nahe kam und das, was sie tat, nicht grundsätzlich
in Frage stellte.

Ich blockte anfänglich ab. Das überdeutlich Metaphori-
sche dieser Geschichte war mir zuwider, diese Verbindung
von Sonnenfinsternis und tragischer Schicksalhaftigkeit, die
Eliane sich und mir einzureden schien. Doch ihr Hin- und
Hergerissensein verwirrte mich. Ich kannte sie gar nicht in
der Rolle der Zweiflerin und hatte noch nie erlebt, dass bei
ihr die Grenze zwischen Beruf und Privatsphäre, die sie
sonst akribisch zog, so schmerzhaft verschwamm. Sie bat
mich zu meinem Erstaunen um Rat, sie fragte mich, ob sie
Alice nicht überfordere, wenn sie ihr zutraue, Yves mitzu-
betreuen. Zwei-, dreimal brach sie am Telefon in Tränen
aus, weil sie nicht mehr wusste, was sie tun oder lassen sollte.
Am schlimmsten war es, als der Bub ihr nach der Beobach-
tungsphase weggenommen wurde und sie sich von Yves'
unnachgiebiger Tante und den Behörden an den Rand ge-

drängt fühlte. Es ging meist gegen Mitternacht, ihre Ratlosigkeit bedrückte mich, und ich kam mir plump vor in meinen Versuchen, sie zu trösten.

»Was möchtest du eigentlich von mir?«, fragte ich, nachdem sie erzählt hatte, dass Yves draußen vor dem Haus gestanden sei und sie den Gedanken, dass er wieder auftauchen könnte, kaum ertrage. Ich lag schon im Bett, der Fernseher lief mit abgestelltem Ton. Eliane schwieg. Ich wiederholte die Frage.

»Wenn ich das wüsste«, sagte sie und hängte auf.

Danach hörte ich gut drei Wochen lang nichts mehr von ihr und selbstverständlich auch nichts von Alice. Ich dachte, ich hätte Eliane unwillentlich gekränkt, und fühlte mich ihr gegenüber auf diffuse Weise schuldig. Elianes Anruf überraschte mich völlig, und doch konnte es, nachts um elf, nur sie sein. Meine letzte Liebesbeziehung, wenn man es so nennen mag, hatte ich drei Monate zuvor beendet. Ich stürzte aus der Duschkabine, band das Badetuch um die Hüften, griff nach dem Hörer auf dem Lavaborand, und während von meinen Beinen das Wasser auf die Fußmatte tropfte, sagte Eliane in mein Ohr: »Ich weiß jetzt, was ich von dir möchte.« Diesmal war ich es, der schwieg. Sie aber ließ kein langes Schweigen zu, ihre dunkle Stimme mit den heiseren Untertönen klang warm und nah wie lange nicht mehr. Sie brachte mich auf den neuesten Stand, ich erfuhr, dass Yves, den ich bisher nur in der Zeitung, als eingekreisten Kopf auf einem Familienbild, gesehen hatte, nach einem depressiven Zusammenbruch im Krankenhaus lag. Eliane hatte ihn besucht und stand vor der Entscheidung, den Jungen nach seiner Genesung nun doch, die amtliche Einwilligung vorausgesetzt, bei sich aufzunehmen. Mit den Töchtern, sagte Eliane, habe sie lange darüber geredet, das heiße auch: über Verbindlichkeit und Verantwortung, die sie für einen jüngeren und schwer gefährdeten Pflegebruder übernehmen müssten. Helene sei ohne Wenn und Aber dafür gewesen, Alice habe erst gezögert, allein schon als Gegenpol zur Schwester, dann allerdings habe sie, auch unter dem Einfluss ihres Freundes, der gern seine soziale Ader betone, geradezu feierlich ihr Einverständnis erklärt.

Während Eliane erzählte, fragte ich mich immer besorgter, worauf dies alles hinauslief, denn sie hatte doch angekündigt, dass sie etwas von mir wolle. Und wieder überraschte sie mich. »Dem Jungen«, sagte sie unvermittelt, »wird eine männliche Bezugsperson fehlen, die einen festen Platz in unserer Gemeinschaft einnimmt. Ich möchte gern, dass du das bist. Ich kann mir niemand anderen vorstellen als dich.« Mir blieb die Sprache weg. Ich hatte keine Ahnung, was das bedeuten sollte. Ging es nur um den Jungen, oder ging es auch um uns? Sie sprach weiter. Ihre Worte drangen fragmentarisch durch die Konfusion, die sie in meinem Kopf angerichtet hatte. Sie stelle sich vor, sagte sie, dass ich den Jungen regelmäßig, ein-, zweimal pro Woche, treffen würde, um mit ihm Hausaufgaben zu machen. Zwischendurch könne ich etwas Schönes mit ihm unternehmen, ihn auch gelegentlich zu Bett bringen, das sei ja ungefähr das, was ein durchschnittlicher Vater einem achtjährigen Sohn bieten könne.

Ich war erleichtert, gleichzeitig ganz leicht enttäuscht. »Du willst also nicht gleich, dass wir deswegen wieder zusammenziehen«, sagte ich, als wäre es eine Neckerei.

Eliane ging nicht darauf ein, ihr Ton, in dem sich Dring-lichkeit und freundlicher Ernst die Waage hielten, blieb un-verändert: »Überlege es dir doch mal, ich kann in ein paar Tagen wieder anrufen. Oder wollen wir uns zu einem Glas Wein treffen, auf neutralem Boden sozusagen?«

Etwas in der Richtung schwebte auch mir vor. Mir ging in diesen Minuten sehr viel durch den Kopf. »Auf neutralem Boden? Das genügt nicht bei einer solch existentiellen Ent-scheidung. Wir brauchen ein gemeinsames Terrain, das hät-test du früher unbedingt gefordert.«

Ich hörte, dass sie hustete. »Was schlägst du denn vor?«

Unter wirren Ideen, die an mir vorbeizogen, gab es eine, die mir allzu kühn erschien, weil sie in gleichem Maße Hoff-nungen wie Ängste weckte. Aber sie ließ sich nicht vertrei-ben.

»Hör mal«, *sagte ich.* »Bist du am Wochenende frei?«

Sie bejahte.

»Dann gehen wir in Klausur. Wir müssen erst mal herausfinden, wo wir heute stehen und was sich bei uns verändert hat. Eine Art Auslegeordnung.«

Sie seufzte unschlüssig. »Na gut, so was machst du ger-ne, ich weiß. Und du weißt, dass ich eher fürs Prozesshafte bin. Aber dann sag mal, wo die Klausur stattfinden soll.«

Ohne lange zu überlegen, rutschte mir heraus: »In Ca-mogli. Weißt du noch? Wir fahren in der Nacht von Freitag auf Samstag hin, am Sonntagabend kommen wir zurück, zwei Einzelzimmer finden wir sicher, die Saison ist längst vorbei.«

Jetzt war sie es, die den Atem anhielt. Eine gute Weile hörte ich gar nichts mehr von ihr, draußen quietschte ein

Tram durch die Kurve, dann sagte sie, mit einem halben Lachen: »Du spinnst! Du bist völlig meschugge! Nach Camogli! Das ist so lange her. Mein Gott, was suchst du dort?«

»Der Ort wird uns helfen, meinst du nicht?«

Wieder ihr Schweigen, diesmal aber nicht bedrückend, eher voller Staunen. Ich wartete und wusste plötzlich nicht mehr, ob ich auf Zustimmung oder Ablehnung hoffte. »Brauchst du Bedenkzeit?«, fragte ich.

Ihr Nein kam überraschend schnell. »Es ist gut. Ich komme mit. Man muss manchmal etwas wagen.«

Eliane hat einen Hang zu Sentenzen, der mich gelegentlich gegen sie aufbringt. Dieses Mal erleichterte er mich. Ich fragte, ob ich die Fahrkarten und Reservationen besorgen solle. Sie stimmte zu. Ich versprach, ihr wegen der genauen Abfahrtszeit noch Bescheid zu geben. Wir hängten auf, ich war im Begriff, mich Hals über Kopf in eine Geschichte mit völlig ungewissem Ausgang zu stürzen. Camogli, der Name, der mir so plötzlich eingefallen war, rührte an eine Saite mit wehmütigem und dennoch rundem Klang, es gibt Aufnahmen italienischer Volksmusik, in denen diese Stimmung einem ans Herz greift.

Nach Camogli waren wir gefahren, als wir uns gerade zwei Wochen gekannt hatten. Die Geburtstagseinladung eines gemeinsamen Bekannten hatte uns zusammengeführt. Wir fanden es spannend, dass unsere Berufe, über die wir uns im Partygedränge unterhielten, so verschieden waren: Psychotherapeutin und Bauphysiker – gab es da überhaupt Gemeinsamkeiten? Es gab sie, und sobald man sich umarmt, verflüchtigen sich die Unterschiede ohnehin. Wir waren beide ausgehungert, wir genossen Nähe und Rausch. Eliane *gab Helene, vierjährig damals, für ein paar Tage zu ihrer Schwiegermutter. Noch am ersten Abend hatte ich erfahren, dass sie, seit anderthalb Jahren verwitwet, über Norberts Tod noch nicht hinweg sei. Sie kam trotzdem mit nach Camogli, ich brauchte nicht einmal viel Überzeugungsarbeit zu leisten.*

»Du gleichst meinem Lieblingsschauspieler, Gregory Peck«, sagte sie. Das schien ihr für den Moment zu genügen.

Es war, Ende September, eine Fahrt ins Blaue, aber die Komplementärfarbe, Orange nämlich, kam im rumpelnden Nachtzug nach Genua, wo wir ein Schlafwagenabteil belegten, immer klarer zum Vorschein. Die Farbtöne der Haut sind unergründlich. Wenn das Licht der aufgehenden Sonne sie durch ein halboffenes Eisenbahnfenster erreicht, beginnt die Haut zu leuchten, das lernte ich auf jener Fahrt. Frühmorgens tranken wir wunderbar geschäumten Cappuccino im Bahnhof von Genua, wir verstreuten die Krümel gefüllter Cornetti rings um unsere Barstühle und kamen aus dem Lachen nicht heraus. Aufs Geratewohl fuhren wir weiter an der ligurischen Küste entlang, aufs Geratewohl stiegen wir in Camogli aus, weil uns hier, unter dem lichten Morgenhimmel, das Meer am schönsten schien.

Das Tourismusbüro vermittelte uns eine kleine Ferienwohnung im Dachgeschoss eines der alten fünf- und sechsstöckigen Häuser, die in dichten Reihen die Bucht begrenzen. Im hallenden Treppenhaus stieg man hundert Stufen hinauf. Zuoberst, von einem kleinen schiefen Balkon aus, sah man auf Dächer, auf den Strand, auf die Basilica Santa Maria mit ihrem Rundturm und vor allem weit, unendlich weit hinaus auf den Golfo di Paradiso, wo am Horizont

Meer und Himmel ineinander übergingen. Eliane wollte, dass wir uns »näher« kennenlernten, sie stellte Fragen nach meinem Innenleben, auf die ich keine befriedigenden Antworten wusste. Die gelegentlichen Missstimmungen verscheuchten wir, zur Sonnenuntergangszeit, mit Campari Soda und Antipasti auf dem Balkon. Wir begossen die halb verdorrten Geranien, die in hässlichen Blechkästen am Geländer hingen, mit dem restlichen Sodawasser, wir spuckten Olivenkerne in weitem Bogen in die dämmrige Schlucht des Corso, von wo Stimmengewirr und Autohupen zu uns heraufdrangen. Wir schauten zu, wie die Sonne im Meer versank und die Silhouette der Basilica immer dunkler, der Himmel immer röter wurde, wir rückten unsere Plastiksessel so nahe zueinander, dass unsere Schultern sich berührten.

Tagsüber, auf Wanderungen hoch über den Klippen der Halbinsel von Portofino, sprachen wir über die Zukunft. Eliane beteuerte, sie brauche Zeit, vielleicht bleibe das mit uns bloß eine Affäre, und daran sei ja nichts Schlechtes. Ich hingegen wollte klare Entscheidungen, ich will sie gerade dann, später hielt mir Eliane dies als Schwäche vor, wenn ich noch gar nicht wirklich dafür bereit bin. Wir verzehrten bei der Abtei von San Fruttuoso unser Picknick. Unterwegs hatten wir Parmaschinken gekauft, etwas Ziegenkäse, Weißbrot. Was braucht man mehr, um satt zu werden? Man braucht mehr, die bittere Erkenntnis kam erst später. Nach zwei Trennungen sollte man es eigentlich wissen, aber der Drang, sich selbst Sand in die Augen zu streuen, ist angesichts des Meers, mit Rosmarin- und Pinienduft in der Nase, offenbar stärker.

Später an diesem Tag badeten wir sogar. Nach einer heiklen Kletterpartie, bei der ich für Eliane den starken Mann spielte, gelangten wir zu einer verborgenen Bucht. Wir schwammen nackt, bespritzten uns gegenseitig wie Kinder. Nachts saßen wir am Hafen und aßen Fisch. Die Boote schaukelten vor uns im Wasser, Lichter spielten auf den Wellen, die sich am Ufer brachen, die Mauern der Basilika standen schwarz und mächtig da, wie für alle Ewigkeit. Ich liebe diese alten Gemäuer, es steckt Handwerk darin, die Könnerschaft von Jahrhunderten. Wir Heutigen haben die Fähigkeit, beim Bauen den Regeln der Statik intuitiv zu folgen, längst verlernt, auch darum bin ich ein Formelmensch.

Eliane erzählte mir von Norbert und ihrer Pein, als sie, zu spät, gezwungen war, sein Doppelleben zu durchschauen. Sie bezichtigte sich, unentschuldbar naiv gewesen zu sein, viel zu wohlmeinend und vertrauensvoll. Ich versuchte sie zu trösten, da schrie sie mich an, sie brauche keinen Trost, sie brauche Verlässlichkeit, Treue. Und die Gewissheit, dass sie vorhanden sei, müsse man, wir hatten vorher über Mauern gesprochen, Stein um Stein aufbauen. Dann wollte sie wissen, wie es bei mir gewesen sei, sie wollte wissen, warum ich keine Kinder hätte, sie wollte wissen, ob ich mir vorstellen könne, mit Helene (ich hatte sie erst einmal flüchtig gesehen: ein mageres scheues Ding) näher vertraut zu werden, und ob ich sie beide überhaupt im Zweierpack aushalten würde. Ich antwortete so gut und so ehrlich, wie ich konnte. Die Dunkelzonen kamen im Gezerre zwischen uns erst viel später ans Licht, als über den Tagen von Camogli ein Glanz lag, dem ich nachtrauerte wie etwas

Vollkommenem, dessen kleine Risse die Erinnerung über-
sehen will.

Geprüft und für tauglich befunden: Das war Elianes Fazit
mir gegenüber. Ich selbst befahl mir, sie für die unbedingt
Richtige zu halten. Wir entschlossen uns, es ernsthaft mitein-
ander zu versuchen. Ich zog bei ihr ein, ich erzählte Helene
Gutenachtgeschichten, ich wurde Teilhaber eines Inge-
nieurbüros mit geregelten Arbeitszeiten, Eliane eröffnete
ihre Praxis, wir kauften einen Altbau mit Garten, Eliane
wurde schwanger, wir heirateten, dann waren wir zu viert.
Der Alltag mit seiner schwierigen Organisation von Hüte-
und Arbeitszeiten begann uns aufzufressen. Es folgten die
Abnützungskämpfe zwischen überlasteten Eltern, es folgten
die Phasen von Aufruhr und Verstummen. Je näher mir
Eliane kam, desto mehr verschloss ich mich, je heftiger ich sie
zurückwollte, desto mehr wich sie mir aus und so weiter.
Die Art, wie wir uns auseinanderlebten, verlief trotz ver-
zweifelter Gegenwehr nach Lehrbuch. Nun ja, ich verliebte
mich in eine Auftraggeberin, Besitzerin einer Villa, deren
Isolierungszustand ich überprüfen sollte, ich beichtete die
Affäre, als sie schon zu Ende war, doch sie war Anlass einer
wochenlangen Zermürbungsschlacht. So kam es zur Tren-
nung. Immer noch sehe ich vor mir, wie die sechsjährige Ali-
ce tapfer zu sein versuchte, als ich ihr erklärte, ihr Papa wer-
de nun an einem anderen Ort wohnen. Camogli war weit
weg damals. Und dann rückte es auf verschlungenen Wegen
und nach so langer Zeit doch wieder ins Zentrum unserer
Gedanken, vielleicht auch: unserer furchtsamen Hoffnung.
Es ging jetzt, für Eliane und für mich, um viel mehr als bloß
darum, einem traumatisierten Kind die Familie zu ersetzen.

7

Wir nahmen dieses Mal nicht den Nachtzug, es gab eine Verbindung über Brig und Milano, bei der wir am späteren Nachmittag abfuhren und gegen elf Uhr nachts in Camogli sein würden. Ich war nicht so kühn gewesen, es wie damals darauf ankommen zu lassen, sondern hatte zwei Einzelzimmer in einem kleinen Dreisternehotel, direkt am Strand, reserviert. Wir hatten wenig Gepäck dabei, als wir uns am Gleis trafen, es musste ja bloß für zwei Nächte reichen. Wir lächelten uns mit besorgten Blicken an und verstanden wohl beide nicht mehr, wozu wir uns hatten hinreißen lassen. Auf der Fahrt durch den Lötschberg und das Wallis tasteten wir uns über allerlei Belanglosigkeiten aneinander heran. Man erschrickt, wenn man in einem einst vertrauten Gesicht, das man lange nicht mehr wirklich angeschaut hat, die Spuren des Alterns bemerkt. Faltenkränze gingen von Elianes Augenwinkeln aus, die Haare (ihre Struppigkeit hatte ich gemocht) waren deutlich ergraut. Das musste ich alles schätzen lernen, wenn wir uns wieder annähern sollten. Das Umgekehrte, meine Tränensäcke, die beginnende Glatze, die schlafferen Muskeln betreffend, galt auch für sie. Ihre Praxis? Sie lief nicht schlecht, anstrengend war es halt. Meine Aufträge? Ganz gut, interessant meistens, viele Infrarot-Aufnahmen.

Es wurde rasch dunkel, über die Fensterscheiben kroch die Novembernachtschwärze. In Brig stiegen wir um, nahmen Platz im Speisewagen des Cisalpino. Wir bestellten das Dreigang-Menü, dazu einen gar nicht so üblen Chianti, ich zückte ein Kärtchen, auf dem ich eine Art Traktandenliste notiert hatte, die paar Punkte jedenfalls, die ich unbedingt besprechen wollte.

Eliane lachte, es war ihr altes Lachen, eine Mischung aus Warmherzigkeit und Spottlust. »Immer noch besorgt um die Ordnung der Dinge und den bestmöglichen Überblick«, sagte sie.

»Es hilft mir tatsächlich«, erwiderte ich und verbarg meine leichte Gekränktheit.

Aber die Gesprächspunkte hakten wir ab, einen nach dem anderen. Ob ich denn auch spontan bei ihr auftauchen könne, wenn es klappe zwischen dem Jungen und mir? Ob sie vorhabe, mir einen Hausschlüssel zu überlassen? Ob es für die gemeinsamen Essen einen regelmäßigen Rhythmus geben solle? Wie sie reagieren würde, wenn die Töchter meine Präsenz nicht wünschten? Eliane ihrerseits kam immer wieder auf die gegenseitigen Erwartungen zurück, die wir offenlegen müssten. Nein, sie wolle nicht einfach unsere Beziehung erneuern, aber das männliche Element, so drückte sie es aus, fehle tatsächlich in ihrem Leben. Sie wünsche sich ganz klar keinen Geliebten, vor allem nicht den gewesenen, sie wünsche sich einen vernünftigen, einen reifen Diskussionspartner. Und so weiter und so weiter.

Bei Osso bucco und Polenta kamen wir uns vorsichtig näher, wie Stachelwesen, die beieinander Wärme suchen. Die Welt draußen glitt an uns vorbei, unkenntlich im Nebel.

Ringsum, an den anderen Tischen, wurde laut gelacht, doch wir saßen auf einer kleinen Insel, im Lichtkreis, mit dem die Wandlampe uns umfing. Erst auf halbem Weg zwischen Mailand und Genua, nach dem neuerlichen Umsteigen, begann Eliane von Yves zu erzählen. Und nun waren wir, so schien mir, im Zentrum angelangt. Dieses verwaiste Kind am Gartenzaun, das zu den beleuchteten Fenstern blickte: Es rührte mich. Konnte ich Yves, der so viel verloren hatte, überhaupt etwas bedeuten? Seine Gespräche mit den Toten: Sie beängstigten mich. Und Elianes Ringen um ihre Professionalität: ein Ding der Unmöglichkeit in diesem Kontext. Als Alice geboren wurde, hatten wir uns beide einen Sohn gewünscht, das gestanden wir einander erst jetzt. Gewiss, das Mädchen war mir willkommen gewesen, aber die Enttäuschung hatte trotzdem an mir genagt. Wie dumm, wie beschämend ist es, einem Geschlecht den Vorzug zu geben! Würden wir nun nicht Yves als Ersatz benutzen? Und doch der Ansporn, gemeinsam etwas wirklich Sinnvolles zu tun. Das alles hielt uns hellwach bis Genua. Unsere Auseinandersetzung war nicht gnadenlos wie einst, sondern fair, wie ich fand, auch wenn Elianes Sätze sich bisweilen schmerzhaft in mir einritzten.

Der Regionalzug nach Santa Margherita Ligure hatte Verspätung. Wir standen auf dem Bahnsteig im kühlen Novemberwind, zusammen mit anderen verloren wirkenden Passagieren, und schwiegen nun meist, doch das Schweigen war nicht unangenehm. Erst kurz vor Mitternacht kamen wir in Camogli an. Das Städtchen wirkte ausgestorben, den Weg zum Hotel fanden wir leicht. Der verschlafene Nachtportier, ich sah es ihm an, war erstaunt, dass wir

Einzelzimmer gebucht hatten. Die Zimmer waren altmodisch möbliert, sie lagen nebeneinander, mit einer Tür zur Terrasse, die von einer mächtigen Pinie überragt wurde. Dort draußen trafen wir uns, nachdem wir unsere Sachen eingeräumt hatten. Der Himmel war klar, so viele Sterne hatte ich schon lange nicht mehr gesehen. Die Basilika zu unserer Rechten schien, trotz ihrer Schwere, im Mondlicht zu schweben. Weit draußen im Meer sahen wir die Lichter eines großen Schiffs, eines Kreuzfahrtschiffs wohl, und unwillkürlich, des Wortklangs wegen, dachte ich an die Kreuzfahrer, die von diesem Hafen aus, er war einst größer als Genua gewesen, aufgebrochen und nie mehr zurückgekehrt waren. Eliane hatte sich, zu meiner Überraschung, eine Zigarette angezündet, der Glutpunkt ließ ihr Gesicht, das nun viel jünger wirkte, rötlich aufleuchten.

»Seit wann rauchst du wieder?«, fragte ich und erinnerte mich an ihre schlechte Laune, als sie am Anfang der Schwangerschaft das Rauchen aufgegeben hatte.

»Kein Kommentar«, erwiderte sie, es war ebenso viel Abwehr wie Belustigung in ihrer Stimme.

»Denkst du an damals?«, fragte ich.

Sie nickte, schnippte stäubende Asche von sich weg. »Das ist unvermeidlich.«

»Wir zweifelten schon damals an der Dauer der Liebe«, sagte ich.

»Sich zu mögen ist eine beständigere Grundlage.«

»Und? Mögen wir uns?«

Sie nahm einen tiefen Zug. Der Rauch, schimmernd im Licht, das von den Zimmern her auf die Terrasse fiel, trieb zu mir und überlagerte den Meergeruch. »Ich glaube schon.«

*Jeder ging auf sein Zimmer. Am Morgen frühstückten
wir dann, als einzige Gäste, in der verglasten Veranda. Es
war ein prächtiger Tag, wolkenlos, das Licht von einer
schmerzhaften Intensität. Das Meer breitete sich vor uns
aus wie ein türkisblauer Teppich, in den die weißen Fäden
der Wellenkämme eingewoben waren. Ein dunkelvioletter
Ton schimmerte fleckenweise hindurch und mahnte an die
Tiefe, an Abgründe und Unterwasserklippen. Wir behaup-
teten beide, nicht geträumt zu haben. Ich verschwieg ihr
meinen erotischen Traum. Nicht Eliane war darin vorgekommen, sondern eine Arbeitskollegin, die ich noch nie be-
gehrt hatte. Weißhäutig war sie dagelegen, unerreichbar,
wie gemalt.*

*Wir verbrachten den Tag mit Spaziergängen, wir flanier-
ten durch die Gassen, setzten uns am Strand auf Molenstei-
ne, ganz in der Nähe der Basilika, die nun wieder irdisch
geworden war, eingegraben ins Erdreich, aber mit sonnen-
beschienenem Zwiebeldach. Ich erinnere mich, dass Eliane
viel über die Töchter erzählte. Was Yves betraf, waren wir
uns ja schon beim Frühstück einig geworden: Wir würden
es mit ihm versuchen, trotz aller Bedenken.*

*Die Stunden vergingen rasch. Wieder die Nacht und
dieses Mal das Essen am Hafen, wie damals. Die Angst vor
den Erinnerungen war verflogen. Noch war es so warm,
dass wir in unseren Jacken draußen sitzen konnten, das
Plätschern der Wellen, das Knarren der hin- und herschau-
kelnden Fischerboote im Ohr. Hand in Hand, und dies
jetzt ohne Scheu, kehrten wir zum Hotel zurück, der Kies
knirschte unter unseren Schuhen. Wir schliefen im selben
Bett, beide wünschten es, wir wärmten uns aneinander, wir*

nahmen, wie von selbst, die Lage ein, die uns früher am bequemsten gewesen war: ich auf dem Rücken, sie mir zugewandt, den Kopf in meiner Armbeuge. Sex wäre falsch gewesen, wir wussten es, das Begehren blieb ohnehin lau, wichtiger war das gewachsene Vertrauen. Irgendwann ging Eliane in ihr Zimmer hinüber, ich hörte das Tappen ihrer nackten Füße, das Einschnappen des Türschlosses, gleich schlief ich ruhig wieder ein. Ich war zuversichtlich, was die nächste Zukunft betraf. Ja, das war ich.

Nachdem Eliane alle administrativen Hürden überwunden hatte, wurde Yves ihr offiziell als Pflegekind zugesprochen. Sie las mir den Entscheid am Telefon vor: Es handle sich hier um eine außerordentliche Konstellation, stand darin, und nur die tragischen Umstände dieses Falls – und die Einwilligung der nahen Verwandten – würden es rechtfertigen, einen so ungewöhnlichen Schritt zu wagen. Ich hatte zudem unterschriftlich bestätigt, dass ich den Jungen mitbetreuen würde. Meine Verpflichtung stand mir klar vor Augen.

Zum ersten Mal sah ich Yves Mitte Dezember, da hatte er sich, nach Elianes Meinung, in seinem alten Eckzimmer wieder eingelebt, und sie lud mich zum Abendessen ein, en famille sozusagen. Raoul, Alices wankelmütiger Freund mit der milchkaffeefarbenen Haut, sollte noch nicht dabei sein. Eliane hatte Yves auf meinen Besuch vorbereitet und ihm erklärt, wer ich sei. Ich brachte drei kleine, farbig schillernde Gummibälle mit, ich hatte ja gehört, dass Yves Ballspiele liebte. Er wirkte beim ersten Kontakt robuster auf mich, als ich gedacht hatte, er lachte, ohne dass es erzwungen *wirkte, er stellte mir seine neuen Meerschweinchen vor, und doch war eine Aura von Unberührbarkeit um ihn, die ich, wenn ich ihm die Hand gab oder auf die Schulter klopfte, bewusst durchbrechen musste. Mager war er, das machte Eliane Sorgen, von der Lasagne aß er wenig. Mit Alice verlief das Tischgespräch nicht unfreundlich, aber distanziert. Immerhin hatten die Töchter die Rolle akzeptiert, die Eliane für mich vorsah. Bei Helene schien es mir sogar, sie schätze mein Engagement, sie antwortete freundlich auf meine Fragen nach dem Studium und schob mehrmals ihren Haarvorhang zur Seite, damit unsere Blicke sich trafen.*

Nach dem Essen führte ich Yves in seinem Zimmer vor, wie hoch die kleinen Bälle aufsprangen, wie hart sie von der Decke zurückprallten und wie lange es dauerte, bis sie zur Ruhe kamen. Die Kiste mit den Meerschweinchen hatten wir vorsichtshalber hinausgestellt und die Tür geschlossen. Yves amüsierten die scheinbar unberechenbaren Flugbahnen. Als aber ein Ball das Fußballposter an der Wand traf, brach er das Spiel abrupt ab. Er staunte dann allerdings, dass ich die Namen fast aller brasilianischen Spieler kannte, und er strahlte sogar, als ich ihm versprach, einen Match der Brasilianer mit ihm am Fernseher zu verfolgen. Ich zeigte ihm, wie man mit den drei Bällen jongliert. Zu Hause hatte ich geübt, früher war ich darin geschickt gewesen. Man wirft die Bälle in einem Bogen, der nicht zu groß und nicht zu klein sein darf, von einer Hand zur anderen. Das Ziel ist es, immer zwei gleichzeitig in der Luft zu halten und sicher aufzufangen. Fasziniert schaute Yves mir zu, hob geduldig die Bälle auf, die mir entglitten waren, und gab sie mir wieder. Dann versuchte er es selbst, seine Miene war hoch konzentriert dabei. Er stellte sich allerdings weniger geschickt an, als ich vermutet hatte, und er schürzte immer unwilliger die Lippen. »Bringst du es mir richtig bei?«, fragte er nach einer Weile und sah die drei Bälle skeptisch an.

Ich nickte, die Frage machte mich glücklich. Eliane und ich brachten ihn später zu Bett. Die Töchter hatten sich schon zurückgezogen. Alice hörte ich oben mit erhobener Stimme telefonieren. Wir standen beide, ein bisschen verlegen, vor Yves' Bett, nachdem er das Pyjama angezogen, die Zähne geputzt hatte und unter die Decke geschlüpft war. Nun kam er mir doch zerbrechlicher vor als zuerst, seine Haut wirkte plötzlich durchscheinend, aus dunklen Augen sah er uns forschend an.

Eliane fragte ihn, ob wir ein Lied singen sollten oder ob er lieber eine Geschichte wolle.

Er lächelte listig. »Beides«, sagte er.

Wir sangen ›Abendstille überall‹, ich musste an die kleine Alice denken, zu deren Abendritual dieses Lied gehört hatte. Wie lange war das her, wie nahe plötzlich wieder! Einen Teil des Textes hatte ich vergessen, so summte ich nur mit, und gegen Ende der Strophe verschlug es mir die Stimme. Eliane tat so, als habe sie nichts gemerkt. Geschichtenerzähler wollte ich nicht sein, dafür hatte ich mich nie geeignet. Ich hörte im Stehen zu, wie Eliane, auf dem Bettrand sitzend, aus Astrid Lindgrens ›Die Kinder von Bullerbü‹ vorlas, das hatte Yves sich ausdrücklich gewünscht.

Eliane küsste ihn auf beide Wangen, bevor wir hinausgingen, er schlief schon fast, murmelte träge einen Abschiedsgruß für mich: »Tschüss, Adrian.« Und wenig später, wir hörten es durch die halboffene Tür, begann er schwer, *beinahe rasselnd zu atmen. Sie müsse ihn nachts oft beruhigen, sagte Eliane, er neige sogar zum Schlafwandeln, dafür rede er nicht mehr mit den Toten, zumindest nicht nach ihrer Kenntnis.*

Wir saßen noch eine Weile im Wohnzimmer, Eliane auf dem Sofa, ich auf dem Hocker vis-à-vis. Eliane trank, zu meinem Erstaunen, Mineralwasser, sie schenkte mir auch ein Glas ein, und ich sah, dass ihre Hand beim Einschenken leicht zitterte. Sie war übermüdet, fand ich, stark angespannt. Mutete sie sich zu viel zu? Nein, sagte sie entschieden, es müsse sich jetzt erst mal alles einspielen, es laufe doch eigentlich prima mit Yves. Seine Therapiestunden bei ihrer Kollegin Schneider, zu denen sie selbstverständlich Hand geboten habe, empfinde sie als entlastend. Ob die Entscheidung, Yves einen Neustart in einer anderen Schule zu ermöglichen, richtig gewesen sei, werde sich erst noch zeigen.

»Ich mag ihn«, sagte ich.

»Das ist schön«, sagte sie und prostete mir mit Wasser zu.

Ich ging um halb zehn nach Hause. Am übernächsten Tag kam ich wieder. Und so fort. Wir gewöhnten uns an diesen Rhythmus. Yves wuchs mir ans Herz. Ich realisierte, dass er jeweils auf mich wartete, unabhängig davon, ob Alice oder Helene da waren, die sich ja auch um ihn kümmerten.

Spielten Eliane und ich Yves etwas vor? Mimten wir ein Paar, das wir gar nicht waren? Die Frage war berechtigt, aber ich stellte sie mir immer seltener. Weihnachten und die Neujahrszeit mit dem ganzen Rummel zur Jahrtausendwende überstanden wir ganz gut. Sogar Alice reduzierte ihren Rebellionsdrang auf ein Minimum. Raoul, ich mochte

ihn trotz seiner gelegentlichen Großmäuligkeit gut leiden,
sorgte bei ihr für Gemütsaufhellungen. Die Tante Julia
schickte Geschenke. Abgesehen davon schien es allen von
Vorteil, dass sie im Moment keinen Kontakt mit Yves hatte.
Zusammen mit Eliane ging er, die Therapeutin hatte
zögernd dazu geraten, die halbinvalide Nonna besuchen.
Es sei, erzählte Eliane hinterher, eine schwierige Begeg-
nung gewesen, mit unterdrückten Tränen, langen Pausen,
einem verstummenden Enkel, der hinterher seine Verstö-
rung durch einen heftigen Streit mit Alice überspielt habe.
Aber der Streit, sagte Eliane, beweise doch immerhin, dass
sich die Beziehungen zwischen den Töchtern und Yves
normalisieren würden.

Von Januar an unternahm ich mit Yves jedes zweite, dritte
Wochenende etwas »Besonderes«. Wir besuchten einen Eis-
hockey-Match, die Afrikasammlung im naturhistorischen
Museum, wir gingen Schlittschuh laufen, wir machten einen
Skiausflug ins Oberland. Ich mochte es, wenn Yves' Backen
sich röteten und seine Augen vor Begeisterung leuchteten. Es
gab jedoch immer wieder Aussetzer. Da stockte er plötzlich
mitten im Satz, sein Gesicht verschloss sich. Ich war sicher,
dass ihn in solchen Momenten die Toten riefen. Ihre Namen
erwähnte er mir gegenüber nie, es gab eine innere Zensur,
der auch ich mich fügte, obwohl Eliane meinte, wenn es
sich beiläufig ergebe, solle ich Yves' Vergangenheit nicht
meiden, man könne ihn nicht ewig schonen.

   Ich hatte Yves vom Verkehrshaus in Luzern erzählt. An
einem Märzsonntag wollte er unbedingt dorthin. Wir wa-
ren schon eine gute Stunde auf dem Museumsgelände und

hatten uns gerade die Modelleisenbahn angeschaut, da zog Yves mich, den Hinweisschildern folgend, an der Hand ins Planetarium. Wir saßen im Dunkeln, über uns bewegte sich langsam der Sternenhimmel, der Mond ging auf, und Yves sagte halblaut zu mir: »Maurice hat fast alle Sternbilder gekannt.« Vielleicht erschrak er über den Klang des Brudernamens, er schien an meiner Seite zu versteinern, und als ich nach seiner Hand griff, zog er sie brüsk zurück.

Dann kündigte die Lautsprecherstimme eine Mondfinsternis an. »Willst du sie sehen?«, fragte ich Yves. Er antwortete erst nicht, flüsterte dann aber hektisch: »Da fällt der Schatten der Erdkugel auf den Mond, hast du das gewusst?«

Die Lautsprecherstimme erklärte das Phänomen ausführlich, während die Mondscheibe sich von der Seite her verdunkelte, als werde sie von einem gierigen Wesen angenagt. Doch Yves hörte gar nicht zu, sein Flüstern setzte sich fort, wurde aber immer leiser. Ich fragte, ob er lieber hinauswolle. Er schwieg, doch plötzlich sprang er auf, drängte sich an vielen Knien vorbei zum Ausgang, so schnell, dass ich ihm kaum folgen konnte. Draußen begann er zu rennen, rannte am Luftfahrtpavillon vorbei zum See. Ich rief seinen Namen, die Leute drehten sich um, ich dachte, er laufe geradewegs ins kalte Wasser, da hatte ich ihn – er war schon auf dem Quai – eingeholt und gepackt und fast zu Boden gerissen. Er strampelte, er trat nach mir, doch über seine zusammengepressten Lippen kam kein Laut. Ich hob ihn hoch, drückte ihn an mich.

»Lass das, lass das doch«, sagte ich, er schüttelte grimmig den Kopf, und nicht er hatte Tränen in den Augen, sondern ich.

Erst im Zug sprach er wieder ein paar Worte: »Sag es bitte Eliane nicht! Versprichst du es?« *Er saß sehr aufrecht neben mir und schaute zum Fenster hinaus, auf der Wange hatte er eine kleine Schramme.*

»Was denn?«, *fragte ich.*

»Dass ich davongelaufen bin«, *sagte er mit minimalen Lippenbewegungen.*

»Und warum darf Eliane das nicht wissen?«

Er zuckte mit den Achseln. »Einfach so.«

Sein Gesicht, das ich nur im Profil sah, nahm einen trotzigen Ausdruck an. Es hatte keinen Sinn, weiter in ihn zu dringen, das wusste ich von früheren Gelegenheiten. Ich halbierte das Salami-Sandwich, das ich am Bahnhofskiosk gekauft hatte, wickelte um die größere Hälfte eine Papierserviette und gab sie Yves. Er legte das Sandwich auf die Ablagefläche beim Fenster und starrte hinaus ins Freie, wo Strommasten vorbeihuschten wie langbeinige Rieseninsekten.

»Willst du nicht essen?«, *fragte ich.*

Er schüttelte den Kopf. »Kein Hunger.«

»Salami magst du doch, oder nicht?«

Er nickte, biss ein wenig vom Sandwich ab, kaute lange, schluckte mit angestrengter Miene. Ich hätte gern mit ihm über den Sternenhimmel gesprochen, sogar über die virtuelle Mondfinsternis, aber ich ließ es bleiben.

Zu Hause zog er sich gleich zurück in sein Zimmer. Er sei müde, sagte er, und tatsächlich war er schon um halb acht in den Kleidern eingeschlafen. Er lag seitlich auf dem Bett, den Luchs ans Gesicht gedrückt, als wolle er nur noch an ihm riechen und sonst weder etwas sehen noch hören.

Sein Atem ging so schwer, dass ich den Luchs von ihm weg-
schob.

Eliane wusste, dass etwas passiert war. Ich hatte Yves
nichts versprochen, und ich fühlte mich frei, es ihr zu erzäh-
len. Wir aßen Ratatouille-Reste vom Vortag, tunkten sie
mit Brot auf. Eliane leerte ihr Glas Wein, ehe sie sagte: »Es
wundert mich nicht. Er schließt ja immer noch alles in sich
ein, da steckt eine unglaubliche Energie drin, und die kann
ihn zu Kurzschlusshandlungen treiben.« Elianes Interpre-
tationen sind manchmal ziemlich abgehoben, gerade wenn
sie sich eigentlich hilflos fühlt wie ich. Und wenn sie sich
dann noch weiter auslässt über die Unberechenbarkeit von
posttraumatischen Störungen, werde ich schläfrig, oder ich
bringe sie mit ungeschickten Zwischenbemerkungen gegen
mich auf. So auch dieses Mal. Sie warf mir vor, ihre Fach-
kenntnisse geringzuschätzen, ich sagte ihr, dass sie, Yves
gegenüber, nicht als Fachperson gefordert sei, sondern auf
der elementaren Stufe einer Mutter-Kind-Beziehung, sie
erwiderte, das sei ihr weiß Gott auch klar, und sie versuche
ja nur zu begreifen oder irgendwie einzuordnen, was mit
Yves und uns und den Töchtern passiere. Wir stritten uns
weiter, wenn auch in gemäßigtem Ton, dann brach Eliane
in Tränen aus, ich griff nach ihrer Hand, sie ließ sie mir.
Hänsel und Gretel, im Wald verirrt, dachte ich.

Ich könnte noch weitererzählen. Aber ich überlasse das
Wort nun wieder Eliane. Dieser Bericht, den sie wollte, ist
ohnehin viel zu persönlich geworden. Davon, dass ich wieder
bei ihr und den Kindern einziehen könnte, war zwischen
uns nie die Rede. Möglicherweise leitete uns die Vernunft,
möglicherweise waren wir bloß feige.

8

Ich müsste in Adrians Version der Ereignisse einiges ergänzen und berichtigen. Er unterschätzt zum Beispiel,
wie viel Kraft es mich kostete, bei den Behörden Yves'
Umzug durchzusetzen, er überschätzt den Beruhigungs-
effekt, den er sich selbst zuschreibt. Ich wollte Adrian dabeihaben, gewiss; aber dass dadurch alles noch viel kompli-
zierter würde, hatte ich nicht vorausgesehen. »Es geht, es
geht doch!«, redete ich mir immer wieder gut zu, als der
Winter ausklang und der Frühling sich meldete. Ja, es ging,
aber es war schwierig, es war zäh, es war bedrückend. Wir
waren voll guten Willens, wir alle, die Töchter, Adrian,
ich, und stolperten unentwegt über unsere Erwartungen.

Ich hatte damit gerechnet, dass unser Zusammenleben
nach den ersten Wochen selbstverständlicher sein würde.
In Ansätzen geschah das auch; aber Yves ließ zwischen uns
kein stabiles Vertrauen zu. Er schwieg, wenn wir erwarteten, dass er reden würde, er war mitteilsam, ja geschwätzig
in Momenten, wo ich mir nur noch Ruhe wünschte, und
gerade mit seinem überstürzten Gerede versteckte er sich
vor uns.

Und die Schule? Yves sei da und gleichzeitig abwesend,
sagte die neue Lehrerin. Wenn sie Pausenaufsicht habe, be-
obachte sie manchmal, dass Yves sich zwischen den Kindern

durchschlängle, ohne dass jemand Notiz von ihm nehme. Im Unterricht gebe er korrekte Antworten, wirke aber dabei so unzugänglich, dass man glauben könne, er sei von Watte umkleidet. Die Therapie stagniere, sagte auch die Kollegin Schneider einige Male am Telefon. Der Schutz, den Yves brauche, sei immens, seine ganze Energie richte sich darauf, neuen Verletzungen vorzubeugen und die alten zu verdrängen.

Im frühen April half er mir gelegentlich bei der Gartenarbeit. Wir setzten gemeinsam Blumenzwiebeln, und mich rührte es, wie behutsam er die kleinen Löcher, die er gegraben hatte, mit Erde auffüllte. Nun konnte er auch wieder frischen Löwenzahn für die Meerschweinchen schneiden. Ich hatte gedacht, er werde sie bei uns, anders als bei Julia, nicht mehr vernachlässigen. Aber wir mussten ihn dauernd ermahnen, die Tiere zu füttern, und waren dazu übergegangen, es abwechselnd selbst zu tun. Er nahm sie nur noch selten aus der Kiste, um sie zu streicheln; sogar den Luchs, der ihm so wichtig gewesen war, ließ er tagelang liegen.

An einem Frühlingstag schnitt ich mit Yves die Haselsträucher zurück. Er schleppte die Äste zum Haufen, den wir für die Abfuhr bereitstellten, da fragte ich ihn, ohne jede Einleitung: »Fühlt du dich eigentlich wohl bei uns?«

Er stutzte, er wischte die Gartenhandschuhe, die ihm zu groß waren, an seinen Hosen ab, dann sagte er tonlos, mit gesenktem Blick: »Wohin soll ich denn sonst?«

»Es gäbe verschiedene Möglichkeiten«, sagte ich.

Er schüttelte den Kopf: »Ich will hierbleiben, bei euch.« Mit diesen Worten drehte er mir den schmalen Rücken zu und begann die Äste umzuschichten.

Der Drang, Yves mit seinem Verlust zu konfrontieren, ließ nicht nach. Einmal fragte ich ihn, ob er nun bereit sei, mit mir zusammen das Familiengrab aufzusuchen. Er schien mich nicht zu verstehen, und als ich insistierte, lief er davon und wich mir bis zum Abend aus. Ich weiß nicht, was mich ausgerechnet in dieser Nacht dazu trieb, meinen Vorsatz in die Tat umzusetzen und Ricos Pistole im Garten zu vergraben. Es wäre allzu simpel, dies mit der Grabthematik zu verbinden, vor der Yves sich fürchtete. Jedenfalls schlich ich lange nach Mitternacht mit einer kleinen Schaufel und der Pistole zum Quittenbaum hinaus, wo die Erde weicher war als anderswo. Ich hob beim Licht des Halbmonds ein Loch aus, als wollte ich Dahlienknollen pflanzen, ich legte die Pistole hinein, schüttete Erde darüber, stampfte sie fest, deckte die Stelle mit ausgerissenem Gras zu. Jeder Beobachter hätte bei diesem Anblick Verdacht geschöpft. Wollte ich, dass das Versteck gar nicht geheim blieb? Wie andere Male auch war ich mir ein Rätsel.

Es wurde Mai, ringsum blühte es, und dennoch schien mir, nichts verändere sich wirklich. Ich fühlte mich erschöpft und ausgebrannt, trotz des Zuspruchs von Adrian. Jede Therapiestunde, in der meine Einfühlung gefragt war, glich der mühsamen Besteigung eines Gipfels. Vor den Teamsitzungen im Krankenhaus wäre ich am liebsten davongerannt, und wenn ich doch auf meinem Stammplatz saß, war ich darauf bedacht, nichts über Yves zu sagen, er gehörte längst nicht mehr zu meinem Berufsbereich. Nur Melanie erkundigte sich gelegentlich nach ihm. Ich beschönigte die Lage, sagte, wir befänden uns in einer Stagnationsphase, wir müssten uns eben in Geduld üben. Ich stellte fest, dass ich Melanies Nähe mied; ich sah das Bedauern in ihrem Blick und zog mich innerlich noch mehr von ihr zurück. Zeitweise hatte ich den Eindruck, dass Yves' Verschlossenheit mich ansteckte, ohne dass ich etwas dagegen tun konnte.

Eines Morgens, nach unruhigem Schlaf, erinnerte ich mich an den vagen Plan, ins Elsass zu fahren, dorthin, wo Yves wenige Stunden, bevor die Familie ausgelöscht worden war, die totale Sonnenfinsternis erlebt hatte. Der Vorschlag war damals von Helene gekommen, niemand wollte ihn später wieder aufgreifen. Ich aber lag jetzt wach im Bett. Die Idee, diese Fahrt zu wiederholen, ließ mich nicht los, sie reizte und belebte mich, ich war plötzlich überzeugt, dass ich damit – und nur damit – bei Yves etwas Entscheidendes auslösen konnte. Ja, ich musste seine innere Lähmung, die auch auf mich übergegriffen hatte, durchbrechen, ich musste etwas riskieren.

Die Wettervorhersagen für das nächste Wochenende waren gut. Übermorgen also, dachte ich, übermorgen Samstag fahren wir los. Ich würde mir, wenn es ging, Adrians Volvo ausleihen; vier, fünf Stunden bis Wissembourg, irgendwo übernachten, wo es uns gefiel, vielleicht sogar in Colmar. Dort wartete der Isenheimer Altar auf mich. Er wollte mir etwas sagen, was ich nicht verstand und sich verwirrend neben die Absicht schob, Yves herauszufordern. In dem biographischen Aufsatz über Grünewald, der auf seine Darstellung der Sonnenfinsternis hinwies, stand ja auch, er, der Kinderlose, habe vermutlich einen Jungen adoptiert. Diese Koinzidenz begleitete mich seither durch meine Tage wie eine Basslinie, die alles Übrige grundierte.

Schon am Frühstückstisch überzeugte ich die Töchter mitzufahren. Es war Spargelzeit, ich versprach ein Spargelessen unterwegs, frischen Spargel mit Mayonnaise oder überbacken mit Rohschinken, das mochten beide. Wenn Adrian mitkomme, begehrte Alice auf, dann lade sie auch Raoul ein. Mit ihm wären wir schon zu sechst, sagte ich, da kämen wir in Platznot, ich sei ohnehin dafür, dass wir zu viert blieben, sozusagen *en famille*.

Helene hatte mit ihrer Einwilligung länger als Alice gezögert, sie streifte mich mit einem forschenden Blick, wandte sich dann an Yves, der stumm dabeigesessen und an seinem Marmeladenbrot gekaut hatte.

»Und du?«, fragte sie. »Was meinst du dazu?«

Yves schluckte den Bissen herunter und sagte: »Ich war schon dort in der Gegend.«

»Das weiß ich doch«, sagte ich, »es hat dir dort gefallen, oder nicht? Wir machen den Ausflug ja auch wegen dir.«

Er zog den verschmierten Mund ein wenig in die Breite; aber es sah nicht aus, als ob er sich freue. Danach mussten er und Alice sich sputen, damit sie rechtzeitig in ihre Schulen kamen. Die erste Strecke gingen sie nebeneinanderher, ich schaute ihnen durchs Fenster nach, bis sie um die Ecke verschwanden, und war von ihrem Anblick gerührt: große Schwester, kleiner Bruder, dachte ich, die Sonne beschien sie von der Seite, an Yves' Rücken wippte der Thek auf und ab.

»Du wolltest doch eigentlich nicht, dass er an diesen Ort zurückkehrt«, sagte Helene, die am Tisch geblieben war. »Du hast gemeint, so etwas könnte zu riskant sein.«

Ich versuchte ein Lachen. »Seither hat sich viel verändert. Was können wir sonst gegen den Stillstand tun?«

Helenes Ausdruck wurde skeptisch; was es bedeutet, wenn sie einen Mundwinkel einkneift, wusste ich gut genug. »Du willst ihn pushen, ja? Es geht dir zu wenig schnell?«

»Wir sind zu dritt, um ihn aufzufangen«, erwiderte ich schroffer, als ich wollte. »Und wenn er jemandem vertraut, dann uns, oder nicht?«

Sie legte den Kopf zurück, als erwarte sie eine Eingebung von oben. Ihre langen Haare flossen über die Stuhllehne. »Wenn du deine Bedenken so ohne weiteres wegschieben kannst, dann ist ja gut.«

»Ich kalkuliere das Risiko bewusst mit ein«, sagte ich und verbot mir, auf das flaue Gefühl in der Magengrube zu achten.

Adrian war beleidigt, als ihm klar wurde, dass ich ihn auf dieser Fahrt nicht dabeihaben wollte. Doch er stellte mir das Auto zur Verfügung, fragte allerdings, ob ich noch geübt genug sei, um mehrere Stunden Autobahnfahrt durchzuhalten. Wir würden sicher einen Teil auf Nebenstraßen fahren, sagte ich, und Helene könne mich nötigenfalls am Steuer ablösen. Die habe auch wenig Fahrpraxis, erwiderte Adrian. Weitere Einwände schluckte er herunter; bevor er eine gute Reise wünschte, bat er darum, dass ich den Tank wieder auffülle.

Am frühen Samstagmorgen brachte Adrian das Auto, wir begrüßten uns mit Wangenküssen am Gartenzaun, an dem die Margeriten blühten; mit seinem Klapprad, das er im Kofferraum verstaut hatte, fuhr er nach Hause zurück. Yves – er war am frühsten aufgestanden – hatte uns am

Fenster beobachtet. Auf seinen Wunsch machte ich für uns alle Sandwiches mit Schinken und Thon, für ihn mit Extra-Gurkenscheiben; Eistee hatte Alice schon am Vorabend zubereitet und in den Kühlschrank gestellt.

Wir waren in ausgelassener Stimmung, wir scherzten und alberten miteinander herum wie schon lange nicht mehr. Kurz nach neun fuhren wir ab, Helene neben mir, Alice und Yves auf dem Rücksitz. Den Luchs mitzunehmen hatte er abgelehnt, aber sein dünnes meergrünes Sweatshirt wollte er unbedingt tragen, dazu die verwaschenen und zu großen Jeans, die möglicherweise mal dem älteren Bruder gehört hatten. Alice hatte ihm ihre eckige Sonnenbrille ausleihen müssen, die ihm überhaupt nicht stand.

Bald waren wir auf der Autobahn. Wir ließen die Stadt hinter uns und fuhren durch Wiesen und Wälder, die grün waren wie sonst nie im Jahr, festlich grün geradezu, mit Anteilen von Gelb und Gold; es ist ein Gräser- und Buchengrün, das den Augen wohltut und doch überhell werden kann. Die Sonne schien schon kräftig, im Auto wurde es rasch warm, es begann nach Kunstleder und Alices Haargel zu riechen. Ich öffnete die Vorderfenster ein wenig, damit der Fahrtwind für Abkühlung sorgte.

Mit Yves geschah etwas Seltsames. Seine Wortkargheit schlug wieder einmal in Redseligkeit um. Aber dieses Mal gingen ihm plötzlich, wie wenn er in eine andere Zeit und einen anderen Raum eingetreten wäre, die Namen der toten Angehörigen ohne Mühe, beinahe selbstverständlich über die Lippen, er schien jetzt, im Schutz und in der Wärme des fahrenden Autos, sogar das Bedürfnis zu haben, sie unentwegt zu nennen.

»Hast du Reisetabletten dabei?«, fragte er mich schon nach wenigen Minuten. »Madlen hat immer welche mitgenommen, mir wird nämlich schlecht, wenn wir viele Kurven fahren.«

Das hätte er vorher anmelden müssen, sagte ich, aber wir könnten bei einer Apotheke anhalten und eine Schachtel kaufen. Ich sah im Rückspiegel, dass er nickte.

»Weißt du«, fuhr er fort, nun an Alice gerichtet, »wenn wir weggefahren sind, hat immer irgendjemand etwas vergessen. Rico das Geld, Madlen ihre Handtasche, Lisa ihr Handy, und dann mussten wir umkehren und zurückfahren.«

Mir fiel auf, dass er alle beim Vornamen nannte, »Papa« und »Mama« zu sagen, vermied er. Trotzdem beunruhigte mich dieser – wie soll ich es nennen? – Kontrollverlust; er war, fand ich, zu schnell erfolgt.

»Und du?«, fragte Alice. »Hast du nie was vergessen?«

»Doch.« Yves lachte wieder. »Einmal habe ich sogar vergessen, die Schuhe anzuziehen. Ich habe gar nicht gemerkt, dass ich nur die Socken anhatte!«

Nun lachten wir alle. Als wir an der Tafel vorbeikamen, die auf Shoppyland, das große Einkaufszentrum hinwies, sagte Yves, hier hätte Maurice am liebsten ein Teleskop gekauft, und mit ihm hätten sie am Nachthimmel die Jupitermonde gesehen, aber Rico habe gesagt, dafür müsse man in ein Spezialgeschäft, und ein richtiges Teleskop sei sowieso viel zu teuer. Wir waren schon am Jurasüdfuß, da wollte Yves unbedingt mit uns singen, Madlen habe immer gesagt, sie seien zu fünft ein Familienchor (er hob eine Hand und spreizte alle fünf Finger), das könnten wir doch auch sein, ein Chor, und sie hätten immer angefangen mit *Fuchs, du hast die Gans gestohlen*. Er begann zu singen, seine Singstimme war dünn und doch beinahe schneidend, ich sang mit, weil ich ihn übertönen wollte. Alice und Helene stimmten zögerlich und unsicher mit ein, Helene warf mir von der Seite fragende Blicke zu. Nach der ersten Strophe wussten wir nicht weiter, aber Yves ließ sich nicht beirren und fuhr fort mit *Ein Männlein steht im Walde*. Ein paar andere Evergreens aus der Kinderstube folgten, dann ein Beatles-Song in rudimentärem Englisch; wo wir konnten, halfen wir mit, summend manchmal, lauter bei Refrains, die wir kannten. Singend brachten wir zwanzig, dreißig Kilometer hinter uns, singend überholte ich Lastwagen und langsamere Autos. Singend fuhren wir auch durch den Belchentunnel. Ein Blick in den Rückspiegel zeigte mir, dass Yves steif dasaß, wie in Alarmbereitschaft; aber er hörte nicht auf zu singen.

Als sein Repertoire erschöpft war, lag der Tunnel hinter uns, und er sagte: »Zum Schluss hat Madlen immer *Die Königin der Nacht* gesungen, aber die kann ich nicht.« Trotzdem hängte er ein paar hohe Töne aneinander, die in ein Krächzen übergingen. Er meinte wie damals, am ersten Abend bei uns, die Rachearie aus der *Zauberflöte*. Probeweise und nur halblaut intonierte ich den Anfang: »Der Hölle Rache kocht in meinem Herzen.« Ich stockte, weil Helene mich von der Seite mit dem Ellbogen anstieß, dann brach ich ganz ab, obwohl Yves dazwischenrief: »Das ist es, das ist es! Du kannst es ja!«

»Eine Callas bist du nicht gerade«, sagte Alice hinter mir.

»So wenig wie du eine Rockröhre«, gab ich zurück.

Wir lachten halbherzig und schwiegen. Blühende Apfelbäume säumten die Autobahn, überdeutliches Weiß in all dem Grün. Yves trank Eistee und aß einen Müsliriegel, den er geräuschvoll aus der Hülle schälte. Mit dem richtigen Picknick, sagte er, müssten wir warten, bis wir in Wissembourg seien, dort sei es schön, man sehe auf die Weinberge. Danach behauptete er, jetzt sei ihm doch schlecht geworden, und stöhnte ein wenig theatralisch. Sicherheitshalber verließen wir in Basel die Autobahn, wir fanden in einer Vorstadt eine Apotheke und kauften die Kautabletten, die Yves sich wünschte. Schon nach kurzer Zeit vertrieben sie seine Übelkeit.

Durch den Zoll bei St. Louis kamen wir ohne Umstände. Da hätten sie viel länger warten müssen, sagte Yves, in einer langen Kolonne, weil so viele ins Elsass gefahren seien, die Zöllner hätten Spürhunde gehabt, und er, Yves, habe sich in Frankreich an einer Böschung erbrochen.

Ob er eigentlich schon im Basler Zoo gewesen sei, fragte Helene. Das löste bei Yves einen neuen Redeschwall aus. Mit Rico und Maurice und Lisa sei er dort gewesen, sagte er, zwei Mal sogar, die Robben hätten ihm am besten gefallen, so gut schwimmen wie die möchte er auch, bloß nicht nach Fischen schnappen, roher Fisch sei eklig. Er erzählte weiter, fiebrig und hektisch, er reihte Erinnerungen aneinander, kleine Anekdoten, die vielleicht erfunden waren. Mir fiel auf, dass er die Mutter dabei nun meist ausblendete oder bloß flüchtig erwähnte, und ich war unschlüssig, ob ich ihn unterbrechen sollte.

Bewusst begann Helene – da waren wir schon auf der

Höhe von Mulhouse – von etwas ganz anderem zu reden, von ihren Semesterferien und dem Sommerjob, den sie sich suchen wollte, irgendwas in der Versicherungsbranche oder an einer Supermarktkasse. Doch Yves nahm einzelne Stichwörter auf und hängte wieder etwas daran, was ihn zu den Toten zurückführte, die bei ihm nun gespenstisch lebendig erschienen, als hätte er sie für sich und für uns – und nicht nur in heimlicher Zwiesprache – endlich aus ihrem Schattendasein geholt. Niemand außer mir wollte einen Abstecher nach Colmar machen: der Isenheimer Altar war kein Ziel, mit dem ich die Töchter begeistern konnte. Wir fuhren weiter und blieben in dieser Stimmung labiler und erinnerungsträchtiger Vertrautheit, in der Yves sich so weit vorwagte wie noch nie. Doch das Grünewald-Ostinato hörte nicht auf, in mir zu pochen.

Erst beim Städtchen Bergheim bogen wir ab; ich bestand darauf, etwas Warmes zu trinken und mich ein wenig auszuruhen. Wenn ich das Steuer losließ, zitterten meine Hände unmerklich, und das machte mir zu schaffen. Wir setzten uns auf dem Marktplatz an einen der zahlreichen weißen Bistrotische, die noch im Schatten lagen. Auf den Fensterbrettern der Riegelhäuser blühten üppige Hängegeranien, Oleander in großen Kübeln grenzte die Tische vom übrigen Platz ab. Yves behauptete, genau hier hätten sie auf ihrer Fahrt auch etwas getrunken, ja, hier in diesem Bistro, alles sei voll gewesen, er habe eine Cola gewollt, aber nur einen Tee bekommen. Maurice habe gleich zwei Croissants – er sprach das Wort mit Nasallaut – gegessen, und Madlen – jetzt nannte er doch wieder ihren Namen – habe gesagt, sie bekomme ihre Migräne.

»Und dann haben uns die Leute von da drüben ange-sprochen«, fuhr er fort und zeigte auf einen leeren Neben-tisch, als säßen sie noch dort. »Die wollten auch die Sonnen-finsternis sehen, und die hatten einen Sohn, Thomas, der machte Lisa schöne Augen, und die haben wir nachher wieder getroffen.«

Wir taten so, als glaubten wir ihm. In diesem übererreg-ten Zustand war Yves mir mit seinen glühenden Wangen fremd; dass etwas mit ihm passiere, hatte ich gewollt, aber nicht diese Form von Geschwätzigkeit, die uns in die Ver-gangenheit einzuweihen schien und doch pausenlos über sie hinwegglitt, ohne sie wirklich zu erfassen.

Ich trank einen viel zu schwachen Cappuccino, Yves hol-te die Cola nach, die er, nach seiner Version, damals nicht bekommen hatte, die Töchter nippten an einem Orangen-saft. Es ging schon gegen Mittag, als wir weiterfuhren. So-bald wir nicht mehr auf der Autobahn waren, löste mich Helene am Steuer ab. Sie beugte sich übertrieben vor, und immer wieder musste sie die Strähnen, die ihre Augen zu verdecken drohten, zurückstreichen. Sie fuhr vorsichtig; auch durch Alices Unmutsseufzer ließ sie sich nicht dazu verleiten, aufs Gaspedal zu drücken. In langen Alleen flat-terten Pappelschatten über uns hinweg, wir durchquerten Wälder, die wilder und größer schienen als unsere. Ich hat-te Lust auszusteigen, Yves an der Hand zu nehmen und einfach mit ihm loszulaufen, ins helle Laubgrün hinein und auch in die tiefgrünen, blaudunklen Schattenbereiche, wo niedrige Tannen wuchsen und das Winterlaub faulte; irgendwo kämen wir dann aus dem Wald hinaus und sähen am Horizont die Türme einer alten Stadt.

Yves redete weiter, nicht mehr so überhastet wie auf den ersten hundert Kilometern, doch stetig, in unvorhersehbaren Assoziationen, und wir waren sein Publikum. Es ging nun hauptsächlich um Lisa und wie sie mit diesem Thomas angebändelt und wie Maurice sie deswegen geneckt und sie ihn wütend angefahren habe, sie hätten sich eben oft gestritten, Lisa und Maurice, sagte er.

Ich wollte dem Erzählfluss eine Richtung geben und fragte: »So oft wie deine Eltern?«

Da stutzte er kurz, sagte dann: »Auf dem Hinweg haben sie nur wenig gestritten, und Madlen hat sowieso gedöst, wegen den Kopfwehtabletten, die sie schlucken musste.« Seine Ärmel waren inzwischen weit zurückgerollt, seine Haare verschwitzt, und doch roch er schwach nach Zahnpasta wie am Anfang der Fahrt. Nach einer Pause, deren Aufgeladenheit ich spürte, sagte er: »Aber vorher, weißt du, nach dem Cityfest, da hat Rico Madlen die Haare abgeschnitten. Sie hat sich gewehrt, er hat es trotzdem gemacht, zur Strafe, hat er gesagt.«

»Die Haare abgeschnitten?«, fragte Alice ungläubig.

»Ja, zur Strafe. Weil sie mit andern Männern getanzt hat.«

Ich hatte mich zu Yves umgedreht; ich sah ihn nicken, er hörte gar nicht auf zu nicken, als müsse er hundertfach bestätigen, was er sagte.

»Sie hat geblutet, er hat nämlich mit der Schere zu tief geschnitten, und sie hat die ganze Zeit geweint und fortrennen wollen.«

»Und du? Warst du denn dabei?«

Alice rutschte näher zu ihm hin, Yves rückte von ihr ab,

bis ganz zur Tür, dann presste er die Stirn an die Scheibe. »Ich bin davon aufgewacht, vom Geschrei, ich bin zur Küchentür gegangen, die war halb offen, und da habe ich alles gesehen. Dann ist Maurice herbeigerannt, er hat auch geschrien, er hat Rico mit einem Küchenbrett auf den Kopf gehauen, da lag Rico plötzlich am Boden, Lisa war jetzt auch da, und sie hat gesagt, dass wir einen Arzt brauchen, aber Maurice wollte keinen. Erst haben wir Madlen ins Schlafzimmer gebracht, und Lisa hat sich um sie gekümmert, und dann haben Maurice und ich Wasser über Rico geschüttet, da ist er aufgewacht und war gar nicht tot, er hatte bloß eine Beule am Hinterkopf, die hat ein wenig geblutet, und Maurice hat Jod draufgetan. Rico wollte einfach liegen bleiben, auf dem Küchenboden, und da haben wir ein Kissen geholt und es ihm unter den Kopf geschoben und ihn mit einer Wolldecke zugedeckt. Und Madlens Haare haben wir zusammengewischt und das Klo runtergespült, Maurice wollte unbedingt, dass wir's so machen.«

»Und dann?«, fragte Helene. »Hast du noch schlafen können?«

Sie fuhr immer langsamer, dicht am rechten Straßenrand, so dass überholende Autos unwillig an uns vorbeirauschten, sie wollte kein Wort von Yves verpassen. Ihre Hände umklammerten das Lenkrad so fest, dass die Fingerknöchel sich entfärbt hatten.

»Es war ja schon fast Morgen«, sagte Yves. »Vera von nebenan hat bei uns geläutet und gefragt, ob alles in Ordnung ist, aber wir haben gelogen, und darum ist sie wieder gegangen. Maurice hat gesagt, jetzt müssen wir Ricos Pistole suchen, um ein Unglück zu verhindern, er hat nämlich gewusst, dass er im Haus eine hatte, wir haben sie gesucht und nicht gefunden. Danach ist Maurice zu mir gekommen, in mein Zimmer, und ich hab geschworen, dass ich nie jemandem verraten werde, was geschehen ist.« Yves stockte und räusperte sich, wie um neue Kraft zu sammeln. »Jetzt darf ich's aber sagen, sie sind ja alle nicht mehr da, oder?«

Er ließ es zu, dass Alice seine Hand nahm und sie leicht knetete, eine Form des Trostes, die sie selbst früher bei mir gesucht hatte.

»Habt ihr dann alle wieder Frieden gemacht?«, fragte sie.

»Ja. Madlen wollte erst nicht zum Frühstück kommen, dann kam sie doch, mit einem Tuch um den Kopf. Und Rico hat sogar Eier gekocht für uns und Toast gemacht, er hat gesagt, so was werde nicht mehr vorkommen. Maurice hat gesagt, Papa und Mama sollen sich versöhnen, und trennen dürfen sie sich auf keinen Fall, und Lisa hat gesagt, Papa soll endlich mit dem Trinken aufhören. Dann hat Maurice auf einmal vorgeschlagen, dass wir am Mittwoch ins Elsass fahren wegen der Sonnenfinsternis. Das tut uns gut, etwas gemeinsam zu unternehmen, hat er gesagt, wir brauchen nur schwarze Brillen, und am Ende waren alle dafür, sogar Madlen. Und darum sind wir losgefahren.«

Der letzte Satz hatte etwas Abschließendes, Yves schlug mit der Stirn mehrmals leicht gegen die Scheibe und hinterließ darauf ovale Flecken, die gleich wieder schrumpften und verschwanden. Er war nun verstummt, aber in ihm arbeitete es, er war auf dem Sitz tiefer geglitten, lehnte den Kopf an Alices Unterarm. Er hatte die Augen geschlossen, der Ausdruck auf seinem Gesicht wechselte dauernd; war er im einen Augenblick düster und zornig, hellte er sich im nächsten wieder auf. Ein Gedanke beruhigte mich auf absurde Weise: Wo die Pistole lag, wusste nur ich.

9

Kurz vor Straßburg wollte Helene mit mir wieder den Platz tauschen. Sie lotste mich, die Michelin-Karte auf den Knien, durch die Stadt. Im Kartenlesen hatte sie schon von klein auf brilliert; mit Schatzjagden und Orientierungsläufen war es Adrian gelungen, ihre Frostigkeit ihm gegenüber etwas aufzutauen. Kreuzungen, Ampeln, Warenhäuser, Garagen. Irgendwann die Silhouette des Münsters, viel zu weit entfernt; wir versäumen alles Schöne auf dieser Fahrt, dachte ich. Bis Haguenau kam kein neues Gespräch auf. Auch Alice und Helene hingen ihren eigenen Gedanken nach. Wir fuhren durch einen endlos scheinenden Tannenwald, dessen Düsterkeit unser Schweigen begünstigte. Erst als wir uns, nun wieder im hellen Mailicht, Wissembourg näherten, kehrte in Yves nach und nach die Aufgeregtheit zurück, es war, als habe er neue Kräfte sammeln müssen. Er glaubte, Geländeformen wiederzuerkennen, Böschungen, Hügel, sogar einzelne Gehöfte.

»Ja, ja«, rief er, »hier sind wir durchgefahren, ganz bestimmt, genau hier!« Sie hätten sich beeilen müssen, um einen guten Beobachtungsplatz zu finden, alles sei voller geparkter Autos gewesen. Sie hätten gehofft, dass es um halb eins ein Loch in der Wolkendecke geben würde. Und so sei es dann auch gewesen!

Die Kleinstadt Wissembourg lag in einer Senke, umgeben von Rebbergen, durch deren lichtes Grün der ockerfarbene Untergrund schimmerte. In einer lockeren Kolonne fuhren wir auf die turmbewehrte Fassadenreihe zu; ein paar Fensterscheiben blitzten im Sonnenlicht auf. Bevor wir die Altstadt erreichten, bog ein unauffälliges Sträßchen, das zu einem Rebhügel hinaufführte, von der Hauptstraße ab. Als ich schon vorbeigefahren war, wollte Yves unbedingt, dass wir diesem Sträßchen folgten.

»Dort oben, auf dem Hügel«, sagte er, »dort oben haben wir die Sonnenfinsternis gesehen, ja, genau dort!« Er stotterte vor Aufregung, rüttelte sogar an meiner Kopfstütze, damit ich gehorchte.

Ob er sicher sei, fragte Helene. Sein erneutes »Ja, ja« schrie Yves beinahe hinaus, er verschluckte sich und begann zu husten.

Ich wendete, zum Hupkonzert entgegenkommender Autos, den Wagen und bog ins Schottersträßchen ein. Nach ein paar Kurven, die durch ordentliche Rebenreihen führten, gelangten wir zu einem kleinen, von einem halb eingestürzten Stacheldrahtzaun begrenzten Plateau.

»Hier war es«, sagte Yves und trommelte gebieterisch an die Scheibe, »ich habe es gewusst, es gab noch eine Parklücke, hier, genau bei diesem Baum!«

Er deutete auf eine Stelle beim Zaun, hinter der eine verkrüppelte Esche wuchs. Ich hielt dort an, er stieg sogleich aus, ging und hüpfte ziellos herum; sein kurzer Schatten folgte ihm wie ein Wesen, das sich in seine Fersen verbissen hatte. »Glaubst du, dass das alles stimmt?«, fragte mich Helene, indem sie die Karte zusammenfaltete.

»Warum sollte er's denn erfinden?«, meinte Alice. Sie hatte schon die Tür geöffnet, um Yves Gesellschaft zu leisten.

Helene und ich folgten ihr; es war erstaunlich heiß unter der Frühlingssonne.

»Da sind überall Leute gewesen«, sagte Yves atemlos und drehte sich um sich selbst. »Und das Gras war nass vom Regen, und es hatte dicke Wolken und nur kleine Lücken, aber eine ist größer geworden, genau über uns, immer größer, darin ist die Sonne gewesen, aber sie war nur noch eine Sichel, ich hab's durch die Schutzbrille gesehen.«

Er schaute mit zusammengekniffenen Augen zum Himmel hinauf, der zartblau war, von ein paar Schleierwolken durchzogen.

»Das Schwarze vor der Sonne ist nämlich der Mond gewesen«, fuhr er fort. »Und der Schatten vom Mond, wisst ihr, wie schnell der herbeiflog? Schneller als ein Düsenflugzeug!« Er machte drei Schritte in die eine, vier in die andere Richtung, blieb stehen, kratzte mit der Schuhspitze die Erde auf. »Hier hat Maurice sein Fotostativ aufgestellt, ja, hier!« Er kauerte rasch nieder, fuhr mit dem Finger der Spur nach, die er eben gezogen hatte. »Ich glaube, man sieht noch, wo es war.« Er federte in den Knien, richtete sich wieder auf. »Maurice wollte nämlich die Korona fotografieren. Und die haben wir wirklich gesehen! Es wurde immer dunkler, und dann war die Sonne schwarz, und um sie herum hat es einen Schein gegeben wie von Flammen, die Leute haben geklatscht, und Maurice hat vergessen, die Korona zu knipsen, er hat es einfach vergessen, und als es ihm eingefallen ist, war es zu spät, denn die Lücke in den Wolken war schon wieder zu, und darum ist Maurice furchtbar wütend geworden, wir konnten ihn gar nicht beruhigen.«

Sprachlos hatten wir Yves zugeschaut und zugehört. Nun aber begann er leicht zu taumeln, das Hochgefühl, das ihn belebt hatte, wich, so schien es, einem plötzlichen Schwindel. Fast synchron traten Helene und ich zu ihm, um ihn zu halten, er lehnte sich leicht an meine Schulter und überließ Helene die Hand, während Alice uns in verhaltenem Grimm anstarrte, als hätten wir ihr Yves weggenommen.

Schön sei es hier oben, sagte ich, richtig schön, und legte den Arm um Yves; in die grüne wellige Weite des Pfälzer Walds sah man, ein Waldmeer war's, am liebsten wäre ich darüber hinweggeflogen, mit Yves in den Armen, um ihn zu retten, um ihn zu behüten vor allem Schlimmen. Realistischer war es, uns dem Picknick zuzuwenden, dafür war es längst Zeit. Ich schlug vor, uns einen Platz zu suchen, vielleicht unter der Esche im hohen Gras, eine Ruhebank gab es weit und breit nicht. Aber Yves bestand darauf, dass wir das Picknick im Auto aßen. Da sei es gemütlicher, sagte er, und es gebe keine Ameisen, die einem über die Brote krabbelten. In ihr Auto, in den gelben Toyota, hätten sie sich nach der Sonnenfinsternis auch gesetzt, aber damals habe es wieder ein wenig zu regnen begonnen, die Scheibenwischer – er zeigte mit der Hand das Hin und Her – hätten gequietscht, weil sie nur im schnellsten Gang gelaufen seien. So setzten auch wir uns in Adrians Auto; Yves hatte längst die Regie über den Ausflug übernommen. Die Autotüren ließen wir weit offen. Yves aß von seinem Schinkenbrot bloß die Hälfte, es sei ihm immer noch ein wenig übel, sagte er und bot den Rest Alice an, die ihm riet, er solle damit die Vögel draußen füttern. Er wollte nicht, sein Atem ging schnell und unregelmäßig. »Heiß ist es hier drin«, sagte er, nachdem er den Eistee ausgetrunken hatte. Er zog sein meergrünes Sweatshirt aus, schüttelte die Brosamen daraus und saß nun im dunkelblauen Unterleibchen da. Die mageren Arme wuchsen aus ihm wie entrindete bleiche Äste, über der Kuhle zwischen den Schlüsselbeinen lag ein Glanz von Schweiß.

»Du wirst dich erkälten«, sagte ich zu ihm, »es ist noch nicht Sommer.«

Er schüttelte den Kopf, und Alice fuhr mich an: »So lass ihn doch, das weiß er selber!«

Yves legte das Shirt um seine Schultern und sah nun plötzlich beinahe erwachsen aus, wie ein Wanderer bei der Rast.

Als Yves nichts mehr sagte, wollte Alice unbedingt Musik. Ich las die Titel der CDs, die Adrian im Handschuhfach verstaut hatte. Dort drin roch es intensiv nach ihm. So hatten vor allem seine Hände gerochen, es war die seltsame Mischung aus herber Seife und Bitterorangen, zusammen mit einem Hauch von Schmieröl, die ich mal gemocht hatte. In diesem Moment wünschte ich mir, Adrian wäre auch da, bei uns, neben mir. Adrian mochte Oldies, »natürlich«, wie Alice seufzte. Die Bruckner-Symphonie, die dabeilag, fiel ohnehin außer Betracht. Wir einigten uns auf die Beatles, es war eine »Best of«-Sammlung, und so hörten wir uns, zurückgelehnt auf unseren Polstersitzen, über Adrians teure Stereoboxen *Strawberry Fields Forever* an, ich beharrte, trotz Alices Protest, auf mittlerer Lautstärke.

»Ein Kabriolett«, sagte sie, »wäre schön, dann würden wir jetzt den Himmel sehen.« Doch plötzlich wollte sie weiterfahren, so schnell wie möglich, nach Colmar sollten wir, uns ein Hotel suchen, von ihr aus eine Pension, und danach ein wenig shoppen. Yves sagte nichts dazu, und Helene meinte, ihr sei's egal.

Ich fuhr los, dieselbe Strecke zurück. Wir machten mitten im Wald einen kurzen Pinkelhalt. Yves bewegte sich verlangsamt, als sei er im Halbschlaf oder habe ein starkes Beruhigungsmittel geschluckt. Ich hätte ihn gern aufgefordert zu erzählen, wie es denn weitergegangen sei nach der Finsternis und auf der Heimfahrt, ließ es aber bleiben. Er setzte sich direkt hinter mich ins Auto, schweigend, selbstversunken; seinen bisweilen pfeifenden Atem glaubte ich über meine Haare streichen zu spüren.

Hinterher dachte ich, dass der Wald, den wir kilometerweit durchfuhren, für ihn, jetzt ohne Gesangsablenkung, eine Art Tunnel simulieren mochte, Halbdunkel zumindest, Schattenwelten von Strünken, Wurzeln, Moos. Plötzlich kam ein Laut von Yves, ein erstickter Schluchzer, der aber gleich überging in einen langgezogenen, schrecklichen Jammerschrei. Mir war, als ob jemand Nägel in meinen Körper hineintriebe, ich erstarrte, der Wagen geriet ins Schlingern.

»Halt an, halt an!«, rief Helene und griff ins Steuer, das mir entglitten war.

Ich gehorchte automatisch, mit Hilfe abrufbarer Reflexe, der Volvo kam am rechten Straßenrand, schon halb im Grasstreifen neben dem Unterholz, zum Stehen.

Yves' Schrei war abgebrochen, hallte aber noch nach, nein, er hing in der Luft wie etwas Monströses. Ich stellte den Motor ab, es wurde still. Ich drehte mich nach hinten. Yves war wieder weggerutscht von Alice, hatte die Knie an die Brust gezogen und hielt sie mit beiden Händen umklammert.

»Was ist denn?«, fragte ihn Alice, nach einem hilflosen Blick zu mir.

Yves holte Atem wie kurz vor einem Asthmaanfall, dann flüsterte er: »Ich war's, ich.«

»Wie meinst du das?«, fragte ich und bekam selbst kaum noch Luft.

»Ich bin schuld«, sagte er. »Ich.«

»Auf keinen Fall!«, entfuhr es mir, und Helene sagte aufgebracht: »Das bildest du dir ein.«

»Nein! Nein!« Yves schüttelte so heftig den Kopf, dass es seinen ganzen Oberkörper hin- und herschleuderte. Alice versuchte, ihn zu halten, doch mit aller Kraft stieß er sie von sich weg. Dann bedeckte er mit den Händen sein Gesicht; er begann in kurzen Schüben zu reden: »Ich habe es doch nicht gewollt... Aber sie haben sich wieder gestritten... und Maurice und Lisa haben gesagt, sie sollen aufhören, aber sie haben nicht aufgehört, und Madlen hat geschrien, Rico soll nicht so schnell fahren, das sei gefährlich bei der nassen Straße, doch er fuhr extra noch schneller und hat andere Autos überholt, und unser Auto hat geschwankt und ist fast nebenaus gefahren... Da hat Madlen geschimpft und geschrien: Rico stürzt uns alle ins Unglück... Das wollt ihr doch!, hat Rico gesagt und gelacht, und Madlen hat gesagt: Ich werde dich verlassen, und Rico hat noch mehr Gas gegeben und geschrien: Das tust du nicht! Dann sind wir in einem Tunnel gewesen, ich glaube, wir haben alle durcheinander geschrien, Rico hat mit einer Hand herumgefuchtelt, ich habe gedacht, jetzt will er sie wieder schlagen, und ich habe ihn von hinten geschubst, zwischen den Sitzen hindurch, ich habe ihn geschubst, und er hat das Steuer losgelassen, und dann… dann hat es geknallt, und dann…«

Yves sank in sich zusammen, die Hände immer noch vorm Gesicht, aber nun drangen aus seinem Mund heisere Töne, die sich rasch steigerten zu einer Art Klagegejaule, wie ich's noch nie gehört hatte, es hätte von einem gepeinigten Tier stammen können. Das Leiden an der echten oder vermeintlichen Schuld übertrug sich auf mich, der Hals tat mir weh, als würde ich gewürgt.

Yves hatte sich, hemmungslos heulend, halb hingelegt und duldete es, dass Alice seine zuckenden Schultern streichelte. »Es ist doch nicht wegen dir passiert«, sagte sie, nahe an seinem Ohr, und wiederholte es ein ums andere Mal, aber vielleicht erreichte ihn ja in diesem Moment nichts mehr, keine Berührung, kein Wort.

»Fahr du, bitte«, sagte ich zu Helene, die wie gelähmt neben mir saß. »Ich geh nach hinten, zu ihm.«

»Ich kann jetzt nicht fahren«, murmelte Helene.

»Bitte, du musst es versuchen!«

Sie bäumte sich auf wie in einem Krampf. »Ich kann nicht!« Und plötzlich schrie auch sie; ihre Stimme, durchdringend, im Diskant, übertönte die von Yves: »Er soll aufhören! Hörst du, er soll aufhören!« Sie presste beide Hände auf die Ohren und schaute mich so hasserfüllt und zugleich verzweifelt an, dass ich vor ihr zurückwich. Dann schlug sie plötzlich mit den Fäusten auf ihre Knie. »Sag ihm endlich, er soll aufhören! Sag's ihm!«

»Sag's du doch ihm!«, schrie ich zurück, und meine Stimme klang so fremd, dass ich sie ebenso wenig erkannte wie die von Helene.

»Ach so!« Ein unbegreiflicher Hohn vergiftete die Sätze, die sie herausstieß, nein, vor mir erbrach. »Und wer hat uns die ganze Sache eingebrockt? Wer wollte ihn unbedingt bei uns haben? Wer glaubt, eine gute Tat an ihm zu vollbringen? Wer?« Sie hatte ihre Fäuste geöffnet und hielt die zitternden Hände wie Schalen vor ihrer Brust.

»Sagt mal, spinnt ihr?«, vernahm ich Alice von hinten.

Ich achtete nicht auf sie, hatte nur Helene im Blick. »Du warst einverstanden. Oder warst du es nicht? Hast du mir etwas vorgemacht? Dann sag doch endlich mal, was du wirklich willst!«

Ich sah eine Ader in Helenes Hals pochen und hätte, jetzt schon, alles zurücknehmen wollen, was wir uns an den Kopf geworfen hatten.

»Du… du…« Helene stach mit dem Zeigefinger nach mir, zum Takt ihrer Worte. »Du… Hast du dich je interessiert für das, was in mir vorgeht?«

»Und du«, gab ich zurück, »hast du dir je überlegt, wie schlimm es für mich ist, dass meine Tochter sich bloß noch vor mir versteckt?« Erst am Salzgeschmack auf meinen Lippen merkte ich, dass ich zu weinen begonnen hatte.

»Hört auf, hört endlich auf!« Das war wieder Alice von hinten, noch wütender als vorhin, und als wäre dies ein Stichwort für ihn gewesen, trieb Yves sein Heulen in gellende Höhe.

Wie hypnotisiert starrte ich Helene an. Eine Weile – einige Sekunden – drangen bloß noch ihr Keuchen und Yves' hohe Töne an mein Ohr, ich fühlte mich eingesperrt wie in einer Kiste, gegen die von allen Seiten geschlagen und gehämmert wird. Da öffnete Helene die Autotür, sie stieß sie mit einem Fußtritt weit auf und fiel beinahe ins Freie. »Ich halte das nicht aus!«, schrie sie und rannte blindlings in den Wald hinein, durch das Gittermuster von Baum- und Laubschatten, sie fiel auf die Knie, rappelte sich auf, lief taumelnd weiter, ihre langen Haare schwangen hin und her wie ein selbständiger Körperteil.

»Hol sie zurück, hörst du, hol sie zurück!«, befahl Alice.

Ich stieg mit unendlich schweren Gliedern aus. Hupend fuhr ein Lastwagen an mir vorbei. Ich folgte Helene über Moos- und Nadelboden, stolpernd wie sie, kleine Äste zerbrachen unter meinen Schritten. Dann sah ich sie am Boden liegen, ihr Pullover mit den hellgelben Streifen war von weitem sichtbar gewesen, vielleicht war sie gestürzt, oder sie war halb ins Unterholz hineingekrochen. Ich setzte mich zur ihr, tätschelte ihren nadelübersäten Rücken. Sie hatte sich, seitlich liegend, ganz zusammengekauert, die blasse Haut zwischen Jeanssaum und Socken war zerkratzt.

»Verzeih mir«, sagte ich, nachdem ich zu Atem gekommen war.

»Ich halte das nicht aus«, antwortete sie, kaum vernehmlich.

»Was?« Ich hatte mich nun wieder halbwegs gefasst.

»Dass er so laut weint«, verstand ich, »und dass er nicht aufhört.«

»Komm«, sagte ich. »Wir gehen zurück.«

Ich half ihr beim Aufstehen, ich wischte ihr Nadeln und Erdkrumen vom Rücken, zupfte ihr Zweiglein aus den

Haaren, sie selber strich sich Speichel über die Kratzer an den Waden, und als wir zurückgingen, stützte sie sich auf mich.

»Es ist wichtig, dass er weinen kann«, sagte ich zu Helene.

»Ich weiß.« Sie nickte ergeben.

Alice ignorierte uns, als Helene und ich wieder einstiegen. Sie hatte Yves die Turnschuhe ausgezogen und massierte seine Füße, während er mit angewinkelten Beinen dalag und immer noch weinte, leiser jetzt.

»Willst du nach hinten?«, fragte ich Helene.

Sie schüttelte den Kopf.

»Magst du jetzt fahren?«

Helene straffte sich, mit einem leichten Beben der Schultern; mir fiel wieder auf, wie mager sie war und wie wohlgeformt trotzdem. »Wir können ja nicht ewig hier warten«, sagte sie.

»Dann setze ich mich zu Yves.«

Helene nickte. Ich zwängte mich hinten hinein; es war eng, und ich legte Yves' Kopf auf meinen Schoß, seine Füße ruhten auf Alices Oberschenkeln.

»Bist du nicht zu erschöpft jetzt?«, fragte ich Helene mit schlechtem Gewissen.

»Nein«, sagte sie. »Es ist ja nicht mehr so laut.« Sie startete den Motor, stellte den Blinker, die Straße glitt unter uns weg, über unseren Köpfen neigten sich hier und dort im Wind die Wipfel hoher Fichten einander zu und warfen schmale Schatten vor das Auto.

Ich hielt Yves' Kopf zwischen meinen Händen und spürte seine nassen und heißen Wangen. Wie unter einer

Lupe sah ich die verklebten langen Wimpern, ich sah, dass sich sein Leibchen von den Tränen über der Brust dunkel verfärbt hatte. Wir fuhren durch Haguenau. Yves weinte immer noch, mit längeren Pausen jetzt. Wir fuhren durch Kriegsheim, durch Brumath. Yves weinte nur noch sporadisch, und ich wischte immer wieder sein Gesicht ab. Wir fuhren nach Straßburg hinein und aus Straßburg hinaus, Yves hatte kaum noch Tränen, er weinte jetzt in kleinen Schüben, aus geschwollenen Augen. Wir fuhren durch kleine Orte, die Lipsheim hießen, St. Blaise, Benfeld, ein größerer war Sélestat. Yves hatte sich halb aufgesetzt, ich hatte den Arm um ihn gelegt, ihn an mich gezogen, so dass ich auf seine feuchten Wuschelhaare hinuntersah, und Alice war zu uns gerückt und streichelte Yves' Rücken.

Es war, vermute ich, in Guémar, wo wir tanken mussten, ich gab Helene das Geld zum Zahlen, zuerst zu wenig, dann zu viel, und plötzlich merkte ich, dass draußen dunkle Wolken aufgezogen waren, es donnerte, dann regnete es kurz. Erst als wir in Colmar ankamen, hörte Yves endgültig zu weinen auf. Zweieinhalb Stunden lang hatte er sich leer geweint. Er war nahe daran, einzuschlafen, er fror ein wenig, und wir zogen ihm sein Sweatshirt wieder an.

10

In der Rue Weinemer fanden wir eine Pension, wo uns ein großes Dreierzimmer im ersten Stock angeboten wurde; gegen einen bescheidenen Aufpreis stellte man ein Zusatzbett hinein. Der Junge sei auf der Reise krank geworden, sagte ich zur Rezeptionistin, als Alice und ich – Helene ging mit dem Gepäck voran – Yves an der Loge vorbeiführten, er brauche dringend Ruhe. Wir hatten ihn unter den Schultern gefasst, seine Füße schleiften beinahe über den Boden, und doch bemühte er sich, ordentliche Schritte zu machen.

Das Zimmer lag gegen einen Innenhof, die weinroten Samtvorhänge waren halb gezogen; so herrschte im Raum ein Dämmerlicht, das uns dazu brachte, nur gedämpft miteinander zu sprechen. Er habe Durst, sagte Yves, es waren die ersten Worte seit unserer Ankunft. Er trank zwei Gläser Leitungswasser, er pinkelte, er wusch sich das Gesicht, dann konnte ich ihn überreden, sich in den Kleidern aufs Einzelbett zu legen, das, quer zum Doppelbett, an der Wand stand. Auch sie sei todmüde, sagte Helene mit einem verlegenen Lächeln, sie müsse sich ein wenig ausruhen. Sie zog ihre Schuhe aus, ich hatte beinahe erwartet, dass sie sich zu Yves legen würde, aber sie wählte das Doppelbett und wandte uns den Rücken zu. Alice und ich rückten zwei Stühle zu Yves heran, zu zweit saßen wir da wie bei einem Krankenbesuch und wussten nicht, was weiter geschehen sollte.

Leicht seitwärts gedreht lag Yves auf der Matratze, der Kopf ins voluminöse Kissen eingesunken. Seine Augen waren geschlossen. Ein Lichtfleck wanderte langsam über die weißgetünchte Wand und machte auf seinem Weg die rauhe Struktur der Farbe sichtbar, winzige Einschlüsse, Bläschen, Körner, geteilt in Licht und Schatten.

»Yves«, sagte ich, »glaub mir, du hast nichts Böses getan, die anderen sind gestorben, ja, aber das ist nicht deine Schuld, verstehst du?«

Er bewegte sich leicht, die zusammengerollte Decke am Fußende raschelte, das Kissen verschob sich.

»Es wäre besser«, sagte er, fast unhörbar, indem er mit der flachen Hand über das Leintuch strich, »ich wäre auch tot.«

Alices »Nein!« kam so rasch, dass ich zusammenzuckte; sie ging vor dem Bett auf die Knie und legte ihren Kopf aufs Kissen, neben den von Yves. Ihre Gesichter, bleich im Dämmerlicht, waren einander zugewandt. »Ich will doch, dass du bei uns bleibst!«, sagte sie, jedes Wort betonend.

»Aber warum«, fragte Yves, »warum bin ich ganz allein zurückgeblieben?« Er sprach jetzt sehr klar, wenn auch mit schwacher Stimme.

Helene hatte zugehört, unerwartet drehte sie sich zu uns herum und sagte mit zornigem Nachdruck: »Du bist gar nicht allein, Yves. Merkst du das eigentlich nicht?« Sie kämpfte darum, nicht die Beherrschung zu verlieren, und mir wurde bewusst, wie aufgewühlt sie immer noch war.

Yves schniefte zwei-, dreimal, doch dann streckte er sich und gähnte, und nach einer Weile sagte er, als wäre dies das Fazit des Gesprächs: »Ich habe Hunger.«

»Hunger?«, wiederholte Alice verblüfft und setzte sich auf, so dass die Bettstatt knarrte. »Dann gehen wir doch was essen!«

Der plötzliche Stimmungswechsel erleichterte uns alle. Es war schon fast halb sechs, ich schlug vor, uns auf einem kleinen Spaziergang das Quartier, das *Petite Venise* heißt, anzusehen und danach ein hübsches Restaurant zu suchen. Yves zögerte, auch er setzte sich nun auf, er zog die Ärmel seines Sweatshirts über die Handgelenke und ließ seine Blicke fragend von Alice zu mir wandern. Dann nickte er, deutete sogar ein Lächeln an, und weil es draußen so warm war, suchte Alice aus dem wenigen Gepäck ein Ersatz-T-Shirt für ihn heraus, es war kanariengelb und schon ein wenig eng für ihn, doch er zog es ohne Umstände an. Helene hingegen war noch eine Weile unentschlossen, ob sie mitkommen wollte. Ich bat sie darum; das bewog sie zu einem Ja.

Wir Frauen machten uns im Badezimmer flüchtig zurecht, überdeckten die Tränenspuren, die geröteten Lider mit Make-up. Helene zog sich ein weißes Top mit Spaghettiträgern an, das ich noch gar nie gesehen hatte. Über die winterblassen Schultern legte sie einen perlgrauen Angorapullover. Ein leichter Zug ins Kokette lag darin; man lernt nie aus bei seinen Kindern, dachte ich ein weiteres Mal.

Gemeinsam gingen wir hinaus an die Abendsonne. Die Straßen waren nach dem kurzen Gewitterregen schon wieder trocken. Bald erreichten wir das Flüsschen Lauch, das träge an den Fachwerkhäusern vorbeizog. Im schlamm-grünen Wasser spiegelten sich die Fassaden und in zittern-den Farbflecken die Petunien und Geranien, deren Blüten dort, wo das Sonnenlicht hingelangte, unwirklich aufleuch-teten. Wir blieben auf einer Brücke stehen; an uns vorbei schlenderten Touristen, die holländisch und englisch spra-chen. Yves hatte mich an der Hand gefasst und lehnte sich über die Brüstung, er glaubte im Wasser Fische zu erken-nen.

Alice widersprach ihm: »Das sind Strömungen, oder vielleicht Tang oder so was.«

»Es sind Fische«, behauptete Yves. »Große, dicke Fische mit goldenen Schuppen, siehst du das nicht!«

Er ahmte mit seinem Arm ein Schwänzeln nach und lachte verhalten. Das hatte ich nicht erwartet. Die lange An-strengung schien ihn eher gestärkt als geschwächt zu haben, aber ich nahm an, dass die körperliche Reaktion noch früh genug kommen würde, nicht nur bei ihm, sondern bei uns allen. Yves zuliebe tat ich, als sehe auch ich die Fische im Wasser: golden schimmernde Leiber, die über den Grund glitten, Märchenfische, verhexte Prinzen.

Yves zeigte auf ein paar bunte Sonnenschirme weiter unten am Flussufer; die Terrasse lag schon halb im Schat-ten. »Dort können wir hin, dort sitzen wir am Wasser!«

Wir setzten uns im kleinen Bistro an einen Tisch. Yves wollte unbedingt Sauerkraut mit Würstchen, wir anderen bestellten überbackenen Spargel. Ich trank ein Bier dazu. Yves probierte mit dem Finger vom Schaum und schüttelte sich vor gespieltem Ekel. Alice fragte ihn, ob Schnecken, die man hier auch essen könne, nicht noch ekliger seien.

Wir lachten über seine Grimasse. Vom Wasser her wehte ein kühler Hauch zu uns, jemand vom Personal klappte die Sonnenschirme zusammen, und jetzt hatten wir den lichten und wieder wolkenfreien Himmel über uns. Als Yves zu frieren begann, reichte ich ihm die zusammengefaltete Trainingsjacke, die ich in meiner Schultertasche mitgenommen hatte. Es war eine Alltagshandlung, und gerade das Selbstverständliche daran rührte mich über Gebühr. Ich hatte auch Sommerpullover für die Töchter eingepackt; eine gute Mutter denkt an alle. Wir blieben sitzen, bis es Nacht geworden war und sich über den Dächern die Venus zeigte. Die Kellnerin hatte Kerzen auf die Tische gestellt, die mal flackerten, mal ruhig brannten. Wir plauderten, löffelten dazu noch ein Eis, unsere Stimmen hoben sich vom Stimmenwirrwarr ringsum ab. Ich staunte darüber, wie glücklich ich mich momentelang fühlte, wie zugewandt mir die Töchter waren, wie entspannt auch Yves sich gab; auf dem dunklen Grund der letzten Wochen leuchtete dieser Abend wie ein kleines Wunder. Irgendwann nach neun, als Yves doch immer öfter gähnte, gingen wir zurück zur Pension, ein kurzes Stück – wir glaubten, wir seien in der Fußgängerzone – hakten wir uns alle beieinander ein und versperrten die ganze Straße, bis ein Auto hinter uns hupte. Yves wollte meine Hand nicht mehr loslassen, auch wenn nun auf seinem Gesicht wieder etwas Mürrisches und Abwehrendes lag. Dann lief Helene tänzelnd voraus, machte mit fliegenden Haaren zwei, drei elegante Pirouetten und trippelte auf den Zehenspitzen wieder herbei, als parodiere sie ein klassisches Ballett, und in der Tat rief sie uns zu: »Vielleicht werde ich doch noch Tänzerin!« Ich erinnerte mich, dass sie vor Jahren Ballettstunden genommen hatte; wegen Rückenproblemen hatte sie damit aufgehört.

Wir legten uns bald zur Ruhe. Helene lag bei mir im Doppelbett, ganz am Rand und ohne sich zu regen. Alice schnarchte, Yves, im schmalen Zusatzbett, gab keinen Laut von sich, er war gleich in Schlaf gesunken, nachdem wir ihm zu dritt ein Lied vorgesungen hatten. Ich selbst konnte nicht einschlafen, die Eindrücke vom Tag verknäuelten sich ineinander, der lange Schrei, der Yves' innere Mauern aufgesprengt hatte, hallte noch in mir nach. Auch was vorausgegangen war, ließ mich nicht los, und plötzlich hatte ich das absurde Bedürfnis, die Fallgeschichte innerhalb der Psychotraumatologie wissenschaftlich einzuordnen. Hier, so sagte ich mir, überlagerten sich posttraumatische Belastungsstörungen, die auf zweierlei Ursachen zurückgingen, auf einmalige und auf chronische; sie schienen zu neuartigen Symptombildern zu führen, zum Beispiel zu Yves' zusammenhängendem Erinnerungsschub, der den gängigen Theorien widersprach. Ich überlegte mir sogar, darüber einen Artikel für ein Wissenschaftsjournal zu schreiben, erschrak aber, mitten im Gedankengang, über mich selbst. Eigentlich wünschte ich mir ja bloß, dass die Stimmung dieses Abends anhalten würde, und fürchtete mich gleichzeitig vor den Rückschlägen schon am nächsten oder übernächsten Tag.

Ich zwang mich dazu, reglos dazuliegen, weder auf den Juckreiz am Nacken noch auf mein Lidzucken oder die eiskalten Füße zu achten. Von irgendwoher schlug es Mitternacht; vielleicht war es eine Klosterglocke, die ich hörte. Der Isenheimer Altar fiel mir wieder ein, die Bilder der

Kreuzigung, des Engelkonzerts, der Auferstehung stiegen aus meiner Erinnerung empor wie lebendig schimmernde Wesen. Morgen würde es keine Ausrede mehr geben, das Museum nicht aufzusuchen. Vorsichtig stand ich auf, schlich im Zimmer herum, das von der roten Standby-Leuchte eines Radioweckers schwach erhellt war. Ich ertastete Alices Handy in ihrer Sporttasche, tappte damit, nachdem ich die knarrende Tür geöffnet hatte, barfuß in den Flur hinaus, wo sogleich das Deckenlicht anging und mich blendete. Ich wählte Adrians Nummer. Es dauerte lange, bis er sich meldete, und weil ich so leise sprach, erkannte er mich zuerst gar nicht.

»Du?«, sagte er endlich mit verschlafener Stimme.

»Es war ein Fehler, dass du nicht mitgekommen bist«, sagte ich, allen Mut zusammennehmend.

Sein »Wie?« klang irritiert, doch mein Einleitungssatz schien ihn endgültig aufgeweckt zu haben.

»Es ist heute so viel passiert«, fuhr ich fort. »Ich kann dir gar nicht alles erzählen.«

»Findest du nicht, es ist ziemlich spät dafür? Beziehungsweise zu früh?«

Ich stellte mir vor, dass er auf die Leuchtziffern seiner Omega schaute, die er auch nachts nicht ablegte (zumindest hatte er das nicht getan, als wir noch zusammenlebten); ich hörte ein kleines und nicht unfreundliches Lachen, bei dem mir warm ums Herz wurde, und plötzlich hatte ich den Geruch des Aftershaves in der Nase, dem er, anders als mir, über all die Jahre treu geblieben war.

»Ich möchte, dass du zu uns kommst«, sagte ich. Der Satz war heraus, bevor ich ihn zurückhalten konnte.

Adrian schwieg eine Weile, ich hörte ein Rascheln, ein Knarren, er suchte wohl eine bequemere Lage im Bett. Oder war er aufgestanden und stand in seinem Pyjama frierend da wie ich? Nach einem Räuspern sagte er: »Entschuldigung, ich verstehe nicht ganz. Wie meinst du das?«

Erst jetzt wurde mir die Doppeldeutigkeit meines Wunsches bewusst. Ich spürte, dass ich errötete, und war froh, dass Adrian mich nicht sehen konnte.

»Ich meine, du könntest doch morgen früh nach Colmar kommen ... Yves ist in einem labilen Zustand, ich bin sicher, es täte ihm gut, dich dabeizuhaben ...«

Adrian atmete hörbar ein und aus. »Eliane, wie stellst du dir das vor? Mein Auto habt ihr doch. Hast du das vergessen?«

»Dann nimm den Zug«, sagte ich. »In zwei Stunden bist du hier, um neun oder zehn, wir könnten zusammen frühstücken. Nachher sehen wir uns den Isenheimer Altar an und fahren gemeinsam zurück ...«

»Den Isenheimer Altar?«

»Er bedeutet mir viel, habe ich dir nicht mal davon erzählt?«

»Es hat mit deiner Maturareise zu tun, nicht wahr?«

»Wir fuhren nach Colmar, und der Altar hat mich einfach umgehauen. Auf so etwas war ich nicht gefasst. Ich habe deswegen beinahe Kunstgeschichte studiert.«

»Aber dein Vater war strikt dagegen.«

»Ich habe mich gefügt.«

»Und was erhoffst du dir jetzt von Grünewald?«

Ich zögerte. »Eigentlich nichts. Oder vielleicht: dass er uns etwas sagt. Dass wir uns berühren lassen.«

»Eine Art Familienausflug also«, sagte er; ein leichter Spott lag darin, aber auch Wohlwollen, so schien mir.

»Bitte« zu sagen fiel mir schwer. Aber ich sagte es, und nun lachte Adrian: »Manchmal bist du einfach ein verrücktes Huhn.«

»Soll ich gackern?«, fragte ich.

Er lachte noch lauter, und ich stimmte mit ein.

»Gut, ich komme«, sagte er.

Ich dankte ihm, und während eine heiße – und eigentlich unbegreifliche – Freude meine Haut überlief, beschrieb ich ihm, wo wir logierten. Er wollte rasch im Fahrplan nachschauen, wann er eintreffen würde, aber der Akku war nun beinahe leer, seine Stimme wurde schwächer, und dann setzte die Technik unserem Gespräch ein Ende, ohne dass wir uns verabschiedet hatten. Es machte aber nichts, Adrian würde nach Colmar kommen, darauf konnte ich mich verlassen. Ich schlich mich wieder ins Zimmer, wo sich nichts verändert hatte, ich legte das Handy in Alices Tasche zurück, blieb noch eine Weile stehen wie ein Tier, das die vertraute Witterung aufnimmt, schlüpfte dann unter die große Decke im Doppelbett. Sachte schob ich die eiskalten Füße in Helenes Nähe, wo es wärmer war als auf meiner Seite. Sie murmelte etwas; ich glitt davon in Räume voller Himmel und Meer.

II

Kurz vor neun saßen wir beim Frühstück. Der Speisesaal war altertümlicher als das Zimmer: viel dunkles Holz, geschweifte Tisch- und Stuhlbeine, zur Straße hin gab es rotgelbe Scheiben, durch die das Licht auf dem Fliesenboden ein buntes Muster erzeugte. Yves wirkte introvertiert, aber nicht abweisend; er hatte die Haare mit Wasser angefeuchtet, nun klebte eine einzelne Locke an seiner Stirn. Das frische Croissant schmeckte ihm, er strich üppig Butter und Aprikosenkonfitüre darauf, biss große Stücke ab und verstreute rings um sich eine Menge Krümel. Alice begann sie mit dem feuchten Zeigefinger aufzutupfen und wollte ihn zum Spaß damit füttern. Yves deutete zwar ein Lachen an, wandte sich aber von ihr ab. Alice fragte, ob er müde von gestern sei; er schüttelte den Kopf. Helene war bleich und hatte kleine Augen mit geröteten Rändern. Erst dachte ich, sie wolle gar nichts sagen, doch dann ergriff sie unvermittelt das Wort und erzählte einen Traum. Sie sei zu Hause in ihrem Zimmer gewesen, sagte sie, und da sei durchs offene Dachfenster ein kleiner Drache zu ihr hereingehüpft.

»Bestimmt nur ein Leguan«, unterbrach Yves sie.

Nein, ein Drache! Einer mit grünem Schuppenkleid und Flügeln, er habe aus den Nüstern Feuer geschnaubt, und sie habe sich nicht mal gefürchtet! Da habe sie ihn auf ihre Hand gesetzt, so klein sei er nämlich gewesen, und ihn gestreichelt, er habe geschnurrt wie ein Kätzchen, und sie habe ihn mit Zuckerstücken gefüttert, und plötzlich sei er durchs Fenster weggeflogen und habe dazu gebrummt wie ein winziger Hubschrauber, und von diesem Geräusch sei sie erwacht, es sei aber der Staubsauger des Zimmermädchens draußen im Flur gewesen.

»Lustig«, sagte Yves und schneuzte sich lautstark in seine Serviette.

Wir lachten mehr über ihn als über Helenes Traum. Nach der zweiten Tasse Milchkaffee verschwand Alice und kehrte bald empört zurück. Sie habe telefonieren wollen, sagte sie, ihr Akku sei aber leer, das Ladegerät habe sie nicht dabei, ob jemand ihr das Handy entwendet und heimlich telefoniert habe? Anklagend schaute sie in die Runde. Wir senkten die Blicke.

»Übers Festnetz ist es sowieso viel billiger als mit dem Handy«, sagte ich. »Die haben hier in der Eingangshalle ein Münztelefon. Versuch es doch dort.«

Ich schob Alice über den Tisch ein paar Münzen zu. Sie verschwand wieder, und ich hatte mein Gewissen besänftigt. Jetzt war ich nahe daran, zu verraten, dass Adrian bald zu uns stoßen würde. Eigentlich hätte er schon da sein müssen, es ging gegen halb elf, und ich ärgerte mich darüber, dass ich auf ihn wartete. Mit Mühe verdrängte ich die beginnende Enttäuschung, und als Alice, aufgekratzt nach einem offenbar erfreulichen Telefongespräch, zu uns zurückkam, kündigte ich an, dass wir nun alle gemeinsam ins Museum Unterlinden gehen würden, Widerstand sei zwecklos.

Alices Miene verdüsterte sich gleich wieder: »Oje, dieser Kunstkram, Ma« – sie war zum Glück wieder zur alten Anrede zurückgekehrt –, »muss das sein?«

Es müsse sein, antwortete ich, der Isenheimer Altar sei ein Kunstwerk von Weltrang, es schade niemandem, ihn gesehen zu haben. Mir habe er in ihrem Alter die Augen dafür geöffnet, was Kunst überhaupt sei.

Yves schaute mich mit skeptischem Blick und vorgeschobener Unterlippe an. »Gibt es da Waffen und Ritterrüstungen?«, fragte er.

»Im ersten Stock vielleicht«, sagte ich. »Aber den Altar solltest du dir unbedingt anschauen.« Und bevor ich mich daran hindern konnte, fügte ich hinzu, der Himmel auf dem Bild, wo Jesus am Kreuz hänge, sehe aus wie bei einer Sonnenfinsternis, das werde ihn sicher interessieren. Yves' Augen weiteten sich, dann verloren sie ihre Offenheit. Er nickte widerstrebend, und Alice versprach, dass sie mit ihm auf jeden Fall die Ritterrüstungen suchen werde.

Bevor wir aufbrachen, schlossen wir unser Gepäck im Volvo ein, den ich in einer Seitengasse abgestellt hatte. Yves, der wieder sein leuchtend gelbes T-Shirt trug, malte mit dem Zeigefinger auf die staubige Motorhaube einen Kringel, aus dem YZ entstand, seine Initialen. Beim Anblick des Volvos nicht an Adrian zu denken war unmöglich; allmählich nistete sich bei mir eine diffuse Sorge ein.

Wieder die Fachwerkhäuser, dann die Dominikaner-Kirche, hinter der man das Museum, das gedrungene Gebäude des ehemaligen Klosters mit seiner Kapelle sah. Es wurde, unter makellosem Himmel, schon wieder sommerlich heiß, ein leichter Wind wehte Rosenduft herbei, in den sich der

Gestank der Touristenbusse mischte, die mit laufenden Motoren auf dem Parkplatz standen. Doch der Besucherstrom hielt sich in Grenzen, wir brauchten an der Kasse nicht lange anzustehen, wie von selbst fanden wir durch kühle Gänge den Weg zur Kapelle. Im Spitzbogengewölbe, das ihm gar nicht angemessen schien, empfing uns Grünewalds Altar mit verstörender Wucht. Die überdimensionale Kreuzigungsszene sprang mich an wie beim ersten Mal, sie macht einen zum fassungslosen Augenzeugen. Da hängt der gemarterte Leichnam Christi am Kreuz, bleich, fast aschgrau, den Kopf zur Seite geneigt, überall die Wunden am Leib, Schrammen, Geißelspuren, das Blut schon eingetrocknet; grausig die Größe der Nägel, die durch Hände und Füße getrieben wurden. Feierlich zeigt Johannes der Täufer, rot gewandet, auf den Gekreuzigten, zu seinen Füßen ein Lamm. Auf der anderen Seite haben sich die drei Trauernden zusammengedrängt, Maria, ganz in Weiß, wird, zurücksinkend, vom Jünger Johannes gehalten. Maria Magdalena liegt, in ähnlicher Biegung, auf den Knien, sie ringt die Hände und blickt zum Gekreuzigten empor. Die Hände, all diese Hände, deren stumme Beredtheit fast nicht zu ertragen ist. Die ganze Gruppe in erbarmungslosem und dennoch stumpfem Licht; dahinter aber herrscht Finsternis, von dunkelstem Violettgrün grundiert, und doch zeigt ein Schimmer am Horizont, zeigen fahle Landschaftskonturen, dass es keine nächtliche Finsternis ist, sondern eine zur Unzeit.

Das alles hatte ich vor beinahe dreißig Jahren gesehen, der Zusammenklang von Gesten, Farben, Gewändern hatte mich ergriffen, nein, bestürzt. Wie unwissend war ich gewesen, und wie viel an Schmerzhaftem hatte ich doch, das Bild betrachtend, vorausgeahnt. Jetzt sah ich es ganz anders, die Sprache der Hände war mir vertraut; nur die gespreizten, aufwärts gerichteten Finger des Gekreuzigten ertrug ich fast nicht. Damals wollte ich begreifen, warum, mit welchen Mitteln und Absichten ein Maler so viel in mir auslösen konnte; es war der Drang, mich in die kunsthistorische Analyse zu retten, statt mich zu fragen, wer ich sei vor diesem Werk. Mein Vater – er starb nicht lange danach – redete mir die Kunstgeschichte aus, brotlos sei sie, ein Nischenfach. Er war ein Pathetiker, er wollte, dass ich als Ärztin der Menschheit diene. Mein Kompromiss war die klinische Psychologie.

»Stark«, murmelte Alice neben mir; sie war, ich spürte es, gebannt wie ich. Nicht die christliche Verkündigung ging uns unter die Haut, sondern das unbeschönigte Leiden, das hier einer zu malen gewagt hatte. Helene las, immer wieder den Blick hebend, im Führer, den sie sich selbst gekauft hatte; ich bemerkte, dass der Farbton ihrer Haare dem rötlichen Blond Maria Magdalenas glich.

Und Yves? Er war eine Weile an meiner Seite geblieben, wortlos, ich hatte ihm erklärt, wer die Figuren seien, jetzt aber löste er sich von mir und ging mit kleinen zögernden Schritten auf den Altar zu. Was wollte er von nahem sehen? Ich glaube, es waren Maria Magdalenas ineinander verflochtene, aufwärts gereckte Hände, die ihn derart anzogen, diese Gebärde äußersten Schmerzes. Man hatte den Eindruck, er wolle übers Absperrseil steigen, so zielbewusst ging er weiter. Er hätte nur noch die zwei Marmorstufen des Altarsockels nehmen, über das schmale Sockelgemälde, die

Grablegung, klettern müssen, um Maria Magdalena zu berühren. Aber er blieb rechtzeitig stehen, starrte bloß hinauf; der Aufseher, der sich schon besorgt genähert hatte, sah keinen Anlass einzugreifen.

Ich trat vorsichtig hinter Yves, er spürte meine Nähe und sagte, ohne sich umzudrehen: »Es ist nicht ganz finster auf dem Bild.« Er nestelte am T-Shirt herum und zog es weit über den Hosengurt hinunter. »Wenn es eine richtige Sonnenfinsternis wäre, dann würde man die Korona sehen.«

»Aber nicht bei bewölktem Himmel«, sagte ich.

Yves' Blick wurde unruhig, er schien von der Kreuzigung abzugleiten, begann herumzuwandern. Er schaute hinüber zum Altarflügel mit dem bärtigen Antonius, er machte zwei Schritte nach rechts, legte den Kopf in den Nacken. Seine Stimme nahm eine heisere Färbung an: »Siehst du dort oben? Das ist ein Drache! Von so einem hat doch Helene geträumt!« Er lachte abgehackt, ein wenig furchtsam, als habe er etwas Wichtiges entdeckt.

Ein Drache? Es war eine dämonische Alptraumgestalt, die ich bisher übersehen hatte, ein gehörntes Teufelchen mit kleinen Brüsten; höhnisch durchschlug es ein Butzenfenster, um den Heiligen in Versuchung zu führen. Oder aus welchem Grund denn sonst?

Helene war zu uns getreten: »Mein Traumdrache hat ganz anders ausgesehen, viel netter. Er hatte goldene Schuppen! Das hier ist ein Dämon, das steht im Führer.«

»Grüne Schuppen, hast du gesagt!«, widersprach ihr Yves. »Nicht goldene!« Er gab sich empört, lachte aber ein wenig dazu. Als Helene zu einer weiteren Erklärung ansetzte, unterbrach er sie mit rauher Stimme: »Das will ich jetzt nicht mehr anschauen!« Trotzig drehte er sich zu mir um.

»Auch die Auferstehung nicht?«, fragte ich und dachte an die glühend orange Aureole des zum Himmel aufsteigenden Jesus. »Die ist auf der anderen Seite.«

»Nein, jetzt will ich zu den Rittern.« Entschlossen ging er vom Altar weg, ich ließ Helene stehen und folgte ihm. Und da sah ich, wer, ein paar Schritte weiter hinten, bei Alice stand, ins Gespräch mit ihr vertieft: Es war Adrian in einem schmal geschnittenen dunkelblauen Sakko, das ihm verflixt gut stand. Er hatte sein Versprechen also doch gehalten, und das erleichterte mich derart, dass mir beinahe die Tränen kamen. Yves, der ihn gleich erkannt hatte, rannte in seine Arme, er wurde von Adrian hochgehoben, auf beide Wangen geküsst und sachte wieder abgestellt, und dann war auch ich bei ihm. Wir umarmten uns, nicht innig, aber freundlich, ich wurde gehemmt vom kindischen Vorbehalt, dass er mich ja beinahe im Stich gelassen hatte. Doch schon Adrians erste Sätze nach der Begrüßung entkräfteten alles Vorwurfsvolle in mir: Sein Zug war auf offener Strecke stehen geblieben, nach der verspäteten Ankunft hatte er ein Taxi genommen, und weil wir nicht mehr in der Pension waren, hatte er gefolgert, dass er uns im Museum finden würde. Und so war es auch, und fast alles war gut; bloß meine Freude konnte ich nicht offen zeigen.

Yves indessen zog Alice gegen ihren nachlassenden Widerstand mit sich weg. »Du hast es versprochen«, insistierte er, »doch, es ist wahr, du hast es versprochen!«

»Wir treffen uns am Ausgang«, rief ich den beiden nach und erschrak über den Hall, den meine Stimme im Gewölbe erzeugte. Einige Besucher blickten missbilligend zu mir her. Alice drehte sich um und schenkte mir ein Lächeln, dann verschwanden sie durch eine Seitentür.

Adrian und ich wandten uns dem Altar zu. »Er ist grandios«, sagte er halblaut und streifte leicht meine Hand. Ich nickte, und er senkte die Stimme noch mehr: »Es war aber um die sechste Stunde; und es kam eine Finsternis über das ganze Land bis zur neunten Stunde.«

Erstaunt schaute ich ihn an. »Das ist aus den Evangelien, nicht wahr?«

»Ich glaube, es ist Lukas«, sagte er. »Eine dreistündige Sonnenfinsternis, wissenschaftlich nicht zu erklären.«

»Ich habe gar nicht gewusst, dass du so bibelfest bist.«

»Einiges hat sich eben doch eingeprägt.«

Ich versuchte mein skeptisches Lächeln wieder zu mildern: »Hast du's gemerkt? Alice und Yves haben sich gefreut, dass du gekommen bist.«

Darauf ging er nicht ein, aus Verlegenheit vielleicht. »Man könnte fromm werden vor diesem Bild«, sagte er.

»Ergriffen, ja«, sagte ich. »Aber fromm werde ich nie sein.«

Er unterdrückte ein Lachen. »Das passt zu dir. Weder fromm noch fügsam. Aber immerhin gesprächsbereit, oder nicht?«

Helene stand immer noch direkt vor dem heiligen Antonius, den schmalen Rücken uns zugekehrt, sie las im Führer und tat so, als habe sie Adrian gar nicht gesehen. Ein wenig später gönnte sie ihm ein distanziertes »Hallo« und einen Händedruck; mir raunte sie in einem günstigen Moment zu: »Du hast ihn hergelotst, wie?«

Als Adrian ihr aber Fragen zu Grünewald stellte, teilte sie bereitwillig ihr neu erworbenes Wissen mit ihm. Der weibliche Dämon, der die Scheiben zerschlägt, sagte sie, symbolisiere vermutlich die fleischliche Sünde in Form der Syphilis, derentwegen viele Angesteckte ins Kloster nach Isenheim gebracht worden seien, dazu Pestkranke und andere, die an Aussatz oder an einer Mutterkornvergiftung, dem sogenannten Antoniusfeuer, gelitten hätten. Man sei davon ausgegangen, dass der Anblick des Altars mit seinen drei Schauseiten eine heilende Wirkung habe.

Adrian hörte ihr aufmerksam zu. Ein kleiner Fortschritt, wenn ich daran dachte, wie abweisend sie lange Zeit miteinander umgegangen waren.

»Komm«, sagte ich zu Adrian. »Ich will dir etwas zeigen.«

Ich nahm ihn am Ellbogen und führte ihn um den Altar herum. Die Tafeln auf der anderen Seite – Verkündigung, Geburt und Auferstehung – schufen mit ihrer leuchtenden, von Rottönen dominierten Farbigkeit eine völlig andere Atmosphäre. Im Mittelteil, innerhalb eines goldenes Tempelschreins, pries ein Chor musizierender Engel die Muttergottes, die das Kind auf beiden Händen trug. Ich suchte etwas Bestimmtes. So nahe wie möglich trat ich zum merkwürdig plumpen Engel ganz am Rand, dessen grauviolettes Federkleid ihn von allen Übrigen abhob. »Weißt du, wer das ist?«

Helene war uns gefolgt. »Es soll Luzifer sein, der gefallene Engel«, zitierte sie aus ihrem Führer. »Er stimmt ins Konzert mit ein. Aber so wie er den Bogen hält, kann man eigentlich gar nicht Gambe spielen.«

»Und doch ist er Teil einer kosmischen Harmonie«, sagte Adrian mit sanftem, beinahe zärtlichem Spott. »Zumindest für den Augenblick der Geburt. Das gefällt mir besser als der Auferstehungskitsch nebenan.« Er meinte den Auferstandenen, der in einer goldenen Gloriole himmelwärts schwebte. »Diese ausgebreiteten Arme, der sieht doch aus wie ein Popstar.«

Helene unterdrückte ein Kichern, und ich gab mir Mühe, nicht gekränkt zu sein. »Ein solcher Altar sollte den Glauben stärken«, sagte ich. »Das war wichtig in einer bilderarmen Zeit.«

Adrian hielt meinem Blick stand und versuchte zu lächeln. »Aber du erlaubst mir doch zu Beginn des dritten Jahrtausends, ein Zweifler zu sein, oder nicht?«

»Ich bin es ja auch«, sagte ich. «Bloß möchte ich manchmal an Wunder glauben.« Kaum war der Satz heraus, kam ich mir kindisch vor.

»Wunder?«, sagte Adrian unerwartet schroff. »Ich mag nicht an Wunder glauben.«

»Es kann ja sein, dass ihr sie überseht«, sagte Helene.

Wir trafen uns alle wieder am Ausgang. Yves hatte Rüstungen gesehen, Dolche und Speere. Er erzählte übersprudelnd davon und richtete sich vor allem an Adrian. Ich dachte an unsere erste Begegnung im Krankenhaus. Da hatte er die fragmentarischen Erinnerungen an die Finsternisfahrt, außer der einen, scheinbar wahllos aneinandergereiht, und wie damals verstummte er plötzlich, ohne äußeren Grund. Dennoch war ich versucht anzunehmen, dass er das Schlimmste jetzt hinter sich hatte. Ich spürte plötzlich

Adrians Hand an meiner Hüfte; dass er da war, stimmte mich dankbar.

Wir bummelten noch einmal durch die Altstadt. Wir aßen Kartoffelsalat und Würstchen am Fluss. Dann fuhren wir zusammen nach Bern zurück. Adrian saß am Steuer, Helene neben ihm, die Karte auf den Knien. Yves schlief, an meine Schulter gelehnt, bald ein. Die Müdigkeit von Wochen, von Monaten war in ihm. Er schlief auf der ganzen Strecke, er verschlief sogar die Zollkontrolle. Ich schaute ihn an und bewachte seinen Schlaf. Einmal flackerte der schwache Schein einer Tunnelbeleuchtung über sein Gesicht. Erst als wir wieder draußen waren, im Hellen, fiel mir ein, was an diesem Ort geschehen war.

»Jede Art zu schreiben ist erlaubt –
nur die langweilige nicht.«

VOLTAIRE

Roman
ca. 288 Seiten
Auch erhältlich als eBook

Seine Stimme füllte Konzertsäle, betörte die Damenwelt, eroberte in Deutschland, Europa, Amerika ein Millionenpublikum. Joseph Schmidt, Sohn orthodoxer Juden aus Czernowitz, hat es weit gebracht. 1942 aber gelten Kunst und Ruhm nichts mehr. Auf der Flucht vor den Nazis strandet der berühmte Tenor, krank, erschöpft, als einer unter Tausenden an der Schweizer Grenze. Wird er es sicher auf die andere Seite schaffen?

Bernhard Schlink
Die Enkelin

Roman · Diogenes

Roman
368 Seiten
Auch erhältlich als eBook, Hörbuch und Hörbuch-Download

Birgit ist zu Kaspar in den Westen geflohen, für die Liebe und die Freiheit. Erst nach ihrem Tod entdeckt er, welchen Preis sie dafür bezahlt hat. Er spürt ihrem Geheimnis nach, begegnet im Osten den Menschen, die für sie zählten, erlebt ihre Bedrückung und ihren Eigensinn. Seine Suche führt ihn zu einer völkischen Gemeinschaft auf dem Land – und zu einem jungen Mädchen, das in ihm den Großvater und in dem er die Enkelin sieht. Ihre Welten könnten nicht fremder sein. Er ringt um sie.

Autobiografie
Mit einem Nachwort von Beatrice von Matt
352 Seiten
Auch erhältlich als eBook und Hörbuch-Download

Hansjörg Schneider erzählt vom Aargau, der Landschaft, die ihn geprägt hat. Von den sanften Hügeln und Auen und der kargen, autoritären Atmosphäre seiner Kindheit und Jugend in den Nachkriegsjahren. Von der Studentenzeit in Basel bis hin zum Aufbruch in ein Leben für die Literatur. Woher kommt ein Schriftsteller? Authentisch, berührend und kein bisschen milde zeichnet Hansjörg Schneider nach, wie er wurde, wer er ist.

Roman
352 Seiten
Auch erhältlich als eBook und Hörbuch-Download

»Kein Schriftsteller, der bei Trost ist, schreibt eine Autobiographie«, lautet der erste Satz. Urs Widmer hat die eigene Warnung in den Wind geschlagen und ein großartiges Erinnerungsbuch verfasst. Mit dreißig begann sein Leben als Schriftsteller. Die Zeit davor bildet das Fundament seines Werks, und ihr ist dieses Buch gewidmet, den Fakten und Erinnerungen, wie es »tatsächlich« war. Eine persönliche Geschichte aus den für die Weltgeschichte so entscheidenden Jahren 1938–1968.

ULRICH WEBER

FRIEDRICH
DÜRRENMATT

EINE BIOGRAPHIE

DIOGENES

Biographie
Mit einem Bildteil
752 Seiten
Auch erhältlich als eBook

Ulrich Weber erzählt vom kometenhaften Auf-
stieg des Pfarrerssohns aus dem Emmental zum
weltberühmten Autor mit Millionenauflagen
und von den vielen kleinen und großen Brüchen
in seinem Leben, die ihn zwangen, sich immer
wieder neu zu erfinden. Bislang unzugängliche
Dokumente erlauben einen ganz neuen Blick
auf den privaten Dürrenmatt.

Auf **diogenes.ch/newsletter** erfahren Sie zuerst
von Neuerscheinungen und Neuigkeiten unserer
Autorinnen und Autoren.

Oder schauen Sie hier vorbei: